DESEO

JANICE MAYNARD

MENTIRAS Y DESEO

Editado por Harlequin Ibérica.
Una división de HarperCollins Ibérica, S.A.
Avenida de Burgos, 8B - Planta 18
28036 Madrid
www.harlequiniberica.com

© 2025 Harlequin Ibérica, una división de HarperCollins Ibérica, S.A.
N.º 560 - 27.3.25

© 2011 Janice Maynard
Mentiras y deseo
Título original: The Billionaire's Borrowed Baby

© 2022 Janice Maynard
El regreso del heredero
Título original: The Comeback Heir
Publicadas originalmente por Harlequin Enterprises, Ltd.
Estos títulos fueron publicados originalmente en español en 2012 y 2013

I.S.B.N.: 978-84-1074-528-5
Depósito legal: M-26817-2024
Impreso en España por: BLACK PRINT
Fecha impresión para Argentina: 23.9.25
Distribuidor exclusivo para España: LOGISTA
Distribuidor para México: Distibuidora Intermex, S.A. de C.V.
Distribuidores para Argentina: Interior, DGP, S.A. Alvarado 2118.
Cap. Fed./Buenos Aires y Gran Buenos Aires, VACCARO HNOS.

MIXTO
Papel procedente de
fuentes responsables
FSC® C159065

Capítulo Uno

Hacía una preciosa mañana en Atlanta, Georgia, pero Hattie Parker sólo podía pensar en el pánico y la desesperación que sentía.

–Necesito hablar con el señor Cavallo, por favor. Con el señor Luc Cavallo. Es urgente.

La secretaria, una mujer de unos treinta años con un frío traje de chaqueta azul a juego con sus ojos, abrió su agenda.

–¿Ha concertado una cita? –le preguntó, sin mirarla.

Hattie apretó los dientes. Evidentemente, la mujer sabía que no tenía cita y estaba haciendo lo posible para intimidarla.

–Dígale que soy Hattie Parker –respondió, sujetando a la niña con una mano y la bolsa de los pañales con la otra–. No tengo cita pero estoy segura de que Luc querrá recibirme.

En realidad, era mentira. No sabía si Luc querría verla o no. Una vez había sido su príncipe azul, dispuesto a hacer todo lo que ella quisiera y a concederle todo lo que deseara.

Aquel día tal vez la echaría a la calle pero estaba dispuesta a arriesgarse, esperando que recordase los buenos tiempos. No se habían separado de manera amistosa pero como no tenía otra opción, o era Luc o nadie. Y no pensaba irse sin luchar.

La secretaria de Luc, que era el paradigma de la perfección, desde el pelo rubio ceniza sujeto en un elegante moño al maquillaje o la manicura, examinó con gesto de desdén su despeinado pelo rubio, la barata falda de color caqui y la blusa blanca de algodón. Aunque no tuviera la blusa manchada de la saliva de Deedee, no iba a ganar ningún premio de moda con ese atuendo y Hattie lo sabía. Pero no era fácil mantener un aspecto elegante cuando se tiene una niña de siete meses tirándote del pelo.

El guardia de seguridad de la puerta había insistido en que dejara el cochecito abajo antes de tomar el ascensor y Deedee pesaba una tonelada.

Hattie estaba agotada y desesperada. Las últimas seis semanas habían sido un infierno.

—Lo siento, pero es imposible. El señor Cavallo está muy ocupado.

—O me deja ver al señor Cavallo o voy a montar el escándalo más grande que Atlanta haya visto desde Escarlata O'Hara —le advirtió Hattie. Le temblaban los labios, pero se negaba a dejar que aquella antipática se diera cuenta.

La mujer parpadeó y Hattie supo que había vencido.

—Espere un momento —dijo por fin, antes de desaparecer por un pasillo.

Hattie acarició el pelito dorado de Deedee.

—No te preocupes, cariño. No voy a dejar que nadie te aparte de mi lado.

La niña sonrió, mostrando dos dientecillos en la encía de abajo. Estaba empezando a balbucear y Hattie la quería más cada día.

La espera le pareció una eternidad pero cuando la secretaria volvió por fin, el reloj de la pared mostraba que sólo habían pasado cinco minutos.

–El señor Cavallo la recibirá, pero es un hombre muy ocupado y tiene muchas reuniones esta mañana –le advirtió.

Ella tuvo que contener el infantil deseo de sacarle la lengua mientras la seguía por el pasillo.

–Puede pasar –le dijo, señalando una puerta.

Hattie respiró profundamente, besando a la niña para ver si eso le daba suerte.

–Empieza el espectáculo, Deedee.

Con más confianza de la que sentía en realidad, llamó con los nudillos a la puerta antes de entrar en el despacho de Luc Cavallo.

Luc dirigía un negocio multimillonario y estaba acostumbrado a lidiar con problemas. La capacidad de pensar a toda prisa era algo que había aprendido rápidamente en el mundo empresarial.

De modo que no era normal que algo lo pillara totalmente desprevenido, pero cuando Hattie Parker apareció en su despacho, después de una década sin verla, se quedó sin habla.

Estaba tan guapa ahora como lo había sido a los veinte años. La piel de porcelana, los ojos castaños con puntitos de color ámbar y unas piernas interminables. El sedoso pelo rubio apenas rozaba sus hombros; lo llevaba mucho más corto que antes.

Pero lo que sorprendió a Luc fue ver que la mujer a la que una vez había amado llevaba un bebé en brazos. De repente, experimentó una punzada de celos. Hattie era madre y eso significaba que había un hombre en su vida.

Pero era absurdo que eso lo molestara. Él había rehecho su vida mucho tiempo atrás. Entonces ¿por qué sentía aquella opresión en el pecho, por qué su pulso se había acelerado?

Luc se quedó inmóvil, con las manos en los bolsillos del pantalón.

–Hola, Hattie –la saludó, indicando el sillón que había frente al escritorio.

–Hola, Luc.

Estaba visiblemente nerviosa y mientras se sentaba, durante un segundo pudo ver esas piernas que recordaba tan bien…

Hattie Parker era una belleza natural que no necesitaba maquillaje. Incluso vestida con aquella ropa tan poco elegante resultaba encantadora.

Y una vez había sido todo su mundo.

Pero le molestaba que esos recuerdos le dolieran tanto.

–La última vez que nos acostamos juntos fue hace mucho tiempo. No habrás venido a decirme que ese bebé es hijo mío, ¿verdad?

El sarcasmo hizo que Hattie palideciese y Luc se sintió avergonzado. Pero un hombre tenía que usar cualquier arma para defenderse, se dijo a sí mismo.

Era quien era por no mostrarse vulnerable. Y no volvería a serlo.

Hattie se aclaró la garganta.

–He venido a pedirte ayuda.

Luc levantó una ceja.

–Pensé que yo sería la última persona en tu lista.

–La verdad es que sí pero no tengo alternativa. Esto es muy serio, Luc.

–¿Cómo se llama? –le preguntó él, señalando al bebé.

–Deedee.

Una niña. No se parecía mucho a Hattie... tal vez se parecía a su padre, pensó mientras pulsaba el botón del intercomunicador.

–Marilyn, ¿puedes venir un momento, por favor?

Cuando la secretaria apareció, Luc señaló a la niña.

–¿Te importaría cuidar de ella unos minutos? Su nombre es Deedee. La señorita Parker y yo tenemos que hablar a solas y no quiero interrupciones.

Hattie estuvo a punto de protestar pero, pensándolo mejor, puso a Deedee en brazos de la secretaria.

–Aquí dentro llevo un biberón –le dijo, ofreciéndole la bolsa de pañales que llevaba colgada al hombro–. Y un babero.

Luc sabía que su ayudante podía hacerlo. Marilyn era fría como el hielo pero tremendamente eficaz.

Cuando la puerta se cerró, se echó hacia atrás en el sillón.

–Cuéntame, Hattie, ¿qué es eso tan grave que te

ocurre para que hayas acudido a mí? Si no recuerdo mal, fuiste tú quien me dejó.

Ella se estrujó las manos.

—No creo que debamos hablar de eso. Fue hace mucho tiempo.

—Muy bien, como quieras —Luc se encogió de hombros—. Entonces nos concentraremos en el presente. ¿Por qué has venido?

—¿Recuerdas a mi hermana mayor, Angela?

—Sí, claro. Recuerdo que no os llevabais bien.

—Tras la muerte de mis padres empezamos a llevarnos mejor.

—No sabía que hubieran muerto. Lo siento.

Los ojos de Hattie se llenaron de lágrimas pero parpadeó para contenerlas.

—Mi padre murió de cáncer unos años después de que yo terminase la carrera.

—¿Y tu madre?

—Mi madre no podía vivir sin él. Mi padre se encargaba de todo y cuando murió se le vino el mundo abajo. Tuvimos que ingresarla en una clínica... y ya no salió de allí. Angela y yo vendimos la casa y todo lo que teníamos pero no fue suficiente. Me arruiné pagando las facturas de la clínica...

—¿Angela no te ayudó?

—Ella me dijo que no pagase nada, que el Estado debería encargarse de todos los gastos, especialmente cuando mi madre ya no podía reconocernos.

—Algunas personas dirían que tenía razón.

—Yo no —afirmó Hattie—. No podía abandonar a mi madre.

–¿Cuándo murió?

–El invierno pasado.

Luc miró su mano izquierda y comprobó que no llevaba alianza. ¿Dónde estaba su marido? ¿La habría abandonado dejándola con la niña?

Pero, de repente, lo entendió. Hattie necesitaba dinero. Era una chica orgullosa e independiente y las cosas debían irle muy mal si había tenido que rebajarse a pedirle ayuda.

Y aunque sus recuerdos eran amargos, no sería capaz de echarla de allí. Le gustaba la idea de ayudar a Hattie… tal vez era justicia poética.

–Si necesitas dinero yo puedo prestártelo, sin intereses, sin preguntas. Por los viejos tiempos.

Ella inclinó a un lado la cabeza.

–¿Perdona?

–Por eso has venido, ¿no? Quieres pedirme dinero. Y me parece bien, ¿de qué me sirve el dinero si no puedo ayudar a una vieja amiga?

–No, no, no –empezó a decir Hattie mientras se levantaba de la silla–. No es eso.

Luc se levantó también.

–Si no es dinero, ¿qué es lo que quieres de mí?

Podía ver los puntitos de color coñac en sus ojos. De repente, se vio asaltado por los recuerdos, buenos y malos.

Estaba tan cerca que podía oler su champú; un champú que olía a cerezas. Algunas cosas no cambiaban nunca, pensó.

–¿Hattie?

Ella había cerrado los ojos durante un segundo,

pero cuando los abrió en ellos había un brillo de pena y resignación.

—Necesito que te cases conmigo.

Luc, que le había puesto las manos sobre los hombros, las apartó a toda velocidad. El imperio textil Cavallo, creado por su abuelo en Italia años atrás y con cuartel general en Atlanta, había hecho rico a Luc y a su hermano. Y Hattie sabía que el elegante traje de cachemir que llevaba sería de una de sus fábricas.

—¿Es una broma?

—No, no lo es. Es muy serio —respondió ella—. Necesito que te cases conmigo para que Deedee esté a salvo.

—¿Por qué? ¿El padre te ha amenazado… te ha hecho daño?

—No, no, es más complicado que eso —empezó a decir.

Luc se pasó una mano por el pelo oscuro.

—Parece que no vamos a resolver esto en cinco minutos y tengo una reunión. ¿Puedes conseguir una niñera para esta noche?

—Prefiero no hacerlo —respondió—. Deedee ha sufrido mucho y no quiere separarse de mí.

Y la idea de estar a solas con él la asustaba porque aquella breve reunión había revelado una verdad terrible: que la Hattie que había estado enamorada de Luc seguía allí, agarrada a los tontos sueños del pasado.

–Entonces enviaré un coche a buscarte… con una sillita de seguridad para Deedee. Cenaremos en mi casa y mi ama de llaves se encargará de la niña mientras hablamos.

No había nada amenazador en sus palabras pero a Hattie se le hizo un nudo en la garganta. ¿De verdad iba a convencer a Luc para que se casara con ella? Era absurdo. No tenía ninguna razón para escucharla más que mera curiosidad.

¿Por qué no le había dicho que no podía hacer nada? ¿Por qué quería hablar con ella?

Debería alegrarse, pensó. Incluso darle las gracias al cielo porque Luc no estaba casado.

Pero en aquel momento sus emociones eran mucho más complicadas. Porque seguía fascinada por aquel hombre que una vez le había prometido la luna.

Capítulo Dos

¿Qué debía ponerse una mujer para pedir a alguien en matrimonio?

Mientras Deedee dormía, Hattie buscaba en el diminuto armario de su también diminuto apartamento, sabiendo que no iba a encontrar un vestido adecuado. Lo único remotamente decente era un vestido negro que había llevado tanto al funeral de su padre como al de su madre. Tal vez con algún accesorio podría darle algo de empaque, pensó, sacando del joyero la única pieza que no era bisutería barata. La delicada cadena de platino con una perla rodeada de diminutos diamantes seguía tan brillante como el día que Luc se la regaló.

Hattie acarició la perla, recordando...

Se habían saltado las clases vespertinas en Emory para ir al parque Piedmont con una manta y una cesta de merienda. Ella tenía una beca... el padre de Luc era patrono de la Escuela de Arte de la universidad.

Mientras se tumbaban bajo el sol, sintiéndose libres y vivos, Luc se había apoyado en un codo para mirarla.

—Tengo un regalo de aniversario para ti —le dijo, con una sonrisa en los labios.

–¿Aniversario?

Luc le acarició la mejilla.

–Nos conocimos hace seis meses. Estabas comprando una calabaza en el mercado para la noche de Halloween y yo me ofrecí a ayudarte a vaciarla. Tú me sonreíste y entonces lo supe.

–¿Qué supiste?

–Que eras la mujer de mi vida.

Hattie apartó la mirada para que no viera cuánto le emocionaba esa declaración.

–No sabía que los universitarios supieran decir cosas tan románticas.

–Yo tengo antepasados italianos, llevamos el romance en la sangre.

Ojala fuera cierto, pensó ella. Pero su madre le había metido en la cabeza que los hombres sólo querían una cosa y Hattie se lo había entregado a Luc sin pensarlo siquiera.

Ser la amante de Luc Cavallo era lo mejor que le había pasado nunca. Era el primer hombre de su vida y lo amaba tanto que le dolía, pero se mostraba reservada. Tenía que terminar sus estudios porque una mujer debía ser independiente. Depender de un hombre sólo llevaba al desastre.

Luc metió la mano en el bolsillo de los vaqueros y sacó una cajita de color azul turquesa de la famosa joyería Tiffany's. Ella no podría comprar ni un llavero en un sitio tan caro y si se le hubiera ocurrido una negativa amable lo habría hecho, pero Luc la miraba con tal ilusión que la abrió. Dentro había un colgante con una perla que Luc le puso en el cuello.

—Te queda muy bien.

Pero no era verdad. Ella no era la mujer que Luc Cavallo necesitaba. Un día, él ocuparía su sitio entre los ricos y poderosos y ella, con o sin collar, le desearía lo mejor. Porque no era la mujer de su vida, no podía serlo...

El ruido de un coche en la calle interrumpió sus pensamientos, devolviéndola al presente. Frunciendo el ceño, Hattie cerró el joyero. Seguramente Luc no recordaría el colgante. Sin duda, habría comprado muchas joyas en esos años para otras mujeres.

La tarde pasaba, con Deedee protestando porque le estaban saliendo los dientes, y casi fue un alivio cuando un chófer uniformado llamó a la puerta a las seis y media.

El hombre tomó la bolsa de los pañales mientras ella colocaba a Deedee en la sillita. Su sobrina estaba encantada con la novedad de ir sentada frente a ella en un coche tan grande.

Habían pasado diez años desde que rompió con Luc y no habían vuelto a verse desde la ceremonia de graduación. Atlanta era una ciudad muy grande y se movían en círculos diferentes. Ella vivía en un barrio de clase trabajadora y él en West Paces Ferri, uno de los vecindarios más lujosos de la ciudad, donde estaba la mansión del gobernador.

Luc había comprado recientemente una finca allí; Hattie había visto las fotografías en una revista. Ese artículo, acompañado de fotos de Luc, había sido el responsable de que hubiera decidido ir a pedirle ayuda. Pero ver su rostro después de tantos años había resucitado sentimientos que creía olvidados para siempre.

Tal vez era una señal, pensó.

La casa era asombrosa, con profusión de azaleas y glicinias y un largo camino de piedrecitas que llevaba hasta la entrada, con una impresionante puerta doble. Luc salió a recibirla.

–Bienvenida, Hattie.

Ella sintió que le ardía la cara cuando le apretó la mano.

–Tienes una casa preciosa.

–Aún no está terminada. Estoy deseando que acaben de una vez.

A pesar de lo que decía, y a pesar del andamio que había a un lado de la casa, el interior era impresionante. En el vestíbulo, con suelos de mármol y paredes enteladas, había una amplia escalera con barandilla de nogal, una enorme lámpara de araña sobre sus cabezas y, en una consola bajo un antiguo espejo con marco de pan de oro, un enorme ramo de flores blancas.

Hattie miró alrededor, con Deedee callada por primera vez, como si también ella estuviera impresionada.

–Es maravillosa, Luc.

–Gracias –dijo él–. Afortunadamente, ya empieza a parecer un hogar. La pareja que vivía aquí la compró en 1920 y, además de comprarles la casa, he heredado a Ana y Sherman, el ama de llaves y el chófer.

–Es un hombre muy amable –dijo Hattie–. ¿Y Ana?

—La conocerás enseguida. Es el ama de llaves, la cocinera, la jardinera… hace un poco de todo. Tanto su marido como ella sienten tanto cariño por la casa que tengo la impresión de estar a prueba.

Como le había prometido, Ana se encargó de Deedee durante la cena, mientras Luc y ella cenaban.

Luc era un hombre fascinante, inteligente, leído y con un gran sentido del humor. Y, a medida que progresaba la noche, Hattie empezó a sentir una punzada de pesar. Se daba cuenta de lo que había perdido diez años atrás debido a su inmadurez y su cobardía.

Él le llenó la copa de nuevo.

—Supongo que no estás dándole el pecho a la niña.

Hattie se atragantó con el vino.

—Deedee no es mi hija. Es la hija de mi hermana Angela.

Luc la miró, sorprendido.

—¿Y por qué está contigo?

—Angela murió en un accidente de tráfico hace seis semanas. Mi cuñado, Eddie, conducía borracho, y después del accidente salió del coche y desapareció. No sólo murió mi hermana sino las dos personas que iban en el coche con el que chocaron. Angela vivió unas horas… el tiempo suficiente para pedirme que cuidase de Deedee.

—¿Qué fue del padre de la niña?

—Eddie estuvo detenido unos días y ahora está en espera de juicio. Pero te garantizo que no irá a la cárcel, su familia tiene muchos contactos. Al principio, ninguno de ellos mostró la menor preocupación por Deedee pero hace dos semanas me llamaron para decir que querían verme en la finca familiar, en Conyers.

—¿Eddie quería ver a su hija?

Hattie rió amargamente.

—No, qué va. Estaba allí cuando llegué pero ni él ni sus parientes se molestaron en mirar a Deedee. Se referían a ella como «la niña», diciendo que era uno de ellos y debería ser educada en la familia.

—Si no mostraban ningún entusiasmo por ella, no lo entiendo.

—Para Eddie, Deedee sería su as en la manga. Quiere hacer el papel de marido destrozado y padre solo. Si alega que tiene que cuidar de Deedee no irá a la cárcel.

—Ah, ya entiendo —dijo Luc—. Y tú no estás de acuerdo con ese plan.

—Claro que no. Por eso les dije que Angela me pidió que cuidase de ella y que pensaba adoptarla.

—¿Y qué dijeron ellos?

—El padre de Eddie me dijo que ningún juez le daría la custodia de la niña a una mujer soltera con escasos medios económicos cuando el padre tenía recursos más que suficientes para asegurar su futuro.

—¿Y qué respondiste tú?

Hattie se mordió los labios.

—Que iba a casarme con mi novio de la universidad, un hombre que tenía mucho dinero y quería a Deedee como si fuera hija suya. Y luego salí corriendo.

Luc se rió.

—No tiene gracia —protestó Hattie, poniéndose en pie—. Esto es muy serio.

—Relájate. Deedee está a salvo, te doy mi palabra.

Hattie volvió a sentarse, con piernas temblorosas.

—¿Lo dices en serio?

—Claro que sí. Mis abogados se encargarán de todo.

—¿Pero por qué lo haces?

Luc se echó hacia atrás, estudiándola en silencio durante unos segundos.

—Mis motivos no deberían importar, ¿no crees? Si de verdad soy tu último recurso…

—¿Estás seguro de que quieres hacerlo?

—Nunca digo algo que no pienso, tú deberías saberlo. Haremos que tu mentira sea una realidad y los deseos de Angela prevalecerán.

—Firmaré un acuerdo de separación de bienes, por supuesto —sugirió Hattie—. No quiero tu dinero.

—Eso lo dejaste claro hace diez años, no hace falta que lo repitas —replicó él, mirándola con frialdad antes de levantarse—. Imagino que tendrás que acostar a Deedee antes de que sea demasiado tarde. Le pediré a mis abogados que redacten un documento y cuando esté listo revisaremos los detalles.

—¿Detalles? —repitió ella.

—Yo tengo que poner ciertas restricciones.

—Sí, claro, tienes que proteger tus intereses —murmuró Hattie.

—Debería habértelo preguntado antes… ¿hay alguien en tu vida en este momento?

–¿No es un poco tarde para preocuparse por eso? Ya le has contado a todo el mundo que vamos a casarnos.

Hattie apretó los labios, mortificada.

–No a todo el mundo.

–¿Sólo a la familia de Eddie? –Luc rió–. Bueno, deja que yo me preocupe por eso. Tú preocúpate de Deedee… por cierto, ¿a qué te dedicas?

Hattie era licenciada en Matemáticas y hasta unos meses antes había estado impartiendo clases en un instituto.

–He tenido que pedir excedencia durante el resto el año para atender a Deedee.

Luc suspiró, dando un paso adelante.

–Has debido sufrir mucho pero las cosas mejorarán, ya lo verás.

Hattie intentó sonreír.

–Algunos días parece como si nada pudiera volver a ser lo mismo.

–Yo no he dicho que vaya a ser lo mismo.

Por alguna razón, esa frase la asustó.

–¿Qué sacas tú con esto, Luc? ¿Por qué has aceptado apoyar la mentira impulsiva de una mujer a la que hace diez años que no veías?

–¿Estás intentando convencerme para que no lo haga?

–No, no… pero es que estaba convencida de que ibas a echarme de tu oficina.

–A veces puedo ser amable –dijo él, sarcástico.

–Hay algo más –dijo Hattie entonces–. Lo veo en tus ojos.

La expresión de Luc se ensombreció.

–Digamos que tengo mis razones –su tono dejó bien claro que no quería seguir con la conversación.

Y eso le dolió. Pero en realidad, eran casi dos extraños. Extraños que una vez habían hecho el amor con apasionamiento.

–Tengo que irme –murmuró Hattie.

Ana estaba sentada en la alfombra del cuarto de estar, jugando con Deedee.

–¿Ha dormido algo? –le preguntó, tomándola en brazos.

El ama de llaves se levantó, estirándose la falda del vestido.

–Ha dormido cuarenta y cinco minutos. Tiene una hija preciosa, señorita Parker, un ángel.

–No es mi hija, es mi sobrina. Pero gracias.

–Te acompaño a la puerta –dijo Luc.

Mientras Sherman esperaba respetuosamente en la entrada, Luc la sorprendió tomando a Deedee en brazos para colocarla en la sillita de seguridad.

–Lo has hecho muy bien –dijo Hattie, sorprendida.

Luc acarició la mejilla regordeta de la niña.

–Espero que nos veamos pronto.

–¿Me llamarás?

–Le diré a Marilyn que se ponga en contacto contigo en un par de días. Imagino que tendrás que embalar tus cosas.

–¿Embalar mis cosas? –repitió Hattie.

–Deedee y tú os mudareis a mi casa en cuanto nos hayamos casado.

Capítulo Tres

Dos días después, Luc llamó con los nudillos a la puerta del despacho de su hermano antes de entrar. Leo estaba casi escondido tras una pila de papeles. Era la mente maestra tras el imperio financiero Cavallo mientras Luc se encargaba de los proyectos de desarrollo. Él disfrutaba con el reto de crear nuevos productos pero era Leo quien los había hecho ricos.

–Hola, no esperaba verte hoy.

Se veían formalmente dos veces al mes y era habitual que comieran juntos un par de veces por semana, pero Luc no solía ir a su despacho.

Luc se acercó a la ventana. Nunca se cansaría de admirar el hermoso cielo de Atlanta…

–¿Qué planes tienes para el día 14 de mayo? –le preguntó.

Leo apartó la mirada de la pantalla del ordenador.

–No tengo ningún plan. ¿Por qué?

–He pensado que te gustaría ser mi padrino.

–Lo dirás de broma, ¿no?

–La vida te da sorpresas.

Leo lo miró, pensativo.

–¿La conozco?

–Sí, la conoces.

–¿Y desde cuándo la conoces tú?

21

–Desde hace años.

–¿Y acabas de descubrir que estás enamorado de ella?.

–Un hombre no tiene que estar enamorado para desear a una mujer.

–Entonces, sólo te gusta físicamente.

–Nos estamos yendo por las ramas –dijo Luc–. Te he preguntado si quieres ser mi padrino y con un sí o un no me basta.

–Deja de ser tan misterioso. ¿Quién es ella? ¿Voy a conocerla antes de la boda?

–Aún no lo he decidido porque no quiero estropear las cosas… pero prométeme que estarás el día catorce, con esmoquin.

Leo se levantó del sillón.

–No me gusta nada cómo suena eso. Y cuando todo se vaya al infierno no me vengas llorando. Tu libido es muy mala empresaria –le advirtió–. Sé inteligente, Luc. Tal vez no merezca la pena.

Luc entendía la cautela de su hermano. Lo que Leo no sabía, sin embargo, era que él tenía un plan. No quería vengarse, ésa era una palabra demasiado fuerte para lo que tenía en mente. No odiaba a Hattie Parker, al contrario. Sólo quería que entendiera que aunque seguía encontrándola sexualmente atractiva, era completamente inmune a sus encantos.

Ya no era el chico que había estado loco por ella. Esta vez, él tenía el poder. Hattie lo necesitaba y eso significaba que la tendría en su casa, en su cama, bajo su control. La cuestión era sacar a Hattie Parker de su corazón para siempre.

Hattie estaba a punto de ponerse a gritar. Mudarse en cualquier momento era una tarea agotadora pero si, además, había que contar con un bebé de siete meses, el asunto era casi imposible. Por fin había conseguido que Deedee se durmiera la siesta y estaba envolviendo vasos en la cocina cuando sonó el móvil.

–¿Qué? –respondió, irritada.

–Nunca te había oído tan enfadada. Creo que me gusta.

–Perdona –se disculpó ella, frustrada–. ¿Qué querías, Luc?

–Nada en particular. Llamaba para ver si tú necesitabas algo.

–Un trío de forzudos me vendría bien. Cuidar de una niña tan pequeña mientras haces una mudanza es agotador.

–¿Me estás pidiendo ayuda?

–Tal vez –asintió Hattie.

Deedee era una niña muy buena pero cuidar de ella sola era muy difícil. Y para empeorar la situación, Eddie había empezado a enviarle mensajes amenazadores.

–Podría haber contratado a una empresa de mudanzas pero tú eres tan independiente que pensé que te enfadarías.

–Ya no tengo veinte años, Luc. Algunas batallas no merecen la pena.

Los dos se quedaron en silencio y Hattie miró el caos en la cocina, suspirando.

–¿Cuándo vamos a sentarnos a hablar?

–Mañana por la noche, si te parece bien. ¿A qué hora se duerme Deedee?

–Normalmente a las ocho, si tengo suerte.

–¿Y si voy a tu casa a las ocho? Podría llevar la cena –sugirió Luc.

Deedee se durmió antes de las ocho y Hattie encontró en el armario una blusa que había comprado en las rebajas de Bloomingdale's. La pálida seda de color melocotón era perfecta para una tarde de primavera y combinada con unos vaqueros gastados tenía un aire elegante pero informal... aunque no estaba intentando impresionar a Luc. Desgraciadamente, él apareció con diez minutos de adelanto y tuvo que abrir la puerta descalza.

–No pareces agotada –le dijo, con un brillo de masculina admiración en sus ojos.

–Gracias. Hoy ha sido un día más tranquilo, tal vez porque la empresa de mudanzas que contrataste prometió estar aquí a primera hora de la mañana.

Mientras ella cerraba la puerta, Luc miró alrededor.

–No te ofendas, pero no veo por qué tienes que guardar en cajas todas estas cosas. Dile a los de la mudanza que se las entreguen a alguna organización benéfica y llévate sólo las cosas que tengan un valor sentimental para ti.

Hattie se mordió los labios. No sabía que iba a salir el tema, pero debía aprovechar la oportunidad.

–La cuestión es… –empezó a decir.

–¿Qué? –Luc tiró sobre el sofá la bolsa de viaje que llevaba y dejó en el suelo una bolsa de supermercado donde debía llevar la cena–. ¿Hay algún problema?

Hattie cambió el peso de un pie a otro. Luc llevaba un elegante traje de chaqueta italiano y ella se sentía como una pariente pobre a su lado.

–Nuestro matrimonio no durará para siempre y creo que sería prudente conservar algo para el futuro.

Luc rozó el viejo sofá con la punta de su zapato italiano.

–Cuando eso ocurra, no dejaré que Deedee y tú viváis en un sitio tan pequeño. Tengo una reputación en esta ciudad, Hattie. La imagen lo es todo. Y vas a casarte con un hombre rico, te guste o no.

Estaba vengándose por lo que había ocurrido en el pasado, pensó. Entonces no había querido seguir con él porque su dinero y su poder la hacían sentir en desventaja y su madre le había enseñado a no dejar que un hombre tuviese poder sobre ella.

El hombre al que Hattie había llamado papá era en realidad su padrastro. Su madre había tenido una aventura con su jefe y cuando le dijo que estaba embarazada, él la despidió y no quiso volver a saber nada del asunto.

Hattie levantó la barbilla, orgullosa.

–No tenía nada que ver con el dinero –afirmó–.

Bueno, no sólo con el dinero. Mira tu vida, Luc. Eres el director de una empresa multimillonaria, yo soy profesora de instituto y siempre he vivido una vida muy sencilla...

–¿No debería sonar música de violines?

–Mira, déjalo –Hattie suspiró, irritada–. Ésta es una discusión demasiado antigua.

Luc se encogió de hombros mientras tomaba la bolsa de viaje.

–La cena estará lista en diez minutos. ¿Te importa si me cambio de ropa? He venido directamente de la oficina.

–La niña está dormida en mi habitación, pero el baño es todo tuyo. Yo pondré la mesa.

Estaba poniendo los platos en la mesa cuando sonó el timbre y al acercarse a la mirilla vio que era... Eddie.

En cuanto abrió la puerta notó que olía a alcohol y que apenas podía tenerse en pie.

–¿Dónde está mi hija? Quiero verla.

–Está durmiendo –respondió Hattie–. Los niños duermen a esta hora de la noche. ¿Por qué no me llamas por la mañana y hablaremos entonces?

Cuando iba a cerrar la puerta, Eddie se lo impidió.

–Podría llamar a la policía para decirles que has secuestrado a mi hija.

Era una amenaza absurda y ambos lo sabían. Hattie ya había consultado con un abogado y, además, una enfermera del hospital había escuchado la petición de Angela antes de morir. Sin embargo, no quería que aquello se convirtiera en una pelea con Dee-dee como premio.

—Vete, Eddie —le pidió—. No es buen momento. Hablaremos mañana.

Pero él la tomó por los hombros.

—De eso nada —le espetó, empujándola violentamente contra la pared.

De repente, Luc apareció en el pasillo y agarró al intruso por el cuello. El rostro de Eddie se volvió de un alarmante color morado...

—Llama a la policía, Hattie.

—Pero no quiero...

—Es lo que debemos hacer. No te preocupes, no voy a dejarte sola con este canalla.

Hattie llamó a la policía, pero antes de que llegaran Luc empujó a Eddie contra la puerta.

—Si vuelvo a verte cerca de mi prometida, te parto la cabeza. ¿Lo entiendes?

Eddie estaba tan borracho que no parecía ver el peligro.

—¿Prometida? Venga ya. ¿Dónde está el anillo de compromiso?

—Lo llevo en el bolsillo. Iba a darle una sorpresa pero un imbécil se ha encargado de estropearnos la noche.

La conversación terminó abruptamente cuando llegaron los agentes, que se llevaron a Eddie esposado después de tomarles declaración.

Hattie se dejó caer sobre una silla, con las piernas temblorosas. Afortunadamente, Deedee no se había despertado con el ruido.

Luc se puso en cuclillas a su lado, mirándola con cara de preocupación.

–¿Te ha hecho daño?

–No, estoy bien. Sólo necesito tomar una aspirina y dormir unas cuantas horas.

–No te muevas –dijo él.

Después de llevarle una aspirina y un vaso de agua, metió un par de hielos dentro de un paño de cocina y se lo puso sobre la frente.

–Sujétalo ahí –le dijo–. Descansa, yo prepararé la cena.

Unos minutos después volvía a su lado, pero Hattie tuvo que apoyarse en el hombro de Luc cuando intentó levantarse.

–Yo te daré la cena.

–No digas tonterías. Puedo comer sola... –protestó Hattie.

–No tienes que discutir por todo. Venga, abre la boca –Luc le dio pequeñas porciones de pollo al curry y Hattie protestó de nuevo cuando un poco de salsa cayó sobre el sofá.

–Mira lo que has hecho.

–No importa, cualquier mancha sirve para mejorar esta monstruosidad.

Hattie miró el sofá y, de repente, los dos empezaron a reír. Se había preguntado miles de veces si había hecho bien al romper la relación. Había sido gratificante establecer su carrera de profesora y depender de sí misma; su madre había estado orgullosa de su independencia y su éxito.

¿Pero a qué precio?

Cuando terminaron de cenar, ninguno de los dos parecía saber qué decir y Luc tomó los platos para llevarlos a la cocina.

–No te muevas. Tienes que cuidar de Deedee por la mañana, así que lo mejor será que descanses todo lo que puedas.

Hattie se quedó en el sofá, pensando en cómo había cambiado su vida. Dos meses antes era una chica normal, una profesora de instituto con un agradable círculo de amigos. Ahora era la madrastra de una niña de siete meses intentando combatir un *tsunami* de emociones por el hombre que una vez había sido su otra mitad, su alma gemela. Era lógico que se sintiera abrumada.

Se incorporó para ayudar a Luc en la cocina, pero al hacerlo sintió una oleada de náuseas.

–Tal vez deberíamos ir al hospital –sugirió él.

–Estoy bien –Hattie sabía que no parecía muy convencida, pero no era fácil mostrarse estoica con un dolor de cabeza gigantesco.

Luc se puso en jarras, el polo azul que llevaba se le ajustaba a los hombros.

–Dormiré aquí esta noche.

Capítulo Cuatro

Hattie lo miró boquiabierta.

—No hace falta que te quedes.

—Tenemos que pensar en Deedee —insistió él—. Seguramente tú no descansarás bien esta noche y necesitarás que alguien te eche una mano mañana con la mudanza.

Hattie no sabía qué decir. Tener a Luc en su apartamento era inquietante, pero el encuentro con Eddie la había asustado.

De modo que, por fin, se encogió de hombros.

—Iré a buscar unas sábanas.

Cuando volvió al salón unos minutos después, Luc estaba hablando por el móvil con Ana para decirle que no iría a casa esa noche. La emocionaba que fuese tan considerado con sus empleados.

Lo que la había atraído de él desde el principio era su amabilidad y su sentido del humor. Tristemente, ahora él mantenía una distancia que no había existido antes.

Hattie empezó a hacer la cama en el sofá pero se detuvo en cuanto Luc cortó la comunicación.

—Vete a la cama, Hattie. Eso puedo hacerlo yo.

—Buenas noches entonces.

—Espera un momento… ¿puedo verla?

–¿A Deedee?

–Sí, claro.

Luc apoyó las manos en los barrotes de la cuna para mirar a la niña, que dormía plácidamente, y Hattie tuvo que disimular su emoción. Si las cosas hubieran sido diferentes diez años antes, aquella escena podría haber sido otra…

Podrían ser una pareja, Luc y ella, metiendo a su hija en la cuna antes de irse a dormir.

–No merece lo que le está pasando –murmuró él.

Hattie sacudió la cabeza.

–No, claro que no. Y no puedo dejar que Eddie se la lleve. Es tan inocente…

Luc se volvió.

–No dejaremos que le pase nada, Hattie. Te doy mi palabra.

Y después de decir eso salió de la habitación.

Hattie se puso el camisón y la bata. Normalmente dormía en braguitas y sujetador pero con Luc en la casa necesitaba una armadura.

Antes de entrar en el baño recordó que había olvidado darle a Luc lo más básico y, tomando un cepillo de dientes nuevo del armarito, volvió al salón.

–Se me había olvidado. Hay pasta de dientes en el baño y si quieres afeitarte por la mañana…

Hattie no terminó la frase. Luc estaba ante ella, con unos calzoncillos grises que no dejaban nada a la imaginación. Seguía estando en forma y, tontamente, deseó pasar la mano por el vello oscuro de su torso para ver si seguía siendo tan suave como recordaba.

31

Sus piernas, largas y musculosas, terminaban en…

Hattie tragó saliva. Pero mientras miraba, fascinada, vio que bajo el calzoncillo su erección aumentaba de tamaño. No podía moverse y Luc no parecía avergonzado.

—Gracias por el cepillo de dientes —le dijo, con una sonrisa en los labios.

—De nada —murmuró Hattie.

Pero no se movió. Recordaba con dolorosa claridad cómo era que la abrazase, estar aplastada contra ese magnífico torso, sentir sus brazos alrededor, experimentar la dura evidencia de su deseo empujando contra su abdomen.

—¿Te gusta lo que ves?

Hattie carraspeó para aclararse la garganta. Sus miembros parecían pesar una tonelada. Estaba paralizada, atrapada entre amargos recuerdos del pasado y la certeza de que Luc Cavallo seguía siendo el hombre que podía hacerla suspirar de placer.

—Respóndeme —dijo él, con voz ronca—. Si vas a seguir mirándome así, voy a tener que aceptar la invitación.

Hattie abrió los labios, pero de su garganta no salió ningún sonido.

—Ven aquí —dijo Luc entonces.

Se mostraba absolutamente seguro de sí mismo mientras le sujetaba la cabeza para buscarle la boca, su lengua invadiéndola, dominante, exigente.

Hattie temblaba de arriba abajo, apenas era capaz de permanecer en pie. Y Luc seguía besándola, murmurando algo que no podía entender…

Sin pensar, le enredó los brazos en la cintura y le devolvió el beso. Pero cuando Luc le rozó por accidente el chichón en la cabeza, Hattie dio un respingo.

De inmediato, él se apartó, murmurando una palabrota.

—Maldita sea... vete a la cama, Hattie.

Si hubiera sido una heroína victoriana se habría desmayado. Pero ella era una chica dura, de modo que, murmurando un estrangulado buenas noches, salió del cuarto de baño.

Horas después Hattie abrió los ojos. Había dormido como un tronco. Miró el despertador y se le detuvo el corazón. Eran las nueve de la mañana.

Deedee... la niña debía haber despertado a las siete.

Hattie saltó de la cama, a punto de tropezar con las sábanas...

Pero la cuna estaba vacía. Asustada, miró alrededor... y entonces su cerebro embotado empezó a funcionar.

Luc.

Los recuerdos del beso de la noche anterior hicieron que sus pezones despertasen a la vida. Sin pensar, se llevó un dedo a los labios. Diez años era una vida entera para esperar algo que había sido a la vez tan terrible y tan maravilloso.

Cuando abrió la puerta del dormitorio oyó un balbuceo infantil en la cocina. Luc estaba haciendo el desayuno mientras Deedee jugaba en su moisés.

33

—Buenos días.

La niña lanzó un grito de alegría, alargando los bracitos hacia ella.

—Le he dado un biberón —dijo Luc—. Pero no quería darle nada más hasta que despertaras —hablaba con voz ronca, como si le costase trabajo.

Hattie sacó a Deedee del moisés, sorprendida de que Luc le hubiera dado el biberón. Nunca lo había visto con niños y le sorprendía que se mostrase tan tranquilo, especialmente cuando ella sabía lo difícil que podía ser un bebé.

—Estoy haciendo huevos revueltos con beicon, espero que te gusten.

—Sí, claro, gracias.

—Los de la mudanza llegarán dentro de poco así que deberías cambiarte de ropa. Yo me encargo de Deedee.

Hattie volvió a dejar a la niña en el moisés, percatándose entonces de que había entrado en la cocina sin ponerse la bata. Y la tela semitransparente del camisón revelaba demasiado…

Pero entonces vio los documentos que había sobre la mesa.

—Lo siento, Luc. Con todo lo que pasó anoche no tuvimos tiempo de nada.

Él metió dos rodajas de pan en el tostador.

—No importa, lo haremos más tarde.

Hattie estaba deseando volver a su habitación pero se sentía inquieta al pensar que la había visto dormida sin que ella lo supiera. Aunque habían hecho el amor muchas veces cuando eran más jóvenes, sólo en un par de ocasiones habían tenido el lujo de pasar la noche juntos.

—Gracias por atender a Deedee. No puedo creer que no la haya oído llorar.

Él se encogió de hombros.

—Yo suelo levantarme temprano. Además, es una niña muy buena.

Hattie hizo una mueca.

—No la has visto cuando le da una pataleta. Tiene pulmones de soprano.

Luc se volvió.

—Deedee tiene suerte de que te hayas hecho cargo de ella.

—Gracias.

Hattie se sintió incómoda. Al pedirle ayuda le había dado sin querer el poder que se había negado a darle a otros hombres o a él mismo cuando estaban juntos. Y, aunque ahora lo lamentase, la situación escapaba a su control.

Todas sus pertenencias estaban metidas en cajas y bolsas y el apartamento vacío a las 12:30. Lo único que quedaba por hacer era devolverle la llave al casero y seguir a Luc en su coche. Pero eso, aparentemente, era un problema.

—¿Por qué quieres ir en tu coche?

—No pienso dejarlo aquí.

Luc se encogió de hombros, con expresión resignada.

—Muy bien, entonces nos veremos en mi casa.

Era una pequeña victoria, pero hizo que Hattie se sintiera un poco mejor. Luc tenía la costumbre de hacerse cargo de todo y a ella no le gustaba sentirse como una damisela en apuros. Le había pedido ayuda, sí, pero eso no significaba que quisiera depender absolutamente de él.

De modo que después de colocar a Deedee en su vieja sillita de seguridad, se sentó tras el volante rezando para que el coche arrancase. Que no lo hiciera sería una indignidad insoportable.

Mientras la pequeña caravana se ponía en marcha, Hattie miró por el espejo retrovisor para despedirse de su antigua vida, sintiendo a la vez alivio y tristeza.

¿Le había vendido su alma al diablo?, se preguntaba.

Sólo el tiempo lo diría.

Luc experimentó una punzada de satisfacción cuando Hattie entró en su casa. Era algo primitivo pero Hattie iba a él por propia voluntad y estaba bajo su techo… llevando su anillo.

Diez años antes había dejado que su orgullo le impidiera intentar recuperarla. Pero ahora todo era diferente, ahora él tenía el poder.

La atracción entre ellos seguía ahí. Él la sentía y sabía que Hattie la sentía también. Pronto se volvería hacia él por gratitud, por soledad, por deseo. Y entonces sería suya. Había esperado mucho tiempo para eso y nadie podría reprochárselo.

Al fin y al cabo, le estaba dando a Hattie y a su sobrina un hogar seguro. Si conseguía su libra de carne en el proceso... era lo más justo. Hattie se lo debía.

Las dejó para que se instalasen, con la ayuda de Sherman y Ana y, después de cambiarse de ropa fue a su oficina para concentrarse en el trabajo que se había acumulado en su escritorio.

Pero la concentración se le escapaba. Estaba deseando volver a casa para ver a Hattie jugando con la niña...

La llamó al móvil mientras volvía por la tarde.

—Hola, Luc.

—Ana se ha ofrecido a cuidar de Deedee esta noche. He pensado que podríamos salir a cenar y hablar de negocios.

¿Negocios? Luc hizo una mueca. No había querido que sonara tan frío.

—Bien. Llegaré en veinte minutos.

Sólo era una cena, pensó. Con una mujer que ya lo había rechazado una vez. Entonces, ¿por qué tenía el corazón acelerado?

Desgraciadamente para Hattie, tenía que usar el vestido negro una vez más. Y no le apetecía ponerse el collar de Luc para una cena de «negocios». De modo que se puso un pañuelo de color naranja al cuello y un par de aros dorados en las orejas.

Estaba lista y esperándolo en el vestíbulo cuando llegó.

–¿Dónde esta la niña?

–Durmiendo, afortunadamente. Esta tarde no ha dormido la siesta, supongo que porque está en un sitio que no conoce.

–En ese caso, ya podemos irnos.

El restaurante era muy elegante y, sin embargo, nada pretencioso. El sumiller charló un momento con Luc antes de llevarles una botella de vino que Luc aprobó de inmediato.

Disfrutaron de una cena tranquila, hablando de cosas sin importancia y después, Luc sacó unos papeles de un sobre que llevaba en el bolsillo.

–Mis abogados han redactado estos documentos pero puedes pedirle a tu abogado que los revise. Sé por experiencia que a veces esos legajos son indescifrables.

Hattie miró los papeles.

–Hay una persona que está ayudándome con los documentos de solicitud de custodia… –murmuró mientras los leía por encima. Pero entonces lo miró, sorprendida–. Aquí dice que cuando el matrimonio se disuelva, tendré derecho a recibir 500,000 dólares.

–¿No te parece justo?

–Me parece absurdo. Yo no quiero dinero, Luc, no me debes nada. Al contrario, vas a hacerme un enorme favor. Reserva una cantidad de dinero para la educación de Deedee si quieres, pero yo no quiero un céntimo.

–Lo siento, pero no voy a hacerlo.

Hattie frunció el ceño.

–No te entiendo.

–Me has echado en cara mi dinero desde que te conozco y ahora lo usas para proteger a una persona a la que quieres. Muy bien, no tengo ningún problema con eso, pero no pienso dejarte en la calle –dijo Luc.

Ella se mordió los labios, sorprendida. Luc Cavallo era un hombre orgulloso. Tal vez hasta ese momento no había entendido cuánto. Estaba segura de que su corazón se había curado después de que rompiera con él pero quizá el golpe a su orgullo había sido más fuerte.

Y estaba en deuda con él, pensó. Era lo mínimo que podía hacer después de haberlo tratado tan mal en el pasado. Luc era un hombre honorable y eso no había cambiado con el paso del tiempo, de modo que sacó un bolígrafo del bolso y tomó el documento con intención de firmarlo.

Pero Luc le sujetó la mano.

–¿Estás segura? ¿No quieres que alguien lo revise?

–Estoy segura –respondió ella.

Él le soltó la mano y la observó mientras firmaba una página detrás de otra.

–¿Ya está?

–Hay un par de cosas que me gustaría discutir contigo, pero prefiero que lo hagamos en privado. Estaremos más cómodos en casa.

Unos minutos después salían del restaurante y Hattie contuvo el aliento cuando le puso una mano en la cintura. ¿Qué había querido decir con lo de «hacerlo en privado»? ¿Quería acostarse con ella?

Estaba segura de que acabaría ocurriendo, pero gradualmente, después de que se hubieran casado.

¿Quería ella acostarse con Luc, ser su mujer en todos los sentidos? ¿Y esperaba que Luc le fuera fiel en un matrimonio de conveniencia?

No podía mentirse a sí misma: lo deseaba tanto como antes, pero intentó ganar tiempo cuando llegaron a casa.

—Quiero ver a Deedee y cambiarme de ropa. No tardaré mucho.

Luc dejó las llaves sobre la consola.

—Tómate el tiempo que quieras. Nos vemos en el cuarto de estar cuando hayas terminado.

Capítulo Cinco

En vaqueros y camiseta, Luc miraba la pantalla de la televisión, sin verla.

¿Se había vuelto loco? ¿Poder? Menuda fantasía. Estaba engañándose a sí mismo. Ningún hombre tenía el menor poder si le cedía la autoridad a la parte menos racional de su cuerpo.

Estar cerca de Hattie había hecho que tuviera que darse muchas duchas frías. Se decía a sí mismo que esa respuesta física no era más que una reacción a los recuerdos, a las sensuales imágenes de Hattie y él ardiendo entre las sábanas durante la época de la universidad.

Ella era virgen cuando se conocieron; una chica tímida y reservada de ojos enormes y cautelosa opinión sobre el mundo. Como si no creyera que las cosas pudieran ir bien.

Y le había dado vergüenza contarle cuántas chicas había habido antes que ella...

Un adolescente cachondo con dinero a su disposición era una combinación peligrosa. Durante la época del instituto, Luc había estado demasiado preocupado por ser el número uno en todos los deportes como para tomar drogas. Ni siquiera le interesaba el alcohol, un rito para casi todos a esa edad. Tal vez porque había crecido en una casa donde se bebía demasiado.

Pero el sexo… sí, de eso había tenido mucho. El dinero atraía a las chicas de dieciséis años, de modo que nunca estaba solo a menos que le apeteciera salir con sus amigos.

Pero cuando Hattie apareció en su vida, todo cambió. Ella era diferente. Su dinero no le interesaba en absoluto. Al principio, había pensado que su actitud podría ser una trampa para llamar su atención pero a medida que iban conociéndose se dio cuenta de que de verdad no le importaba.

Hattie esperaba que fuese considerado, atento. Quería que la conociera de verdad. Y eso era algo que no se podía comprar con dinero.

Pero fue mucho más tarde cuando entendió que el dinero era en realidad un obstáculo en el camino.

Un ruido lo hizo girar la cabeza. Hattie estaba en la puerta, su pelo rubio sujeto en una coleta y los pies descalzos. Iba vestida de manera informal, como él.

–¿Quieres más vino? –le preguntó. Tal vez la conversación sería más fácil si estaba relajada.

–No, gracias –respondió ella, sentándose al otro lado del sofá–. Prefiero beber agua.

Llevaba las uñas de los pies pintadas de color rosa y, no sabía por qué, eso lo excitó como nunca.

Luc se levantó para sacar dos botellas de Perrier de la nevera del bar y le ofreció una antes de entregarle un sobre blanco.

–Empezaremos por esto –le dijo. En el interior

había tres tarjetas de crédito a nombre de Hattie Parker Cavallo.

–¿Qué es esto? –preguntó ella.

Luc se dejó caer de nuevo en el sofá.

–Necesitas un vestuario adecuado porque suelo acudir a eventos benéficos… y quiero que compres muebles nuevos para la habitación de la niña. Ana te enseñará la habitación que he elegido para Deedee. Si no te gusta, buscaremos otra.

Hattie negó con la cabeza.

–¿Qué pasa?

–Es que… siento como si te estuvieras haciendo cargo de mi vida. Como si hubiera perdido el control.

–Pensé que tu situación era urgente, que teníamos que hacerlo enseguida.

–Y así es –asintió ella– pero…

–¿No te parece bien el acuerdo?

–No, no es eso.

–Entonces no entiendo cuál es el problema.

Hattie se levantó para pasear por el cuarto de estar. De espaldas a él, Luc podía ver cómo los gastados vaqueros se ajustaban a su trasero. Un trasero estupendo, además. Haciendo un esfuerzo, apartó la mirada cuando Hattie se dio la vuelta.

–Yo estoy acostumbrada a cuidar de mí misma.

Luc tragó saliva.

–No tenemos que casarnos si no quieres. A mis abogados les gustaría enfrentarse con Eddie en los juzgados y no les costaría mucho convencer a un juez de que tú eres la persona adecuada para cuidar de Deedee –Luc hizo una pausa, arriesgándolo todo a una frase–. ¿Eso es lo que quieres?

–Lo que quiero es que mi vida vuelva a ser la de antes.

Luc vio que una lágrima rodaba por su mejilla... su dolor le rompía el corazón. Ella no protestó cuando la tomó entre sus brazos ni cuando le quitó la goma de la coleta para acariciarle el pelo, con cuidado para no hacerle daño.

Parecía tan frágil, pero él sabía que no lo era. Hattie tenía una personalidad de hierro.

Los sollozos no duraron mucho y, aunque no era lo que quería, Luc la soltó para volver al sofá, tomando un trago de agua mientras ella disimulaba mirando un cuadro en la pared. Era un Vermeer que había comprado en una subasta en Nueva York el año anterior. El oscuro retrato inmortalizaba a una joven inclinándose para abrocharse el zapatito. El juego de la luz sobre la figura fascinaba a Luc. Lo había comprado por capricho, pero pronto se había convertido en una de sus piezas favoritas.

Evidentemente, a veces se movía por impulsos, pensó. Por ejemplo, cuando aceptó aquel matrimonio de conveniencia. Pero, al final, sus impulsos eran casi siempre acertados.

–Te he hecho una pregunta, Hattie –dijo por fin, impaciente–. ¿Quieres que nos casemos o no?

Ella se dio la vuelta, con los puños apretados.

–Si no lo hago, Eddie sabrá que he mentido y lo usará contra mí, de modo que no tengo alternativa.

Su actitud fatalista hirió el orgullo de Luc.

–Entonces lo haremos a mi manera. Y esta vez no podrás escapar, Hattie.

El sarcasmo la desanimó, pero estaba siendo injusta. Luc había hecho todo lo que le había pedido y más. No merecía sus críticas o su desconfianza. Y le debía más de lo que podía imaginar.

Pero que su cuerpo siguiera deseándolo complicaba las cosas.

Tragándose su aversión ante la idea de estar siendo comprada, Hattie volvió a sentarse e intentó sonreír.

–Tantas tarjetas de crédito son un peligro. ¿No deberíamos fijar un presupuesto?

–Te conozco muy bien, Hattie Parker, y dudo que vayas a dejarme en la ruina –Luc metió la mano en el bolsillo para sacar una cajita de terciopelo negro–. Sé que esto debería ser una sorpresa… y como estás de mal humor, tal vez debería devolverlo y dejar que lo eligieras tú.

Hattie tomó la cajita y abrió la tapa. Dentro había un solitario de diamantes. Era muy sencillo pero la piedra rectangular, que debía tener más de cuatro quilates, brillaba con todos los colores del arco iris.

–Es precioso –murmuró.

Luc no hizo intento de ponérselo y se dijo a sí misma que era lo mejor. Pero cuando se lo puso en el dedo, la piedra pareció adquirir vida propia.

–¿Quieres que lo cambie? No quiero que me acuses de controlar tu vida.

–No, me encanta –dijo ella–. Gracias, Luc.

Él se levantó.

–¿Quieres una boda religiosa?

–No es necesario.

–Mi familia tiene una isla privada en la costa, cerca de Savannah. Si te parece, podemos celebrar la ceremonia allí. ¿Necesitas una dama de honor?

–Me gustaría invitar a mi mejor amiga, Jodi, pero su marido es militar y lo trasladaron a Japón hace dos meses. Y como mi hermana ha muerto…

–No te preocupes, seguro que Ana querrá ayudarte.

Era lo más lógico y, en realidad, la única opción en esas circunstancias.

–Se lo preguntaré mañana.

–Tendremos que irnos de luna de miel –dijo Luc, inclinándose para echar un tronco en la chimenea.

–¿Por qué?

–No podemos arriesgarnos a que alguien diga que la boda no es real.

–Pero…

–Sabía que protestarías pero de verdad creo que deberíamos irnos durante al menos una semana. La sobrina de Ana está estudiando Educación Infantil. He hablado con ella y está dispuesta a quedarse con Deedee mientras nosotros nos vamos de viaje.

Hattie se mordió los labios. En realidad tenía sentido, pero le daba miedo.

–Parece que has pensado en todo.

Luc se encogió de hombros.

–En cuanto al vestido de novia, el banquete y

todo lo demás, te lo dejo a ti. Tengo un buen amigo que es juez de paz y está dispuesto a ir a la isla para oficiar la ceremonia.

–¿Quién va a ser tu padrino?

–Leo.

–¿Y él sabe de mí y de Deedee?

–Le he contado que voy a casarme, pero nada más.

–¿Tú crees que irá?

–Leo estará allí, pero él cree que éste es un matrimonio normal. Tú y yo seremos los únicos que saben la verdad.

–¿Le has mentido a tu hermano?

–Le explicaré la situación más tarde.

–¿Y tu abuelo?

–Vendrá en otoño por su cumpleaños, pero no quiero que tenga que viajar ahora.

Hattie asintió con la cabeza.

–No sé si Leo se acordará de mí.

Luc sonrió.

–Mi hermano nunca olvida a una mujer guapa, te lo aseguro. Cuando volvamos de nuestra luna de miel cenaremos juntos y podréis recordar los viejos tiempos.

Hattie hizo una mueca. Seguramente a Leo no le caía muy bien después de haber dejado a su hermano en la universidad.

–¿Cuándo vamos a hacerlo?

–El día 14 de mayo me viene bien. Tengo una semana libre a partir de entonces. ¿Te apetece ir a algún sitio especial?

–Me da igual. Puedes elegir tú.

–He pensado que Key West estaría bien. Una lujosa villa en la playa con piscina privada…

–Sí, bueno… suena bien –asintió Hattie.

¿Por qué de repente tuvo una visión de ellos dos desnudos… acariciándose a la luz de la luna?

Por favor. Sólo faltaban dos semanas y media para el 14 de mayo. Aquello iba a pasar, era real. Iba a casarse con Luc Cavallo.

Y había algo que debían aclarar lo antes posible; Luc era un hombre y, seguramente, pensaría que el sexo formaba parte del trato.

Él volvió a sentarse en el sofá, esta vez tan cerca que sus piernas se rozaban.

–¿En qué piensas?

–Esta noche, mientras cenábamos, he tenido la sensación de que querías hablar… de sexo. Imagino que querrás cumplir con los votos matrimoniales para que nadie pueda cuestionar nuestra boda…

El rostro de Luc se ensombreció. Estaba enfadado pero Hattie no sabía por qué.

–Estoy intentando decirte que me parece bien.

–¿Qué te parece bien?

Ella carraspeó, incómoda.

–Entiendo que lo más lógico es que mantengamos relaciones mientras estemos juntos. Y estoy dispuesta a hacerlo, eso es lo que quería decir.

Luc sonrió.

–Aunque me siento profundamente emocionado por tu deseo de sacrificarte, no necesito que lo hagas.

–No te entiendo.

–Es muy sencillo, Hattie. Me parece degradante intercambiar placer físico por dinero.

Ella tragó saliva.

–Sigo sin entenderte.

–El sexo no tiene nada que ver con este acuerdo. Si terminamos juntos en la cama, será porque los dos queremos. Me siento atraído por ti como me sentiría atraído por cualquier mujer guapa y tengo los deseos normales de un hombre, pero tú tendrás que venir a mí. Tu cuerpo no es parte del trato.

Hattie tuvo que apartar la mirada. Estaba claro que quería demostrar quién tenía el poder.

Y lo que la asustaba, más que estar a su merced, era saber que no podría resistirse a la tentación.

Capítulo Seis

Los días pasaban a toda velocidad mientras Hattie se ocupaba amueblando la habitación de Deedee y buscando un vestido adecuado con el que convertirse en la señora de Luc Cavallo.

Después de la bochornosa escena en el cuarto de estar apenas lo había visto. Luc se había ido a Milán para asistir a una conferencia y cuando volvió a Atlanta trabajaba hasta muy tarde, seguramente para poder irse de luna de miel. Pero nadie en su oficina sabía nada sobre su inminente boda.

Deedee estaba feliz. No habían vuelto a saber nada de Eddie y, aparentemente, todo era normal... o tan normal como podía serlo en aquella situación.

Sherman y Ana adoraban a la niña y la mimaban con juguetes y atenciones. Hattie disfrutaba siendo parte de ese círculo. No había conocido a sus abuelos y relacionarse con ellos la ayudaba a sanar un agujero emocional en su corazón. Le daría pena cuando su matrimonio con Luc terminase, pero no quería pensar en ello por el momento.

Sólo faltaban cuatro días para la boda cuando llegaron los problemas. Y en aquella ocasión no fue Eddie.

Un día, sonó el timbre y Hattie abrió la puerta porque Sherman estaba fuera lavando el coche y Ana en la cocina, haciendo la cena.

Y el hombre que estaba al otro lado le resultaba muy familiar.

–Hola, Leo –lo saludó–. Entra, por favor.

–Vaya. ¿Haciendo de señora de la casa?

Hattie pasó por alto el sarcasmo. Evidentemente, se acordaba de ella.

–Luc no está en casa.

Leo se cruzó de brazos.

–He venido a verte a ti.

Era un hombre físicamente imponente y en la universidad había tonteado con ella. Nada serio, sólo para enfadar a su hermano. Pero su expresión en aquel momento no era en absoluto amistosa.

–¿Cómo sabías que estaba aquí?

–No lo sabía, pero me olía algo. Mi hermano actúa de una forma muy extraña últimamente y ahora entiendo por qué.

Ana apareció entonces por el pasillo, secándose las manos con un paño de cocina.

–Señor Cavallo, qué alegría verlo –lo saludó, volviéndose luego hacia Hattie–. Si quieren salir al patio, les sacaré un aperitivo ahora mismo.

Leo sonrió.

–Buena idea, Ana. He estado corriendo de un lado a otro todo el día y me he saltado el almuerzo.

Hattie sentía sus ojos clavados en la espalda mientras lo precedía. No había esperado una calurosa bienvenida por parte del hermano de Luc, pero tampoco había anticipado tanta beligerancia.

Se sentaron bajo una sombrilla y, poco después, Ana les llevó una bandeja con café y sándwiches.

—Voy a poner el monitor en la cocina, por si Deedee despierta.

—Muchas gracias, Ana.

Leo miró a Hattie con cara de sorpresa pero esperó hasta que se quedaron solos para decir:

—¿Luc se ha convertido en padre?

—No, no —se apresuró a decir ella—. ¿No te ha contado nada sobre mi situación?

—No me ha contado nada. Sólo me ha dicho que vaya a la isla el día 14 con un esmoquin.

—Ah, ya.

—Tal vez tú serías tan amable de explicarme qué está pasando aquí.

Hattie le hizo un resumen de la situación.

—Pero creo que hasta que los abogados solucionen el asunto de la custodia, lo mejor es que sepas lo menos posible.

Leo tomó un sándwich, mirándola fijamente.

—Luc sabe que puedo mantener la boca cerrada, pero también sabe que habría intentando convencerlo para que no hiciera ninguna tontería.

A Hattie se le encogió el corazón. Los dos hermanos se llevaban muy bien. ¿Podría leo convencer a Luc para que no se casara con ella?

—Si te preocupa su dinero, o la empresa, no tienes por qué preocuparte. Ya he firmado un acuerdo de separación de bienes.

Leo soltó un bufido.

—Ya sé que no eres una buscavidas.

–¿Entonces por qué te preocupa?

Él se inclinó un poco para mirarla a los ojos.

–Hace diez años destrozaste a mi hermano. Dejaste que se enamorase de ti y cuando te propuso matrimonio, la primera y única vez que ha hecho eso en toda su vida, le dijiste que no. Un hombre tiene su orgullo, Hattie, y tú dejaste que las cosas llegaran demasiado lejos. Si no estabas dispuesta a casarte, ¿por qué dejaste que pensara que había un futuro para vosotros?

–Porque lo amaba. Lo amaba de verdad.

–No me lo creo. Una mujer enamorada no le da la espalda a su amante.

–Lo nuestro no habría funcionado. Yo no era la persona adecuada para él… hice lo que me pareció mejor para los dos.

–¿Entonces cómo explicas esto? –le preguntó Leo señalando alrededor–. Parece que estás disfrutando de su casa y de sus empleados.

–Todo esto es temporal.

–¿Y Luc lo sabe?

–Pues claro que sí –respondió Hattie–. Cuando haya pasado algún tiempo nos separaremos discretamente y yo criaré sola a Deedee.

–¿Y qué pasará cuando mi hermano se encariñe con la niña? ¿Volverás a romperle el corazón?

–Eso no va a ocurrir.

–¿Cómo lo sabes? –insistió Leo–. ¿Y cómo sabes que Luc no volverá a enamorarse de ti?

Ella rió entonces, era una risa amarga.

–Te aseguro que no hay ninguna posibilidad. Luc

me está ayudando porque es una buena persona pero ha dejado bien claro que esto es sólo un acuerdo temporal.

–¿Y tú lo has creído?

–¿Por qué iba a mentir?

–Tal vez para protegerse.

–¿De qué?

–De quién –dijo Leo entonces–. De ti, Hattie. Un hombre nunca olvida a su primer amor. ¿Por qué si no iba a poner su vida patas arriba?

–Yo creo que, en cierto modo, es una pequeña venganza para Luc. Sé que le hice daño y ésta es su oportunidad de vengarse haciendo que me enamore de él.

–¿Ah, sí?

–Ha dejado bien claro que no siente nada por mí.

Leo sacudió la cabeza.

–Tú no sabes nada sobre los hombres, cariño. Y si eso es lo que Luc te ha dicho, se está engañando a sí mismo. O tal vez esté intentando cubrirse las espaldas.

Hattie reflexionaba sobre las palabras de Leo mucho después de que se hubiera ido, avergonzada y un poco esperanzada también.

Estaba en la cama, jugando con Deedee cuando Luc volvió a casa. Parecía cansado y, no por primera vez, lamentó haber tenido que pedirle aquel inmenso favor. ¿Pero qué otra cosa podía hacer?

Luc se sentó en una esquina de la cama, sonriendo a Deedee, que alargaba los bracitos hacia él.

–Hola, pequeñaja –la saludó, tomándola en brazos y lanzándola al aire–. ¿Qué travesuras has hecho hoy?

Deedee lanzó una carcajada infantil, sus mejillas regordetas estaban rojas de felicidad.

–Le gustas mucho –dijo Hattie, con el corazón encogido.

–El sentimiento es mutuo.

Hattie recordó entonces las palabras de Leo. No había considerado la posibilidad de hacer sufrir a Luc de nuevo pero si se encariñaba con Deedee…

Maldito fuera Leo por hacerla dudar.

–¿Qué tal el día?

–Bien. Han traído los muebles para la habitación de la niña esta mañana y Deedee ya ha dormido en su nueva cuna.

–Muy bien –murmuró él–. ¿Estás preparada para el fin de semana? ¿Necesitas algo?

–No, ya lo tengo todo. Ana ha estado ayudándome.

–¿Y el vestido?

–Ayer, por fin, encontré lo que quería. Espero que sea apropiado.

–Seguro que sí.

Hattie suspiró.

–Leo ha pasado por aquí esta mañana.

Luc la miró con el ceño fruncido.

–¿Qué quería mi hermano?

–Aparentemente, se te había olvidado decirle que ibas a casarte conmigo. Y no le ha hecho gracia.

Él se encogió de hombros.

–Yo no tomo decisiones basándome en lo que le guste o no le guste a mi hermano. Si no quiere ir a la boda, Sherman hará de padrino.

–No seas tonto, Leo te quiere mucho.

–Leo cree que por llevarme catorce meses tiene derecho a dirigir mi vida.

–Yo creo que deberías llamarlo por teléfono.

–No hace falta, lo veré mañana.

–Muy bien, sé todo lo arrogante que quieras. Me da igual –replicó Hattie.

Luc se levantó entonces, mirándola con una expresión que no pudo descifrar.

–Sherman y Ana tienen la noche libre.

–Sí, lo sé. ¿Quieres que prepare algo de cena?

–No, había pensado que podríamos merendar con la niña en el parque Piedmont.

–Es un poco tarde, ¿no?

–No le irá mal acostarse tarde por una vez.

–Bueno, pero tengo que cambiarme de ropa.

Luc miró la camiseta amarilla y los pantalones cortos de color caqui.

–Estás bien así. Venga, vamos, estoy muerto de hambre.

Luc tenía un garaje lleno de coches para cada ocasión y aquel día eligió un Cadillac deportivo. Él mismo colocó la sillita de seguridad y, de camino, llamó a su restaurante chino favorito. Diez minutos después, un empleado sacaba tres bolsas a la puerta. El joven sonrió cuando Luc le dio un billete de cien y le dijo que se quedase el cambio.

En Atlanta había muchos sitios bonitos para merendar o cenar al aire libre pero el parque Piedmont le traía demasiados recuerdos. ¿Habría elegido Luc aquel sitio a propósito?

Mientras sacaba a Deedee del asiento, Luc tomó la bolsa con la comida y una manta. Era una perfecta tarde de primavera y el parque estaba lleno de gente. Después de pasear unos minutos encontraron un sitio en el que no había niños correteando con pelotas de fútbol.

Deedee había comido ya, de modo que Hattie la dejó en su sillita sobre la hierba mientras Luc colocaba la manta.

—Esto tiene una pinta estupenda —le dijo, tomando un rollito de primavera.

—Y un par de kilos no te vendrían mal, estás muy delgada.

La intimidad que había en su tono la pilló desprevenida. ¿A qué estaba jugando?

Comieron en silencio, mirando alrededor. Hattie recordaba con nostalgia sus días de universidad, cuando se tumbaban en el parque del campus y Luc le acariciaba el pelo…

—Me han llamado mis abogados —dijo Luc—. Han hablado con los de Eddie y parece que tu cuñado intentará convencer al juez de que era tu hermana quien conducía esa noche. Según él, estaba conmocionado por el impacto y por eso se marchó del lugar del accidente.

Hattie apretó los puños.

—Qué canalla. Por favor, dime que nadie se lo va a creer.

Luc apoyó una rodilla en la manta.

–El informe de la policía es muy claro pero eso no significa que el caso se vaya a cerrar. No sé cuánto les está pagando pero creo que a sus abogados no les preocupa para nada que cometa perjurio.

Hattie estaba atónita. ¿Desde cuándo podía un hombre matar a tres seres humanos por conducir borracho y no acabar en la cárcel?

–No te preocupes –dijo Luc entonces–. La cuestión es alejar a Eddie de la niña. Algunos jueces le dan la custodia a los padres biológicos de manera automática pero si tenemos que ir a juicio, y es posible que no sea así, llevaremos pruebas de que Eddie sería un peligro para su hija.

Hattie sintió un escalofrío.

–Espero que tengas razón. Pero sé que hay jueces que se dejan comprar.

Unos minutos después, la sorprendió quedándose dormido. Y, mientras lo miraba, Hattie aceptó una verdad irremediable: que sería peligrosamente fácil enamorarse de él otra vez. Los pocos hombres con los que había salido en serio en los últimos diez años eran sombras comparados con Luc.

Sin pensar, alargó una mano para tocarle el pelo. Era suave, tanto como recordaba, y ondulado, aunque Luc lo odiaba. Normalmente lo llevaba corto pero tal vez había estado muy ocupado porque empezaba a rizarse en las puntas, como cuando eran jóvenes...

Le gustaría tumbarse a su lado, sentir su poderoso cuerpo sobre ella. Y ocurriría, era inevitable porque no era capaz de controlar el deseo que sentía por él. Había estado allí siempre, durmiendo, esperando ser resucitado.

Y daba igual que sufriera cuando terminase el matrimonio, la tentación de ser la amante de Luc Cavallo una vez más era irresistible.

Capítulo Siete

La mañana del día catorce de mayo amaneció soleada y cálida. Toda la casa se levantó al amanecer y Ana le llevó el desayuno a la habitación: café, tostadas con jamón y medio pomelo.

Hattie, que llevaba un rato despierta, se apartó el pelo de la cara.

—No tenías por qué traerme el desayuno.

Ana se sentó al borde de la cama.

—Una mujer merece un tratamiento especial el día de su boda. Sherman y el hermano del señor Cavallo se han llevado a la niña a dar un paseo en el cochecito. Lo único que tú tienes que hacer es relajarte y dejar que te mime.

Hattie intentó comer una tostada, pero no podía tragar. Ni siquiera el café la animó.

Estaba asustada.

—¿Tú crees que hago lo que debo, Ana?

Unos días antes, Luc y Hattie habían decidido contarle la verdad a la pareja. No era justo ocultarles secretos a las personas que iban a cuidar de Deedee mientras ellos iban de luna de miel.

Ana pasó una mano por el embozo bordado de la sábana.

—¿Te he dicho que el señor Cavallo nos ofreció a

Sherman y a mí una enorme cantidad de dinero si queríamos retirarnos?

Hattie la miró, sorprendida por el cambio de tema.

—Sé que os dio la opción de hacerlo pero que no habías querido marcharos.

—No —asintió Ana—. Y nos ha doblado el sueldo, así que vamos a hacer un crucero en otoño por primera vez en nuestra vida.

—Me parece muy bien. Tenéis que divertiros.

—Yo he trabajado toda mi vida y no sabría estar de manos cruzadas. Los antiguos propietarios de esta casa eran muy mayores y no tenían familia... y Sherman y yo tampoco hemos tenido hijos. Hasta que tú viniste a vivir aquí con Deedee, me faltaba algo —la mujer se detuvo, sonriendo—. ¿Qué hay de malo en dejar que el señor Cavallo te ayude?

—Pero no es un matrimonio de verdad. No somos una familia.

Ana se encogió de hombros.

—Puede que no lo seáis ahora mismo, pero las cosas ocurren por una razón. Lo he visto muchas veces en mi vida. Date tiempo. Venga, acaba con el desayuno y métete en la ducha. Hoy es el día de tu boda.

Luc había contratado un avión privado que despegó a las diez y media. El corto vuelo de Atlanta a la costa fue una constante fuente de fascinación para Deedee, que iba sentada sobre las rodillas de Ana, con la nariz pegada a la ventanilla.

61

Leo y Luc iban hablando de negocios mientras el amigo de Luc, el juez de paz que iba a celebrar la ceremonia, leía el periódico. Y Hattie iba charlando con la sobrina de Ana, Patti, que tenía unos ojos casi tan grandes como los de Deedee.

–Nunca había viajado en avión y menos en uno privado –estaba diciendo–. Es maravilloso.

–Te agradezco mucho que vayas a quedarte con Deedee mientras nosotros estamos de luna de miel.

Patti sonrió.

–Me encantan los niños y cuando el señor Cavallo se ofreció a pagarme la matrícula del año que viene a cambio de que me quedase con Deedee no pude decir que no. Mis tíos y yo cuidaremos bien de la niña, no te preocupes.

Hattie tragó saliva. Su deuda con Luc aumentaba por segundos.

El avión aterrizó poco después. En la pista los esperaban tres coches que los llevaron a un muelle y desde allí, en una brillante motora, se dirigieron a la isla.

Al principio, no era más que un puntito en el horizonte pero a medida que la motora avanzaba Hattie pudo ver un embarcadero. Los empleados uniformados colocaron una rampa y pronto todos saltaron de la embarcación.

Hattie miró alrededor, asombrada. Estaban demasiado al norte como para que la isla tuviera un aspecto tropical pero era un sitio encantador. La playa estaba rodeada de árboles y pájaros de todos los colores y tamaños cantaban sobre sus ramas.

Luc apareció a su lado.

–¿Qué te parece?

Hattie sonrió.

–Es asombrosa… y tan tranquila. Me encanta, es perfecta.

–Estamos intentando que sea declarada parque natural –dijo Luc, tomándola del brazo–. Vamos, hay más cosas que ver.

Fueron al otro lado de la isla en un cochecito de golf y cuando llegaron a su destino Luc la ayudó a bajar del vehículo.

–Hay sitio para que todo el mundo se cambie. ¿Media hora será suficiente?

–Imagino que sí.

–No hay prisa –dijo Luc entonces, deteniéndose para mirarla–. Es tu día, Hattie. Sé que las circunstancias no son las ideales, pero vas a hacer algo maravilloso por Deedee.

Emocionada, ella no podía hablar. Se preguntó entonces cómo habría sido casarse con Luc de verdad, enamorados como cuando tenía veintiún años. Pero enseguida apartó de sí esa tonta emoción.

–Gracias, Luc. No sé qué habría hecho si me hubieras dicho que no.

Hattie se puso de puntillas para darle un beso dulce, ardiente y peligroso.

–Los dos queremos lo mejor para la niña –dijo él con voz ronca–. Eso es lo más importante.

***

Sherman y Patti ayudaron a Deedee mientras Hattie se ponía el conjunto de ropa interior que había comprado para la ocasión: un corsé de color marfil con medias y tanga a juego.

Ana entró en el cuarto de baño para ayudarla a abrocharse los botones del corsé y luego la dejó sola.

El día era cálido y húmedo y Hattie se alegró de llevar el pelo recogido. Una pena que Luc no pudiera verla de esa guisa, pensó, mirándose al espejo. Se sentía femenina y deseable...

Ana esperaba en el dormitorio, con el vestido de novia en los brazos. Hattie había encontrado exactamente lo que buscaba en una pequeña y exclusiva boutique de Buckhead. El vestido, de color blanco roto, estaba hecho de seda y encaje. El cuello *halter* destacaba su busto y la falda caía en varias capas hasta el suelo haciendo picos, como un pañuelo. Los zapatos de color crudo con unas tiras de seda blanca que se ataban al tobillo eran perfectos.

Las dos mujeres parpadearon para controlar las lágrimas cuando Ana abrochó la cremallera del vestido. En realidad, Hattie solía vestir de manera más informal pero al fin y al cabo era el día de su boda y quería estar guapa.

Ana tomó la discreta tiara y la sujetó cuidadosamente sobre su cabeza como toque final antes de dar un paso atrás.

—Pareces un ángel —le dijo—. Siento mucho que tu madre y tu hermana no puedan estar aquí hoy.

Hattie tuvo que disimular un sollozo.

—Yo también.

–No llores, por favor. Perdona, es culpa mía, no debería haber dicho nada –se disculpó Ana–. Vamos a retocarte el maquillaje. Seguro que el novio estará impaciente.

Después, Ana se marchó para ocupar su sitio y Hattie se quedó a solas con sus pensamientos.

Alguien llamó a la puerta y cuando Hattie abrió Leo estaba al otro lado, mirándola de arriba abajo.

–Estás muy guapa, Parker –bromeó, ofreciéndole un ramo de lirios y hojas de eucalipto–. De parte de mi hermano, que está impaciente.

Luego le ofreció su brazo y Hattie lo tomó, nerviosa.

–Le tengo mucho cariño, de verdad.

–Lo sé y por eso estoy aquí. Pero si vuelves a hacerle daño…

–No tengo intención de hacérselo –lo interrumpió ella.

Leo la llevó hasta la zona donde tendría lugar la ceremonia y, antes de apartarse, se inclinó para darle un beso en la mejilla.

–Suerte, princesa –murmuró.

Cuando vio al novio esperándola se quedó sin aliento. Llevaba un esmoquin que le quedaba perfecto, una inmaculada camisa blanca y un chaleco gris.

Nerviosa, recorrió los últimos metros y, cuando se colocó bajo el arco de flores, a su lado, vio un brillo ardiente en sus ojos oscuros antes de que se volviera hacia el juez de paz apretando su mano.

El oficiante sonrió.

–Estamos aquí reunidos para celebrar la unión de Luc Cavallo y Hattie Parker. El matrimonio es...

Hattie intentó prestar atención, de verdad, pero el roce de la mano de Luc, el familiar aroma de su colonia masculina, el olor del mar... hacían que sus pensamientos fueran un caos.

Si pudiera, congelaría aquel momento para disfrutarlo más tarde.

Por el rabillo del ojo podía ver el roble gigante que los libraba del sol. Sherman y Patti estaban cuidando de Deedee. Aparentemente, la niña había decidido cooperar y estaba profundamente dormida.

Miró a Leo entonces pero cuando le guiñó un ojo Hattie apartó la mirada, intentando escuchar las palabras que la convertían en la esposa de Luc.

–¿Tenéis los anillos?

Ana tomó el ramo mientras Hattie y Luc se intercambiaban los anillos; una alianza de oro para él y una de platino para ella, al lado de su precioso anillo de compromiso.

–Puedes besar a la novia.

Los dos se volvieron al mismo tiempo. La brisa movía el pelo oscuro de Luc y su expresión era solemne aunque había un brillo burlón en sus ojos.

Habían pasado diez largos años desde la última vez que se sintió libre de besarlo.

Luc inclinó la cabeza para buscar sus labios mientras Hattie, con el corazón en la garganta y los ojos empañados, le devolvía el beso...

Un coro de risas hizo que se apartaran. Luc parecía tan sorprendido como ella.

Los abrazos y saludos los separaron pero Luc no dejó de mirarla ni un segundo hasta que volvieron a la casa. Hattie sólo había visto su dormitorio hasta entonces pero entraron en un gran salón decorado con flores blancas. Era un sitio rústico pero muy cómodo, con vigas vistas decoradas con lucecitas y docenas de capullos de rosas en jarrones de cristal.

En el centro, una mesa cubierta por un mantel de lino blanco con una vajilla de porcelana, cubiertos de plata y copas de cristal de Bohemia. Cuando todos estuvieron sentados, con Luc y Hattie en la cabecera de la mesa, Leo se levantó para brindar.

–Luc, mi hermano pequeño, ha sido y será siempre mi mejor amigo –empezó a decir–. Cuando nuestros padres murieron en aquel maldito accidente de barco, Luc y yo fuimos a vivir a Italia con un abuelo al que apenas conocíamos. No sabíamos el idioma y estábamos destrozados, pero nos teníamos el uno al otro.

Hizo una pausa entonces y Hattie vio que tragaba saliva, emocionado, mientras levantaba su copa.

–Por Luc y su preciosa novia. Que sean siempre tan felices como lo son hoy

Todos brindaron con ellos y, unos segundos después, los empleados empezaron a servir el almuerzo.

Hattie sabía que la comida era deliciosa pero no era capaz de saborearla. Se había casado con Luc… durante un tiempo para salvar a su sobrina. ¿Pero a qué precio?

Cuando él le pasó un brazo por los hombros su corazón se volvió loco.

–¿Está bien, señora Cavallo? –le susurró al oído.

Ella asintió con la cabeza.

–Pues estaría mejor que dejaras de parecer un conejillo asustado –bromeó Luc.

–Estoy nerviosa –murmuró Hattie–. ¿Qué hemos hecho?

–Olvídate de la realidad. Intenta convencerte de que estamos en una isla de fantasía. Tal vez todo esto sea un sueño.

Bajo la mesa jugaba con su mano y el travieso gesto consiguió hacerla sonreír. Unos minutos después, Deedee rompió el momento íntimo cuando empezó a balbucear, molesta porque no era el centro de atención.

Riendo, Luc se levantó para tomarla en brazos pero Deedee alargó la manita para agarrar la tiara de Hattie y tiró de ella antes de que nadie pudiera impedírselo.

Entre risas, la tiara fue rescatada, la niña recibió otro juguete y las dos personas que estaban en la cabecera de la mesa se convirtieron en tres.

Deedee rió cuando Luc le hizo cosquillas en la barriguita pero luego enterró la cara en el cuello de su tía y, con su vocecita de bebé, dijo con toda claridad:

–Mamá.

Capítulo Ocho

Luc vio las emociones en los ojos de Hattie: sorpresa, alegría, pena, orgullo. Casi demasiado para cualquier persona, particularmente en un día lleno de emociones.

De modo que se levantó para dirigirse a los invitados.

–Hattie y yo vamos a pasar un rato con Deedee antes de despedirnos. Cortaremos la tarta a la vuelta. Mientras tanto, relajaos y pasadlo bien.

Luego ayudó a Hattie a levantarse, viendo cómo apretaba a la niña contra su corazón.

–No puedo irme sin Deedee –le dijo cuando estuvieron solos–. Tendremos que cambiar de planes.

En ese momento, la niña vio una bolsa llena de muñecos de peluche y empezó a moverse para que la dejara en el suelo.

Luc tomó la mano de Hattie para sentarla al borde de la cama.

–Deedee estará bien con Patti, Sherman y Ana, no te preocupes. Además, tenemos que hacer que este matrimonio parezca real y tú necesitas un descanso. Este último año ha sido agotador para ti.

Hattie lo miró, sus enormes ojos castaños estaban empañados.

–Me ha llamado «mamá».

–Lo sé, lo sé. Y eso es lo que eres.

–Pero me siento culpable.

–¿Por qué?

–Me alegro muchísimo de que Deedee me vea como su madre pero… no sé, siento como si fuera una deslealtad hacia Angela. ¿Cómo voy a alegrarme de que Deedee me llame mamá si eso significa que no recordará a Angela, su verdadera madre?

–Puedes enseñarle fotografías de tu hermana… y más adelante, cuando sea un poquito mayor, le explicarás lo que pasó. Angela vivirá en su corazón gracias a ti, Hattie.

–¿Y Eddie? ¿Qué voy a decirle sobre su padre?

Luc apretó los labios, pensativo. ¿Quería reemplazar al padre de Deedee?, se preguntó. Era una tentación, desde luego. Pero él no tenía deseos de formar una familia por el momento y Hattie había dejado dolorosamente claro que sólo necesitaba su ayuda de manera temporal.

–No sé cómo acabará todo esto pero dudo mucho que Eddie tenga interés en ser padre. Y si le das todo tu cariño, Deedee lo superará.

–Eso espero –murmuró Hattie.

Luc alargó una mano para tocarle el pelo.

–Estás preciosa –murmuró.

–Gracias. He pensado que este vestido sería mejor que uno más tradicional.

–¿Lamentas que no nos hayamos casado en una iglesia?

Hattie se encogió de hombros.

–No lo sé. La ceremonia ha sido preciosa. Y, además, me ha parecido muy real.

Su respuesta lo decepcionó. Había esperado más entusiasmo. Y no se le había escapado que las palabras del juez de paz, que Hattie había seleccionado, no incluían el clásico: «Hasta que la muerte os separe».

Además, no llevaba el colgante con la perla aquel día y eso le dolió, aunque no lo admitiría en voz alta. Sólo le importaba porque era un símbolo de que le pertenecía.

–Será mejor que volvamos. Los invitados estarán esperando que cortemos la tarta.

Aunque hacía calor, Luc se dio cuenta de que Hattie tenía las manos frías. Según ella, contratar un fotógrafo era innecesario, de modo que mientras cortaban la tarta sólo la cámara digital de Sherman inmortalizó el momento.

Hattie sonrió mientras tomaba un trozo de tarta para ponérselo a Luc en la boca. Luc no sabía qué le apetecía más, si la tarta o sus dedos... y, sin pensar, los besó.

–¿Quiere que la ayude a quitarse el vestido, señora Cavallo? –le preguntó Ana.

–No te preocupes –respondió Luc por ella–. Creo que eso puedo hacerlo yo.

Una vez en la habitación, Hattie se volvió para mirarlo, molesta.

–¿Por qué has dicho eso? Ana y Sherman saben la verdad.

Él se encogió de hombros.

–También me han oído los camareros y los conductores. Ellos podrían hablar y… bueno, esos cotilleos nos ayudarán, Hattie.

–No me gusta –murmuró ella.

–¿Se puede saber qué te pasa? No voy a lanzarme sobre ti en cuanto me des la espalda.

–Ya lo sé.

–Quítate el vestido y ponte otra cosa, tenemos que irnos.

Al ver que palidecía, Luc se sintió como un canalla. La frustración sexual empezaba a afectarlo y se preguntó qué lo había poseído para insistir en una luna de miel. Si Hattie no admitía pronto que lo deseaba como la deseaba él, acabaría portándose como un lunático.

Pero no podía dejar que pensara que eso lo afectaba. El dulce Luc al que Hattie había conocido en la universidad era un fantasma. El Luc real era un cínico. Tendría a Hattie en su cama, y pronto, pero no dejaría que sus emociones lo gobernasen.

De modo que le dio la espalda para mirar por la ventana. Cuando oyó que cerraba la puerta del baño se quedó donde estaba. Era imposible no imaginarla desnuda…

La puerta se abrió de nuevo y Luc suspiró, sin darse la vuelta.

–¿Nos vamos?

Pero cuando se volvió, comprobó que Hattie no se había quitado el vestido.

–No puedo desabrocharlo. ¿Me ayudas?

Hattie le dio la espalda con inocente confianza y Luc bajó la cremallera con manos temblorosas… para descubrir un corsé blanco que era la fantasía erótica de cualquier hombre.

–¿Quieres que…? –le preguntó, con voz ronca.

–Sí, por favor, el corsé también.

No sabía lo que había tardado en desabrochar los cientos de diminutos botones pero, por fin, admiró la pálida piel de su espalda, que recordaba tan bien. Y recordaba pasar la lengua por su espina dorsal, sin pararse cuando llegaba a su trasero…

La tortura duró lo que le parecieron horas pero, al fin, terminó y Hattie sostuvo el vestido frente a ella como un escudo.

–Gracias.

Se dirigió al baño a toda prisa pero, al hacerlo, tropezó con la alfombra y Luc, por instinto, la sujetó tomándola por la cintura…

Los suaves pechos parecían suplicar sus caricias y Luc contuvo el aliento, atónito por la oleada de deseo mientras Hattie se quedaba inmóvil, como un animal cegado por los faros de un coche.

–Tu piel es tan suave –dijo, sin pensar, acariciando los globos blancos que recordaba tan bien.

Hattie apoyó la cabeza en su hombro.

–Luc…

Eso fue todo. Sólo su nombre. Pero tan cargado de lo que él esperaba fuera deseo que se excitó de inmediato. Sin pararse a pensar, Luc tiró del vestido y del corsé. No podía ver su cara y no quería hacerlo.

–Di que me deseas, Hattie.

73

—Te deseo, pero...

—¿Pero?

—No creo que estemos preparados para esto —susurró Hattie.

Luc apretó su erección contra la espalda femenina, su precioso y redondo trasero apenas oculto bajo una braguita blanca.

—Yo sí estoy preparado, te lo aseguro.

La oyó contener la risa y eso lo hizo sonreír.

En ese preciso momento, cuando creía que tenía el paraíso en la punta de los dedos, un grito al otro lado de la puerta hizo que se apartase.

Tenían invitados esperando.

—Lo siento. No quería...

Hattie no se volvió. Sospechaba que estaría colorada hasta la raíz del pelo.

—Ve a cambiarte. Hablaremos más tarde.

Hattie entró en el cuarto de baño medio mareada. Había estado a punto de tirar a su marido sobre la cama y... sentir sus manos sobre su piel había sido más excitante que nada que hubiera experimentado en los últimos diez años.

No había estado siempre sola pero aun así... madre mía.

Tardó más de lo normal en abrochar los botones de la blusa de color lavanda. Los pantalones de lino color beis eran parte del carísimo nuevo vestuario que ahora llenaba dos maletas de Louis Vuitton y una bolsa portatrajes.

74

Hattie se miró al espejo, haciendo una mueca al ver que estaba despeinada. Después de arreglarse un poco el pelo miró alrededor. Ana había prometido llevarse el vestido de novia de vuelta a Atlanta, de modo que sólo tenía que ponerse las sandalias doradas y lavarse la cara. Después de hacerlo, se puso un poco de brillo en los labios y unas gotas de su perfume favorito en el cuello.

¿Qué habría pensado Luc mientras la desvestía?, se preguntaba. ¿Sentiría algo por ella o era sólo sexo? ¿Y si se hubiera dado la vuelta para besarlo?

No, se dijo a sí misma. Tal vez se sentía atraído por ella pero no era un crío incapaz de contener sus impulsos y no tenía la menor intención de mantener una relación con ella, la viera desnuda o no. Le gustaba tenerla a su merced pero estaba pensando en sexo, no en una reunión de antiguos enamorados.

Ella había tenido su oportunidad y la había desaprovechado pero estar con Luc de nuevo la hacía recapacitar sobre su decisión de romper con él. Su dinero le daba poder, sin duda, pero ahora estaba segura de que no habría usado su dinero para intentar controlarla, por mucho que dijera su madre, que siempre había sido una persona desconfiada. Las desilusiones la habían hecho desconfiar de todo el mundo.

Hattie había intentado no ser como ella pero tal vez había heredado esa innata desconfianza y tal vez por eso había roto con Luc.

Suspirando, abrió la puerta para volver a la habitación y Luc la miró de arriba abajo antes de aclararse la garganta.

—Yo también tengo que cambiarme. ¿Por qué no juegas un rato con Deedee? Saldré enseguida.

Antes de que Hattie pudiera responder, Luc desapareció.

Veinte minutos después, entre el caos de las despedidas, volvió a ver a su marido. Llevaba un pantalón negro y una camisa azul cielo con las mangas subidas hasta el codo y su informal elegancia la dejó sin aliento.

Le sorprendió que Luc y ella no volvieran con·el resto del grupo y él no le dijo dónde o cómo iban a empezar su luna de miel.

Ana se acercó con Deedee en brazos para que le diera un último beso. Cuando Angela vivía, Hattie adoraba a su sobrina pero ahora… ahora que se había convertido en su madre, el lazo que había entre ellas era indestructible y le dolía decirle adiós, preocupada de que sufriera, que la echara de menos.

—No te preocupes, cuidaremos bien de ella —intentó tranquilizarla Ana—. Sherman y yo la cuidaremos como si fuera nuestra hija.

—Lo sé. Además, Deedee os adora. No se la dejaría a nadie más.

Antes de subir a bordo, Leo se acercó a Hattie.

—Espero que sepas lo que estás haciendo.

—¿Alguien sabe de verdad lo que hace alguna vez? —replicó ella, intentando bromear—. Estoy haciendo lo que puedo, Leo. Es lo único que puedo hacer.

—Llámame si necesitas algo. Y sé buena con mi hermano.

Antes de que pudiera responder, Leo subió al

barco y Luc y ella vieron cómo se alejaba hacia tierra.

–¿Por qué no hemos ido con ellos?

Luc la tomó del brazo para llevarla hacia la casa.

–Ha sido un día muy largo y he pensado que preferirías descansar aquí esta noche. Mañana vendrá a buscarnos un helicóptero que nos llevará al aeropuerto de Atlanta y desde allí iremos a Key West.

–Ah.

Luc malinterpretó el monosílabo.

–Siento mucho no llevarte a algún sitio más exótico como Saint Moritz –le espetó, molesto–. Pero he pensado que sería más sensato quedarnos cerca, por si Eddie hace alguna de las suyas.

–Y has hecho bien –dijo Hattie.

Estaba nerviosa pero intentaba disimular. Un hombre y una mujer recién casados en una isla solitaria. ¿Qué iba a pasar?, se preguntaba.

Luc se detuvo en el porche, mirándola con gesto inseguro.

–¿Tienes hambre? He notado que apenas probabas el almuerzo.

–No, no mucha.

–Podríamos sentarnos en la playa y ver la puesta de sol mientras comemos algo.

Ella asintió con la cabeza.

–Me he vestido pensando que íbamos a tomar el avión. ¿Te importa si me cambio de ropa?

–No hace falta. Dobla las perneras del pantalón para no mojarlo. Iremos descalzos, como si fuéramos unos críos de nuevo.

Lo había dicho con tono burlón pero Hattie asintió con la cabeza mientras iban a la cocina a llenar una cesta con los restos del almuerzo, dos botellas de agua mineral y una toalla.

Hattie rió cuando Luc se quitó los zapatos y se remangó los pantalones. Era el día de su boda, tal vez una boda poco ortodoxa, pero al menos merecía pasarlo bien, se dijo.

Luc colocó la toalla sobre la arena, aunque la brisa los obligó a buscar unas piedras para sujetarla. Se sentaron uno al lado del otro pero sin la niña como escudo, literal y figuradamente, la tensión entre ellos era palpable.

Allí, en una isla solitaria, apartados del resto del mundo, era más difícil ignorar el pasado.

Él se apoyó en un codo, con expresión pensativa.

–He pensado en ti muchas veces durante estos años… me preguntaba qué harías, si serías feliz.

–Ser feliz no es fácil, ¿verdad? –murmuró ella–. Pero tenía un trabajo que me gustaba, amigos, familia. De modo que sí, supongo que era feliz.

Luc frunció el ceño.

–Cuando estábamos en la universidad yo era un idiota y confundía el deseo con el amor. No sé si el amor existe de verdad.

–¿No crees en el amor?

–Entiendo el amor que se siente por los padres o un niño. Esas son emociones reales, pero entre un hombre y una mujer… no estoy seguro de que exista.

Su cinismo la molestó. El Luc que ella recordaba no era así.

–¿Nunca has querido casarte?

–¿Después de la debacle contigo? No, una vez es más que suficiente.

–Lo siento.

–No tienes por qué. Fue una buena lección.

Hattie empezaba a deprimirse. Esa conversación estaba robándole la alegría y se levantó abruptamente.

–Ya te he pedido disculpas muchas veces. Me odias y lo entiendo pero no puedo cambiar el pasado.

Capítulo Nueve

Luc masculló una palabrota mientras Hattie se alejaba de él. ¿Había sido su intención enfadarla para olvidarse del deseo que sentía por ella?

Estaba extrañamente indeciso. Deseaba a Hattie con una intensidad que aumentaba cada día pero no estaba dispuesto a abandonar su posición de poder. Hasta aquel momento no había querido pensar en los hombres que debía haber habido en la vida de Hattie... y aún no podía pensar en ellos porque se ponía furioso.

Maldita fuera...

Deseaba a Hattie.

La casa estaba a oscuras cuando volvió. Fue a su habitación, sabiendo que Hattie estaba a unos metros. Eran las nueve pero no había luz bajo su puerta.

Angustiado, se dio una larga ducha pero si esperaba que fuera una experiencia relajante se llevó una desilusión.

Su recalcitrante imaginación creó una visión de Hattie desnuda bajo el agua... con él, sus generosos pechos mojados y cubiertos de espuma.

La imagen le provocó una erección. Mientras se tocaba a sí mismo, Luc se imaginó entrando en ella, envolviendo las piernas femeninas en su cintura…

Luc terminó dejando escapar un gemido ronco, apoyándose en la pared antes de pasarse las manos por el pelo.

Estaba seguro de que Hattie se sentía atraída por él y la quería en su cama de nuevo, pero con condiciones. Había estado a punto de destruirlo una vez y sería un idiota si dejara que ocurriese de nuevo. No, debía estar en guardia.

Se metió en la cama poco después pero era incapaz de conciliar el sueño. Aunque se había levantado antes del amanecer, estuvo dando vueltas hasta que por fin no pudo soportarlo más y encendió la lamparita.

Los sonidos nocturnos de la isla eran muy diferentes a los de Atlanta. El murmullo de pájaros y animales salvajes llenaba la noche, con el sonido del mar como fondo.

A las dos de la mañana apartó las sábanas y se levantó para ir a la cocina en calzoncillos a beber agua. La casa estaba tan silenciosa que sintió como si fuera la única persona viva en el planeta.

Salió al porche para mirar el mar y, de repente, se quedó inmóvil al ver una figura esbelta iluminada por la luz de la luna… Hattie.

Estaba de espaldas a él, con la cabeza levantada mirando las estrellas, su pelo moviéndose con la brisa. La misma brisa que aplastaba el camisón contra su cuerpo, dejando poco a la imaginación.

Debería darse la vuelta, sería lo mejor. Pero retirarse nunca había sido una opción para él. Tal vez si hubiera hecho las cosas de manera diferente diez años antes no la habría perdido.

No sabía por qué pero le parecía triste, solitaria. Un artista habría dado algo por pintarla en aquel momento pero verla así le partía el corazón.

Ella no dijo nada cuando llegó a su lado, casi como si lo estuviera esperando.

—¿Estás bien?

Hattie se encogió de hombros en lugar de responder.

—Antes me he portado como un idiota. Lo siento.

—Debería ser yo quien te pidiera disculpas —dijo ella entonces—. Hace diez años era muy inmadura, muy joven... yo no quería hacerte daño y lo siento más de lo que puedas imaginar. Debería haber hecho las cosas de otra manera.

Luc hizo una mueca. No estaba disculpándose por romper con él, sólo por cómo lo había hecho.

—Creo que deberíamos dejar atrás el pasado. Ahora somos personas diferentes.

Los dos se quedaron callados entonces, Luc intentaba respirar a un ritmo normal. Pero cuanto más tiempo estaba a su lado, sintiendo el calor de su cuerpo, más excitado se sentía.

—Estás triste —dijo entonces—. Dime por qué.

Hattie cambió el peso de un pie a otro.

—No ha sido exactamente la boda con la que yo había soñado.

—Lo siento pero... bueno, al menos tenemos la

playa, esa luna llena y un millón de estrellas. Podría ser peor.

–Sí, claro, podría estar lloviendo –bromeó Hattie.

Sin pensar, Luc alargó una mano para tocarla. Necesitaba descubrir qué era más suave, si el satén del camisón o su piel. Lo único que hizo fue levantar su barbilla con un dedo para mirarla a los ojos… pero Hattie dio un paso atrás.

–¿Tienes sueño?

–No.

–Yo tampoco –dijo Hattie–. Ésta es mi primera boda y no sabía que fuera tan estresante.

–Al menos no hemos tenido quinientos invitados a los que aún estaríamos saludando. ¿Por qué hace eso la gente? Debe ser agotador.

–Imagino que quieren compartir su felicidad con sus seres queridos y mostrar su agradecimiento a la gente que ha hecho el esfuerzo de arreglarse para acudir a la boda. Supongo que todo esto es como un mal sueño para ti. Y te debo mucho, Luc. Lo sé muy bien.

–Entonces, tal vez debería cobrarme la deuda esta noche –dijo Luc–. No soy el novio que tú habrías elegido y éste no es el día de boda que esperabas pero al menos nos merecemos un beso, ¿no?

Luc le puso una mano en la cintura para acariciar la satinada curva de su cadera.

–¿Quieres que pare?

Ella se mordió los labios.

–Lo que quiero y lo que es sensato son dos cosas muy diferentes.

Luc se acercó un poco más para que notase su erección. Sabía que tendría que pagar por ello pero no podía parar.

–En este momento, me da igual lo que sea sensato.

Estaban apretados el uno contra el otro y podrían haber estado desnudos porque a través del finísimo camisón podía notar cada una de sus curvas. El *ying* y el *yang*. Positivo y negativo. Hombre y mujer.

Hattie le echó los brazos al cuello y Luc no pudo disimular un escalofrío. Pero sólo era deseo, la natural urgencia masculina después de algún tiempo sin compañía femenina.

Al principio, sus labios apenas se rozaron. Una innata precaución que los dos reconocían parecía ralentizar el encuentro, pero el deseo aumentaba y nada podía pararlo y, por fin, sus lenguas se encontraron.

Nunca había olvidado su sabor, un poco agridulce, como una manzana de octubre. El mes en el que se habían conocido, la ocasión en la que se había enamorado por primera y última vez en su vida.

Luc se apretó contra ella de nuevo, haciéndola gemir. Y el sonido de femenino anhelo fue directamente a sus entrañas, destruyendo toda semblanza de cordura.

La besó una y otra vez, aplastándola contra su torso, buscando su garganta, su cara, sus párpados. Se puso de rodillas y le besó el ombligo a través de la tela del camisón, apretando sus caderas con tal fuerza que casi temía hacerle daño.

Hattie le agarró el pelo con las dos manos pero estaba apretándolo contra ella, no apartándolo.

Fue como un *tsunami*; un anhelo tan increíble, tan inesperado e interminable que lo dejó sin aliento.

Se incorporó cuando Hattie dio un paso atrás, mirándolo con expresión asustada.

–Tienes que darme tiempo –le dijo–. No se trata sólo de nosotros, tengo que pensar en Deedee y no puedo cometer ningún error.

–Un error –repitió él, intentando recuperar el control–. Lo siento, me he dejado llevar... pero tienes razón, los dos somos adultos. Deberíamos usar la cabeza y no sucumbir a esta locura.

Hattie abrió la boca como para decir algo pero, por segunda vez aquel día, se dio la vuelta y lo dejó solo.

Hattie apenas pudo conciliar el sueño esa noche y estaba agotada cuando sonó el despertador a las ocho y media. Y el hecho de que hubiera puesto el despertador en su primera mañana como recién casada casi la hizo soltar una carcajada histérica.

Estaba vestida, con la maleta hecha y sentada en la cama a las nueve y cuarto. Había comida en la cocina pero la idea de llevarse algo al estómago le producía náuseas.

Cuando Luc llamó a la puerta a las diez, intentó mostrarse serena.

–Buenos días –la saludó Luc, ofreciéndole una

taza de café solo y con azúcar, como a ella le gustaba. Pero también él tenía ojeras, de modo que tampoco había dormido.

—El helicóptero está a punto de llegar. ¿Por qué no esperas en el porche?

—Muy bien.

Unos minutos después llegaba el helicóptero. Un poco más tarde estaban en el aire y Hattie tuvo que parpadear para contener las lágrimas. Había sido una boda de cuento de hadas, sí. Una pena que los cuentos de hadas no fueran más que relatos de ficción.

El ruido de las aspas hacía que la conversación fuera imposible pero no le importaba porque no sabía qué decir.

Aterrizaron en el aeropuerto de Atlanta y Luc sonrió mientras entraban en la terminal.

—Iremos en un vuelo regular. Sé que me habrías echado la bronca si hubiera contratado un avión privado para los dos solos.

—Desde luego que sí.

Después de soportar una larga cola, subieron a bordo. Hattie nunca había viajado en primera clase y el asiento era muy amplio pero seguía estando peligrosamente cerca de Luc. Cerró los ojos y fingió dormir cuando el avión despegó pero estaba tan cansada que el fingimiento se hizo realidad. Despertó cuando aterrizaban en Miami y Luc también debía haberse quedado dormido porque tenía la camisa arrugada y el cabello despeinado.

Volaron a Key West en una avioneta con dos

asientos a cada lado del pasillo. Su pierna rozaba la de Luc pero ya no podía hacerse la dormida, de modo que se concentró en el paisaje que veía desde la ventanilla mientras Luc sacaba un periódico y enterraba en él la cabeza.

Apenas había intercambiado dos palabras con su marido desde que salieron de la isla. Hattie estaba cansada, deprimida y echaba de menos a Deedee.

El aeropuerto de Key West era diminuto pero Luc se había encargado de alquilar un descapotable de color cereza... en el que no cabían sus maletas. Irritado, Luc tuvo que volver al interior de la terminal para cambiarlo por un coche más grande.

Y, mientras esperaba, Hattie tomó una decisión. No podían seguir sin hablar. Lo de la noche anterior había sido un error, de modo que lo mejor sería empezar de nuevo.

–Siento que no podamos ir en el descapotable. Me gustaba mucho –le dijo.

Luc ya había estado en Key West o al menos había memorizado la ruta porque conducía con confianza, sin molestarse en consultar el GPS. Cuando se detuvo ante una casa de dos plantas que parecía el hogar de un lobo de mar del siglo XIX, se sintió encantada. Era mucho mejor que un hotel impersonal.

El edificio de madera estaba pintado en color verde menta con una cenefa blanca y había buganvillas y otras flores que Hattie no conocía en las ventanas.

Apenas habían salido del coche cuando un hombre de unos sesenta años y aspecto distinguido salió a recibirlos.

–Bienvenidos a Flamingo's Rest –los saludó, ofreciéndoles la mano–. Soy el encargado, Marcel. Tenemos la suite Luna de Miel preparada para ustedes –el hombre abrió la vieja puerta de roble con una sonrisa, como si estuviera genuinamente contento de verlos–. Han venido en el mejor momento del año.

Los llevó por una escalera enmoquetada y abrió la puerta de una suite que ocupaba la mitad de la segunda planta.

–Key West es el sitio perfecto para una escapada romántica. Si necesitan algo, sólo tienen que llamarme.

Capítulo Diez

Cuando el encargado desapareció, Hattie miró alrededor. La habitación tenía una enorme cama con dosel pero sólo con mirarla se echaba a temblar.

El salón estaba amueblado de manera lujosa, con un sofá y varios sillones elegantemente tapizados, una televisión de pantalla plana, un bar y una mullida alfombra bajo sus pies.

–Es muy bonito.

Un golpecito en la puerta anunció la llegada del equipaje. Marcel y un empleado más joven lo guardaron todo en los armarios y, después de aceptar la propina de Luc, se despidieron con una sonrisa.

–Yo dormiré aquí. Parece muy cómodo –dijo Hattie, señalando el sofá–. Bueno, voy a llamar a Ana para ver cómo está Deedee. ¿Quieres decirle algo?

Luc sacó una cerveza de la nevera, sin mirarla.

–No, ahora mismo tengo que hacer algunas llamadas. Estaré en el dormitorio si me necesitas. Saluda a Ana y Sherman de mi parte.

Hattie suspiró. Parecía enfadado y era lógico. Los hombres no lidiaban bien con la frustración sexual y ella misma se sentía inquieta. ¿Qué tendría que hacer para animarlo?, se preguntó.

Deedee balbuceó un saludo cuando Ana le puso

el teléfono en la oreja pero Hattie no sabía si la niña reconocía su voz. Cuando la llamada terminó, tuvo que secarse una lágrima.

Sin saber qué hacer, decidió arreglarse un poco. Afortunadamente, su bolsa de viaje estaba en el sofá, de modo que no tenía que invadir el dormitorio.

Iba a tener que acostumbrarse a ser la mujer de Luc Cavallo, pensó mirando la blusa beis y el pantalón de lino. Pero ella solía llevar ropa informal, vaqueros y zapatillas de deporte, no vestidos de diseño.

Sus zapatos estaban en una de las maletas grandes, de modo que se acercó descalza a la ventana para mirar el patio. En el hotel había dos piscinas, una detrás de la otra, que brillaban como joyas bajo el sol. Y cuando miró su reloj se le ocurrió que llevaba veinticuatro horas casada.

Luc tardó una hora en reaparecer, con el maletín en una mano y la chaqueta colgando de la otra.

–¿Dónde vas?

–Tengo que irme –respondió él–. Hay un problema en la oficina de Miami y yo soy el más cercano. Se supone que deberíamos firmar un contrato con un nuevo diseñador y parece que las cosas no van bien.

–¿Te vas a Miami? –le preguntó ella, incrédula.

–Hablaré con Marcel antes de irme. Él cuidara de ti mientras yo estoy fuera.

–Puedo cuidarme sola, Luc. Pero haber venido aquí para esto…

–Mi vida no se ha detenido por haberme casado contigo –la interrumpió él–. He hecho todo lo que me has pedido, me he casado contigo y Deedee está a salvo. Los dos sabemos que esto es un matrimonio temporal, así que tendrás que soportar ciertas cosas. Como las soporto yo.

Hattie se tumbó en la cama y estuvo llorando durante una hora. Era insultante. ¿Qué más daba que no fuese un matrimonio real? ¿No merecía al menos una luna de miel fingida?

¿Tan poco le importaban sus sentimientos que podía dejarla sola después de lo que había pasado la noche anterior?

Tenía los ojos enrojecidos de llorar pero estaba más serena cuando sonó el teléfono a las nueve. No reconoció el número, aunque sabía que era el código de Atlanta.

—Necesito hablar con mi hermano —escuchó la voz de Leo.

—No está aquí, ha tenido que marcharse.

—¿Cómo que ha tenido que marcharse?

—Un problema en la oficina de Miami, por lo visto. Un contrato con un diseñador nuevo o algo así.

Hattie escuchó una palabrota.

—Debería haber ido yo a Miami pero estaba ocupado con otro contrato.

—No es culpa tuya —dijo ella—. Además, estoy segura de que ésta es su manera de demostrar que él es el jefe. O tal vez sigue enfadado conmigo por lo que pasó hace diez años.

—No, estoy seguro de que el problema en la oficina de Miami es real.

–Sí, seguramente –asintió ella, aunque no estaba segura del todo–. Buenas noches, Leo.

Luc estaba en el balcón del hotel, mirando el mar y lamentando su testarudez. Había solucionado el problema en la oficina enseguida pero en el último momento había decidido quedarse a pasar la noche en Miami. Era importante que Hattie entendiese que no iba a dejarse llevar por el deseo que sentía por ella.

Iban a acostarse juntos, y pronto, pero no pensaba ser esclavo de su libido. Y tampoco iba a suplicar.

Aunque no se le escapaba la ironía. Había estado de rodillas la noche anterior pero la decisión de Hattie de apartarse lo había ahorrado hacer el ridículo. Y había recuperado el control de la situación.

Se preguntó entonces qué estaría haciendo ella en ese momento. ¿En un restaurante, siendo admirada por los hombres?

Airado, golpeó la barandilla con el puño. Tal vez el dolor le aclararía la cabeza.

En los negocios, sabía cuál era la clave del éxito: mantener el control siempre. Y la noche anterior había cometido un grave error. Había dejado que Hattie viera cuánto seguía deseándola y saber eso le daba poder.

Supuestamente, era ella quien debía suplicarle que se acostaran juntos, no al revés. Él no estaba enamorado… no, aquella inquietud era sólo eso, deseo. Su última relación había terminado meses antes y desde entonces lo único que había hecho era trabajar.

Dado su pasado y el tiempo que llevaba sin tener relaciones era lógico que Hattie lo excitase. Y era lógico también que mantuvieran relaciones ahora que eran marido y mujer. Pero cuando la situación de Deedee estuviese solucionada, Luc dejaría bien claro que era hora de decirse adiós.

Hattie se quedo dormida alrededor de las dos de la madrugada y cuando Marcel llamó a la puerta de la suite antes de las nueve le costó trabajo despertar. Pero cuando abrió, la persona que estaba al otro lado no era Marcel sino Leo, su cuñado.

–¿Qué haces aquí?

–¿Puedo entrar? –le preguntó él, con gesto serio.

–Sí, claro. ¿Le ha ocurrido algo a Luc? –exclamó Hattie, agarrándose al respaldo de una silla–. Por favor, dímelo. Dime lo que sea…

–No, no, mi hermano está bien. Perdona si te he asustado –dijo Leo por fin, mirándola con cara de sorpresa–. ¿Sigues enamorada de él?

–No, por supuesto que no.

–¿Estás embarazada? ¿Es por eso por lo que pareces a punto de desmayarte?

–Por favor… anoche no cené nada y aún no he tomado el desayuno, eso es todo. Y sigues sin decirme qué haces aquí.

Leo se dejó caer sobre un sillón mientras ella abría la nevera para sacar una Coca Cola.

–Cuando me dijiste que Luc se había ido a Miami me puse a pensar. En la boda, hasta un ciego se habría dado cuenta de que Luc sigue sintiendo algo por ti… y viceversa.

–Tienes mucha imaginación.

–Niégalo todo lo que quieras pero yo sé que es verdad. Y abandonarte en plena luna de miel…

–¿Has venido para decirme eso?

–No, estoy aquí para que mi hermano firme unos papeles. Son importantes, de otro modo no os hubiera molestado en vuestra luna de miel… claro que a mi hermano no parece importarle mezclar los negocios con el placer –Leo golpeó los brazos del sillón–. Bueno, me quedaré contigo hasta que vuelva.

–Pensé que yo era la mala de la película –dijo Hattie.

–A veces me equivoco –dijo él, encogiéndose de hombros. Tenía una sonrisa tan atractiva como la de su marido.

–No es necesario que me hagas compañía, de verdad.

–Deja de discutir y ve a ponerte el bañador. Yo también me cambiaré y le pediré al encargado que nos haga un buen desayuno.

Cuando Hattie bajó a la piscina con un bañador verde, su cuñado ya estaba en una tumbona… roncando. Pobre, pensó. Lo mejor sería dejarlo dormir.

Después de estar tumbada un rato en una hamaca, Hattie se lanzó al agua dejando escapar un suspiro de placer. Ser rico tenía sus ventajas, pensó, flotando perezosamente.

Había sido un detalle por parte de Leo ir a hacerle compañía, pero ella quería a su marido… en bañador, para poder admirarlo a placer.

Marcel les llevó café, huevos revueltos, beicon, mangos y cruasanes caseros rellenos de chocolate.

Leo despertó a tiempo para devorar su parte.

–Qué hambre tenía –dijo luego, mientras tomaba una fresa.

–Este café está riquísimo –comentó Hattie.

Cuando terminó de desayunar se tumbó boca abajo en la hamaca, escuchando el canto de los pájaros y el sonido de las ramas de las palmeras movidas por la brisa.

–Te estás poniendo roja, princesa –dijo Leo–. ¿Quieres que te ponga crema en la espalda?

Sin abrir los ojos, Hattie le dio el bote de crema.

–Sí, gracias.

Luc aparcó el coche delante del hotel y se quedó sentado frente al volante durante unos segundos dándose una charla a sí mismo. Estaba sereno, lo tenía todo controlado, se decía.

Tenía un plan, uno que satisfaría su deseo por Hattie y, al mismo tiempo, le dejaría claro que no había cambiado nada.

Fue una sorpresa encontrar la suite vacía. Debía haberse ido de compras, pensó. Tal vez podría ir a buscarla…

Cuando bajaba por la escalera con las llaves del coche en la mano, Marcel lo interceptó.

–Hola, señor Cavallo. Espero que haya solucionado el problema en Miami.

–Sí, claro –respondió Luc, incómodo–. ¿Sabe si mi mujer ha ido de compras?

El hombre negó con la cabeza.

–Su mujer está en la piscina con su amigo. Les he servido el desayuno hace un rato. ¿Quiere tomar algo?

–No, gracias.

Su amigo. ¿Qué amigo? Sin duda, algún surfero que se había aprovechado de su ausencia, pensó Luc, enfadado.

Bajó a la piscina y allí estaba Hattie, tumbada boca abajo en una hamaca, con un bañador que hacía que se le encogiera el estómago. Pero lo que le encogió el estómago de verdad fue ver al hombre que estaba poniéndole crema en la espalda.

Maldita fuera. Estaba de espaldas a él y a esa distancia no podía ver mucho, salvo que era un tipo alto y que estaba propasándose con su mujer.

El hombre dijo algo que hizo reír a Hattie y Luc se acercó a ellos, indignado.

–¿Se puede saber qué pasa aquí?

El extraño se volvió y…

Leo.

–Hola, Luc. Ya era hora de que volvieras.

Aunque estaba sorprendido, Luc intentó disimular.

–¿Qué haces aquí? Si quieres una luna de miel, búscate una esposa.

–Cuando me enteré de que estabas trabajando

durante tu luna de miel decidí traer unos contratos que deben ser firmados inmediatamente.

Hattie se había levantado de la tumbona, y Luc apartó los ojos del delicioso cuerpo de su mujer para mirar a su hermano.

—Y veo que el asunto no era tan urgente como para que no pudieras darte un bañito en la piscina.

Hattie lo tomó del brazo.

—Siéntate, Luc. Y no seas antipático.

—Es culpa tuya, hermanito —replicó Leo—. No estaría aquí si tú no fueras tan idiota.

—¿Queréis dejar de discutir? —exclamó ella, airada.

—Dejaré de discutir cuando no se meta conmigo —replicó Luc empujando a Leo, que le devolvió el empujón.

—¡Parad de una vez! Esto es ridículo.

Intentó separarlos pero los dos hombres se movieron a la vez, empujándola sin querer, y Hattie resbaló con el borde mojado de la piscina.

Luc y Leo se quedaron inmóviles durante un segundo pero fue Luc el primero en moverse, arrodillándose delante de ella.

—¿Te has hecho daño?

—No, estoy bien —murmuró Hattie.

Pero no estaba bien, se había hecho un corte en la mejilla.

Leo se puso en cuclillas a su lado.

—Yo creo que hay que llevarla al hospital.

—Si alguien la lleva al hospital seré yo, no tú.

—¿Queréis parar de una maldita vez? —exclamó

Hattie–. No es nada, sólo un arañazo. Venga, haced las paces de una vez, parecéis niños pequeños.

Los dos hermanos se miraron.

–Lo siento –se disculpó Luc.

–Lo mismo digo. Pero has empezado tú.

–Serán bobos… –murmuró Hattie.

Luc tomó unas servilletas de papel que mojó en la jarra de agua.

–Vamos a limpiar la herida.

–Ay, me duele. Espera, ya lo hago yo.

Luc la miraba, con el corazón encogido, cuando apareció Marcel con un botiquín de primeros auxilios.

–Con una tirita será suficiente –murmuró, después de echarle un vistazo–. No es nada.

Luc le colocó la tirita con todo cuidado antes de ayudarla a ponerse en pie.

–Voy a darme una ducha y sugiero que no os peleéis cuando yo no esté –les advirtió Hattie, antes de volverse hacia Marcel–. Gracias por su ayuda, me alegra saber que hay alguien aquí con un poco de sentido común.

Mientras subía a la habitación, Leo sacudió la cabeza.

–Tu mujer es dura como el hierro.

Luc asintió, un poco asustado por lo que acababa de pasar.

–Por una vez, estamos completamente de acuerdo.

Capítulo Once

Cuando Hattie salió del dormitorio se encontró a Luc sentado en el sofá, esperándola.

–Estás muy guapa –le dijo, levantándose.

Ella tomó su bolso y examinó el contenido.

–Gracias.

Se había puesto un vestido de gasa marrón, sin mangas, con escote en el pecho y la espalda. Un collar de grandes piedras en color ámbar completaba el conjunto.

La tirita que llevaba en la mejilla la hacía sentir incómoda pero no tenía gran importancia. El vestido era bonito y, sobre todo, cómodo. Después de los últimos días, lo que necesitaba era sentirse cómoda.

–¿Dónde está Leo?

Luc hizo una mueca.

–No te preocupes, he firmado los malditos documentos. Está abajo, cambiándose de ropa. Ya que está aquí, podíamos ir a comer a algún sitio bonito. Y luego se irá a casa.

«Dejándonos solos», pensó Hattie.

–Suena bien.

Pero cuando bajaron, Leo se había marchado. Marcel les dio una nota que Luc leyó con expresión seria antes de pasársela a Hattie.

No quiero molestar. Que lo paséis bien, nos vemos en Atlanta.

Ella tiró la nota a una papelera.

—Bueno, entonces estamos solos otra vez.

Él la miró en silencio durante unos segundos.

—Eso parece.

Fueron en coche hasta el distrito antiguo y después de aparcar, Luc la tomó del brazo para ir al restaurante, el calor de su mano hacía que su corazón se acelerase.

Se decía a sí misma que no debía esperar demasiado. Nada había cambiado, no eran una pareja normal en absoluto.

Pero no era fácil recordarlo en el ambiente relajado de Key West. Todo el mundo parecía de buen humor, como si estuvieran de vacaciones. Y era lógico. Desde la plaza Mallory se veían el mar y las velas de los barcos... a lo lejos se veía una isla preciosa.

—Pertenece a una cadena de hoteles —le explicó Luc—. Se pueden alquilar bungalós.

En el muelle, Luc le tomó la mano para subir a una motora y unos segundos después surcaban las olas con destino a la isla.

Un empleado uniformado los recibió para llevarlos al restaurante frente a la playa.

La comida fue fabulosa: gambas frescas y una ensalada tropical que se deshacía en la boca.

—¿Qué tal el viaje a Miami? —le preguntó—. ¿Has tenido algún problema?

—No, todo bien. Esta ensalada está riquísima.

–No hay ninguna excusa para que me hayas dejado sola el primer día de nuestra luna de miel –empezó a decir–. Ha sido una falta de respeto.

–Lo siento, Hattie.

–Creo que estabas intentando darme una lección pero me temo que te ha salido mal.

Luc dejó el tenedor sobre el plato y se echó hacia atrás en la silla.

–Tienes razón. Y te pido disculpas.

Ella inclinó a un lado la cabeza, mirándolo como si intentara leer sus pensamientos.

–Nunca te he dicho esto pero cuando rompí contigo no fue por dinero sino porque me daba miedo perder el control.

–¿Qué quieres decir? –preguntó él, echándose hacia delante.

–De joven, mi madre tuvo una aventura con su jefe, un hombre rico y poderoso. Cuando le dijo que estaba embarazada, él no quiso saber nada y la despidió. Ese hombre maravilloso era mi padre biológico.

–Yo no soy como él, Hattie. Siento mucho lo que le pasó a tu madre pero no tiene nada que ver conmigo.

–Durante toda mi infancia estuve obsesionada por ese hombre misterioso, esa persona horrible que no quiso saber nada de mí y que abandonó a mi madre en el peor momento. Ella siempre decía que debía ser independiente, no debía dejar que ningún hombre controlase mi destino.

–¿Y tú crees que yo intentaría controlarte? –le preguntó Luc.

—No, creo que no. Pero yo estaba tan enamorada de ti entonces que temía... perder mi personalidad. Es muy fácil dejar que cuiden de ti, que tomen decisiones por ti. Y no fui lo bastante valiente como para arriesgarme. Pero a los veinte años era una niña y sólo podía ver que tú tenías dinero y poder para hacer lo que quisieras mientras yo me sentía como una sombra.

—A pesar de que estaba tan loco por ti que te seguía como un cachorro.

—Entonces eras un chico joven a merced de tus hormonas. El sexo hace que la gente haga locuras.

Luc metió una mano bajo la mesa para tomar la de Hattie y ponerla sobre su erección.

—Ya no soy tan joven —le dijo, antes de soltar su mano.

Hattie sintió que le ardía la cara.

—No seas grosero.

Él se encogió de hombros.

—¿Qué quieres de mí, Hattie?

—¿De verdad crees que podemos acostarnos juntos y separarnos después como si no hubiera pasado nada?

Luc volvió a encogerse de hombros.

—Si tú puedes, yo también.

Hattie frunció el ceño. No sabía qué quería, si marcharse o aceptar que era una mujer adulta con necesidades. Se estaría arriesgando mucho. ¿Y si volvía a enamorarse de Luc? ¿Y si nunca había dejado de amarlo? ¿Y si se acostaban juntos y ya no era como antes?

No, eso no podía ser.

De modo que alargó una mano para ponerla sobre la de él.

–Dijiste que debía ser yo quien fuera a ti, pero quiero que sepas que mi respuesta no tiene nada que ver con Deedee… nada que ver con los errores que cometimos en el pasado. Ni sentimientos ni obligaciones. Esto es sobre nosotros… tú y yo. Y mi respuesta es…

Luc puso un dedo sobre sus labios.

–No digas una palabra más.

Luc estaba ardiendo. El calor y la proximidad de Hattie lo hacían sudar. Ella parecía leer sus pensamientos, descubriendo sus más íntimos secretos. Que hubiera reconocido el deseo que sentían el uno por el otro estaba a punto de hacer que perdiese la cabeza.

Después de pagar la cuenta, tomó a Hattie de la mano para salir del restaurante.

–Volvamos al hotel. Creo que has tomado demasiado el sol.

Riendo, volvieron al muelle y Luc tuvo que hacer un esfuerzo para no tomarla allí mismo.

Afortunadamente, la motora que los llevaría a Key West llegó pronto.

Por suerte, había aparcado el coche a la sombra de un árbol, porque hacía mucho calor.

–¿Qué te apetece hacer?

–No lo sé, me gustaría tirarme a la piscina –respondió ella–. Podemos hacer turismo mañana, si no te importa.

—Lo que tú quieras —dijo Luc. Darse un baño en la piscina con Hattie le parecía la mejor idea del mundo pero una vez en el hotel los dos se miraron, incómodos—. Yo me cambiaré en el baño.

Tardó cuatro minutos mientras Hattie tardó veinte más pero cuando apareció pensó que merecía la pena. Llevaba el pelo sujeto sobre la cabeza, con unos mechones alrededor de la cara. El albornoz de algodón blanco la cubría del cuello a la rodilla pero se ajustaba a sus pechos y a sus caderas de una manera pecaminosa.

Había pensado que estaba tranquilo pero cuando llegaron a la piscina y Hattie se quitó el albornoz supo que no era así. Llevaba un bikini azul esta vez y se alegró de que Leo no estuviera allí para verlo.

Luc estaba asombrado. Era una diosa sexual, incluso más atractiva que cuando estaban en la universidad. La braguita del bikini se enganchaba a un lado con un anillo dorado y los dos triangulitos de tela que cubrían sus pechos eran tan pequeños que casi resultaban indecentes.

Luc miró alrededor para ver si había alguien más disfrutando del espectáculo, pero estaban solos. No había nada más que flores, agua y aquella sirena. Si había otros clientes en el hotel, no estaban por allí en ese momento.

—¿Te importa ponerme crema en la espalda? —le preguntó Hattie, tumbándose en una hamaca.

Él tragó saliva.

—No, encantado —respondió, tomando el bote de crema.

Hattie dio un respingo cuando le puso las manos en la espalda.

–Está fría.

–Tranquila, relájate.

Una pena que él no pudiera seguir su propio consejo.

Luc terminó de ponerle crema y cerró el bote.

–Ya está.

Ella no dijo nada. Su cuerpo semidesnudo, su piel brillante…

Luc cerró los ojos para intentar controlar una dolorosa erección.

Fue una sorpresa sentir su mano en la espalda. Estaba tan perdido en sus pensamientos que no la había oído moverse.

Hattie se colocó detrás de él para ponerle crema. Tenía las manos pequeñas pero fuertes y, a pesar del agotamiento, aquel masaje era un prolegómeno del sexo y Luc no sabía si podría soportarlo.

Cinco minutos después, cuando estaba ardiendo de deseo, Hattie se inclinó para decir:

–Voy a tirarme al agua. ¿Quieres nadar un rato conmigo?

Era un reto y un reto que sólo podía tener una conclusión.

Luc se sentó sobre la hamaca. Estaban tan cerca que podría haberla besado pero no lo hizo. Aún no.

–Muy bien. Después de ti.

Hattie bajó por la escalerilla mientras él se lanzaba de cabeza y aparecía a su lado un segundo después.

–Súbete a mi espalda.

–¿Qué?

–Súbete a mi espalda. Voy a ser tu delfín.

Riendo, Hattie lo hizo, enredando las piernas en su cintura y los brazos en su cuello.

–Agárrate fuerte.

Después de nadar así durante unos segundos, Luc la bajó de su espalda para colocarla frente a él.

–El agua está estupenda –murmuró Hattie.

Estaba nerviosa y eso le gustaba.

Había pasado una década pero algunos placeres no se olvidaban nunca.

–Mírame –murmuró, acariciando sus pechos.

Hattie lo miró a los ojos. El placer que sintió al tocarla hizo que se le nublara la vista. Luc la sujetó por la cintura mientras buscaba su boca en un beso apasionado. Sin dejar de besarse, se hundieron en el agua para reaparecer después sin apartarse un centímetro. Hattie enredó las piernas en su cintura, sus pechos aplastados contra el torso masculino.

Ella inició el beso esta vez, mordisqueando sus labios, buscando su lengua.

–Luc…

–¿Qué, Hattie?

–Mi respuesta es sí. Por favor, hazme el amor.

Él tuvo que sonreír. Eso era lo que quería escuchar.

–Pídemelo otra vez –le exigió.

Hattie lo miró, frustrada.

–Nada de juegos. Hazme el amor. Ahora.

Capítulo Doce

Luc la llevó a la habitación, dejando el albornoz y sus cosas en la piscina. Tiraba de ella sin dejarla protestar. Claro que Hattie no iba a protestar. ¿Por qué iba a hacerlo? Deseaba a Luc y cuanto antes mejor.

Si había esperado que se sintieran incómodos en el dormitorio estaba muy equivocada. Luc se quitó el bañador con gesto decidido, sonriendo cuando ella abrió los ojos de par en par.

Su erección era magnífica, gruesa, larga…

–Quítate el bikini.

Temblando, Hattie desabrochó el lazo que lo sujetaba a su cuello y echó los brazos hacia atrás para desabrochar el cierre.

Hattie tragó saliva mientras dejaba caer la prenda. Luc había sido su novio en la universidad, su primer amor, su primer amante. Ahora era un hombre maduro, en la cúspide de su sexualidad, y ella sentía el calor de su deseo.

Hattie iba a quitarse la braguita del bikini pero Luc, impaciente, la tomó entre sus brazos para besarle la cara, el cuello y, por fin, los pechos. La sensación fue como una descarga eléctrica.

Su miembro erecto rozaba la cadera de Hattie, el vello de su torso acariciaba la sensible piel de sus pechos. Luc tomó el anillo del bikini y tiró con fuerza de él, rasgando la tela. La prenda cayó al suelo y Hattie se abrazó a él, enterrando la cara en su cuello.

Luc la levantó en brazos, apoyándola contra la pared antes de penetrarla. Era grande pero Hattie estaba preparada para él.

—¿Hattie?

—¿Sí? —murmuró ella, con los ojos cerrados.

—¿Estás bien?

¿Bien? Esa palabra no podía describir lo que sentía en ese momento.

—No pares.

—Lo que diga la señora —bromeó Luc. Su trasero desnudo golpeaba la pared mientras Luc la embestía una y otra vez…

—Luc…

No pudo decir nada más. Con los ojos cerrados, notó que también él se dejaba ir. Cuando todo terminó, Luc la llevó al dormitorio para dejarla sobre la cama y se tumbó sobre ella, con la cabeza sobre su pecho.

Y el corazón de Hattie se detuvo durante una décima de segundo.

Tal vez se quedó dormida durante unos minutos, no estaba segura. Luc parecía profundamente dormido. Le gustaría tanto acariciar su pelo… pero contuvo el deseo porque sabía que no podía encariñarse con él.

Torpemente, se apartó intentando no despertarlo y entró en el cuarto de baño de puntillas. Después de darse una ducha rápida, se puso uno de los lujosos albornoces que colgaban en la puerta y asomó la cabeza en el dormitorio.

Luc se había despertado.

—No te hace falta ese albornoz.

—¿No?

Él la llamó con un dedo.

—Vuelve a la cama.

Cuando entraba en el dormitorio vio que Luc tenía una caja de preservativos en la mano.

—Antes se nos ha olvidado. Lo siento, Hattie, ha sido culpa mía.

—No es el momento del mes, no creo que haya ningún problema.

—Entonces, no perdamos el tiempo.

El albornoz cayó al suelo.

Hattie tembló pero no tenía nada que ver con la temperatura de la habitación sino con el hombre que estaba tumbado en la cama, mirándola como un predador esperando su presa.

En lugar de colocarse sobre ella, la colocó encima. Luc empezó a acariciar el capullo escondido entre sus rizos.

Hattie apoyó las manos en sus muslos mientras disfrutaba de sus caricias y en unos segundos estaba llegando al clímax, esta vez más poderoso que el anterior.

Cuando Luc la apretó contra su pecho tuvo que hacer un esfuerzo para contener las lágrimas.

—Luc, yo…

«Te quiero».

No, no podía ser. Sólo era sexo, una abundancia

de hormonas postcoitales y los recuerdos de su relación. No estaba enamorada de él.

—¿Qué? —murmuró Luc, besándole la mejilla.

—No sé si hemos cometido un error —dijo Hattie.

—¿Tan pronto lo lamentas?

—Esto lo complicará todo… cuando nos separemos, quiero decir.

Luc la tomó por los hombros para mirarla a los ojos.

—Estás exagerando. No hay nada malo en que lo pasemos bien.

Hattie hizo una mueca. Era absurdo fingir, aquello no era una luna de miel, era sexo y nada más. No tenía sentido darle un halo romántico.

No había ninguna razón para que sus ojos se llenaran de lágrimas.

—Quiero darme una ducha —murmuró.

—No, Hattie, yo creo que no.

Luc apenas se dio cuenta de que ella no contestaba. Era como si le hubiera dado una patada en el estómago. El sudor apenas se había secado sobre sus cuerpos y ella ya estaba hablando de dejarlo.

Maldita fuera. Sería él quien terminase la relación… no Hattie.

Estaba excitado de nuevo y, con movimientos bruscos, rasgó un sobrecito para sacar un preservativo. Un segundo después dejaba escapar un gemido ronco mientras entraba en ella. Pero Hattie permanecía pasiva, inmóvil, y eso lo enfadó.

–Mírame, señora Cavallo –le ordenó. Y ella obedeció–. Lo que hagamos en el dormitorio es cosa nuestra. Déjate ir, Hattie.

–Muy bien –dijo por fin.

Mientras Hattie arqueaba la espalda sus caderas empezaron a moverse como por voluntad propia adelante y atrás, anhelando el alivio que sólo ella podía darle.

Hattie dejó escapar un gemido mientras lo apretaba con sus músculos internos y Luc se perdió a sí mismo en el abrazo, encontrando un momentáneo olvido.

Minutos después, recuperó la cordura. Hattie estaba inmóvil y silenciosa de nuevo. ¿Le habría hecho daño?, se preguntó mientras se apartaba murmurando una disculpa.

Nunca había disfrutado tanto. Bueno, sí, en la universidad, con ella, cuando eran tan felices.

Pero no quería recordar eso cuando la tenía entre sus brazos. ¿Qué estaría pensando?, se preguntó. Pero estaba demasiado cansado como para interrogarla. Apenas había pegado ojo la noche anterior y sus ojos se cerraron de manera involuntaria.

Momentos después le pareció que Hattie intentaba apartarse, pero la sujetó por la muñeca

–Quédate.

–Necesito darme una ducha.

–Muy bien, nos ducharemos juntos.

Ella no parecía muy contenta y mientras abría el

111

grifo, Hattie se colocó en una esquina de la ducha, con los brazos cruzados sobre el estómago.

Era tan inocente y tan seductora a la vez, desde sus largas piernas a su figura de guitarra o sus generosos pechos.

Luc tomó el jabón, en forma de caracola.

—Date la vuelta.

Hattie estaba ahogándose de deseo. Nunca, ni en sus más locos sueños, había inventado un escenario como aquel.

—¿Para qué? —murmuró.

—¿No querías ducharte? —bromeó Luc.

—Eres un viejo verde.

—No tan viejo.

Hattie se puso de espaldas, sabiendo que estaba a su merced. Mientras la lavaba de arriba abajo, apoyó las manos en la pared de baldosines, dejando que el agua acariciase su piel mientras Luc pasaba la esponja lentamente por su espalda.

—Date la vuelta.

Ella obedeció instintivamente, mirándolo a los ojos.

—Yo puedo hacer el resto.

—¿Por qué? Me gusta hacerlo a mí —dijo Luc—. No te muevas.

El agua caliente la dejaba sin fuerzas y esta vez Luc no fingió lavarla. Tomó el jabón y lo pasó por sus pechos, decorando sus pezones con burbujas. Cuando estuvo satisfecho se detuvo para besarla, un beso lento y profundo. Sus torsos se rozaban y Hattie sintió su erección entre ellos.

–Abre las piernas.

Cuando Luc rozó su punto más sensible con el jabón Hattie dejó escapar un gemido, apoyando la frente en su pecho.

–Ya está bien, estoy limpia –murmuró.

Estaba al borde del abismo pero no quería hacer la travesía sola, quería a Luc dentro de ella, llenándola, haciéndola suya.

De repente, como si hubiera leído sus pensamientos, él soltó el jabón y colocó a Hattie sobre sus rodillas.

Hattie echó la cabeza hacia atrás, sus ojos se cerraron cuando lo sintió dentro de ella.

Sujetando sus caderas, Luc la movió arriba y abajo sin aparente esfuerzo antes de dejar escapar un gemido ronco cuando perdió el control, mordiéndole el cuello. Era demasiado y, arqueando la espalda, Hattie llegó al orgasmo dejando escapar un sollozo de puro placer.

Después, se sentía tan débil como un bebé. Luc la secó suavemente con una toalla antes de tomarla en brazos para llevarla de vuelta al dormitorio. Hicieron el amor de nuevo pero se detenía cada vez que estaba cerca del final, alargando aquella increíble conexión. La envolvía, la abrumaba con su aroma, sus caricias, su poderosa dominación.

Sabía que tarde o temprano tendría que pagar por lo que estaba haciendo, que al final se le rompería el corazón. Pero se negaba a dejar que eso arruinase el momento.

–Eres asombroso –murmuró, poniéndole una mano

sobre el pecho–. No había sentido esto en mucho tiempo.

Luc, con los ojos semicerrados, la sombra de la barba y los pómulos oscurecidos parecía un pirata. No quedaba nada del elegante empresario que siempre parecía controlarlo todo.

Y Hattie lo amaba. Aquel era un hombre con el que podría compartir su vida.

Pero el otro Luc también estaba en la habitación y ése era el problema. Como lo había sido siempre.

–Hattie… –empezó a decir él. Pero no pudo seguir hablando porque el orgasmo lo sorprendió después de unas rápidas embestidas.

Después, durmieron. Mientras el sol se escondía detrás del horizonte, haciendo que las estrellas salieran a jugar, el señor y la señora Cavallo estaban totalmente de acuerdo por fin. Aunque fuese brevemente.

Capítulo Trece

Luc se dio la vuelta en la cama para mirar el reloj y vio que eran las nueve de la noche. El estómago estaba protestando y era lógico.

Bostezando, levantó un brazo por encima de su cabeza y vio que Hattie estaba dormida. Una pena que él no estuviera tan relajado. El sexo había sido espectacular pero ahora que su cabeza controlaba su libido, podía pensar con claridad y la conclusión era abrumadora.

Estaba en peligro de enamorarse de Hattie otra vez. Tal vez en cierto modo nunca había dejado de amarla… tal vez eso explicaba por qué las mujeres con las que había salido durante esos diez años nunca habían podido despertarle una emoción profunda.

La miró dormir durante largo rato, pensativo. Hattie lo necesitaba por Deedee y eso le daba cierta ventaja. Pero sólo por el momento. ¿Qué pasaría cuando el padre de la niña ya no fuera una amenaza?

¿Le diría adiós? Esa posibilidad hizo que se le encogiera el corazón. Él ya no era un crío vulnerable e ingenuo, había aprendido bien la lección. Amar a alguien demasiado era un riesgo.

Perder a sus padres en un accidente había sido

un golpe muy duro para Leo y para él. Sólo el afecto de su abuelo los había salvado. Tal vez se había enamorado de Hattie en la universidad porque necesitaba llenar un vacío en su vida.

Ahora era más adulto, capaz de disfrutar de una relación física sin involucrar sus emociones. Y además, la barrera entre Hattie y él seguía siendo la misma: su deseo de controlarlo todo. Según Hattie, su dinero le daba poder... ¿pero qué esperaba, que lo regalase todo y viviera en una cabaña?

Tal vez, que su dinero estuviera salvando a su sobrina la haría reflexionar, pensó. Tal vez decidiría que estar con un hombre rico no era exactamente un purgatorio.

Luc le tocó el brazo sin poder evitarlo. El deseo de estar con ella era abrumador. Hattie le había pedido protección y la protegería, a ella y a Deedee. Estaba agradecida y se sentía atraída por él, pero eso no era suficiente. Luc quería que lo necesitase, que no quisiera apartarse de su lado.

Su plan era muy simple: disfrutar del lado físico del matrimonio mientras durase, pero manteniendo la distancia emocional. Y luego...

Luc no quería contemplar el futuro ahora que la vida parecía tan perfecta. Seguirían juntos mientras él quisiera, decidió.

Cuando despertó de nuevo estaba a punto de amanecer y, suspirando, acarició el hombro de su mujer, que dormía boca abajo.

–Despierta, dormilona.

Hattie parpadeó, apoyándose en un codo.

–¿Qué hora es?

–Temprano, pero anoche no cenamos nada y estoy muerto de hambre.

–Ah, yo también.

–He pensado que podríamos ir a bucear esta mañana, ¿qué te parece?

–No lo he hecho nunca. ¿Es difícil?

–No, qué va. Te gustará, ya lo verás. O también podríamos quedarnos en la cama todo el día…

Hattie se levantó de un salto.

–No, ir a bucear suena estupendo. Si no te importa pedir el desayuno, saldré de la ducha en un momento –dijo, antes de entrar en el baño.

Luc rió al verla tan nerviosa. Tomarle el pelo siempre había sido muy divertido. Una pena que hubiera aceptado ir a bucear, podría haberla convencido para que aceptase la segunda opción…

Pensar en la noche anterior lo excitaba y, suspirando, levantó el teléfono para pedir el desayuno. Iba a ser un día muy largo y necesitaba reunir fuerzas.

Hattie se puso un modesto bañador de color coral, una camisa blanca, un pantalón caqui por la rodilla y sandalias de piel marrón.

Cuando se miró al espejo hizo una mueca. Acostarse con el pelo mojado significaba despertar con pelos de loca. Como no podía hacer nada hasta que se lo lavase, lo sujetó en una coleta y se colocó una gorra en la cabeza.

El desayuno acababa de llegar cuando salió del baño. Luc, recién afeitado, le hizo un gesto para que se sentara a su lado.

Tomaron el desayuno hablando de cosas sin importancia. Luc se mostraba agradable, simpático, como si no hubiera pasado nada.

El sexo era sólo algo físico para Luc y debería recordarlo. Y eso significaba salir de la suite lo antes posible.

—Vamos a bucear. Estoy deseando.

Luc no había contratado un barco privado y Hattie se alegró. Estar con más gente la hacía sentir cómoda porque ni siquiera podía mirar a Luc sin recordar cómo sus cuerpos se habían unido la noche anterior…

Casi se podría pensar que eran una pareja de enamorados, locos el uno por el otro.

Y Luc no la ayudaba en su resolución de ser sensata. Era por turnos tierno, afectuoso, burlón. Cada vez más veía al chico del que se había enamorado. Lejos de las presiones y las responsabilices, Luc reía a menudo, se mostraba relajado.

—Póntelas —le dijo, ofreciéndole un par de aletas—. Yo te ayudaré a ponerte el tubo y las gafas.

Todos los demás pasajeros estaban haciendo lo mismo.

—¿Qué pasará si trago agua?

—No te preocupes —dijo él—. Yo estaré a tu lado.

El capitán del barco dio unas sencillas instrucciones, incluyendo la advertencia de que salieran a la superficie si escuchaban un silbido.

Hattie pensaba que se lanzarían por la borda del barco como en las películas, pero el catamarán tenía una escalerilla.

—Vamos, sirena, no queremos perder tiempo —dijo Luc, tomándola del brazo.

Ella no era una gran nadadora y aprender a respirar por el tubo no era tan sencillo, pero la paciencia y la ayuda de Luc la hicieron olvidar sus miedos y pronto estaba descubriendo las maravillas del fondo del mar.

Los colores le parecieron maravillosos. Había corales y peces multicolores grandes y pequeños que se movían tranquilamente entre los visitantes. Hattie y Luc se comunicaban con un golpecito en el brazo cada vez que querían enseñarse algo el uno al otro pero, de repente, Hattie se asustó, tragó agua y tuvo que sacar la cabeza a la superficie.

—¡Un tiburón! —exclamó, después de toser para buscar aire.

Luc se quitó el tubo, riendo.

—Nunca había visto unos ojos más grandes. Creí que ibas a desmayarte en el agua.

—¿No has visto el tiburón?

—Sí, pero era pequeño e inofensivo.

—¿Pequeño?

—¿Qué esperabas, un enorme tiburón blanco como el de la película de Spielberg?

Hattie soltó una carcajada, sintiéndose más feliz que en mucho tiempo.

–Bueno, será mejor que volvamos al barco –dijo Luc, mirando su reloj.

La experiencia había sido asombrosa pero el ejercicio y los nervios la habían dejado agotada.

–¿Ha sido lo que esperabas? –le preguntó él, pasándole un brazo por los hombros cuando estuvieron en cubierta.

–Mucho mejor.

Cuando llegaron al muelle, Luc señaló la terraza de un restaurante.

–Vamos a comer ahí.

–¡Siempre estás pensando en comer!

–No, en realidad estaba pensando en otra cosa pero intento ser un marido considerado –replicó él.

Eso la dejó callada. ¿Qué diría si exigiera volver al hotel y pasar la tarde haciendo lo que habían hecho por la noche?

Tristemente, no tenía valor para hacerlo. En lugar de eso, fingió interés por el restaurante cubano y comió mecánicamente, pensativa. No le gustaba la idea de divorciarse de Luc ¿pero qué otra cosa podía hacer? Habían dejado que el deseo los llevase por un camino peligroso…

–Pensé que tenías hambre –dijo Luc–. Nadar siempre me abre el apetito.

Hattie se encogió de hombros.

–Creo que el calor me afecta. ¿Te importa si volvemos al hotel? Me encantaría darme una ducha.

–Sí, claro, como tú quieras.

Hattie se mordió los labios. ¿Había sonado como una invitación? No había querido que lo fuera.

¿O sí?

Los asientos del coche estaban ardiendo porque no habían podido aparcar a la sombra y Luc bajó la ventanilla para que entrase la brisa.

Cuando bajaron del coche, Marcel los recibió en el patio.

–¿Lo están pasando bien en Key West?

–Es un sitio precioso –respondió Hattie–. Tiene suerte de vivir aquí todo el año.

Marcel asintió mientras cortaba unas buganvillas.

–Sólo me molesta vivir aquí durante la temporada de huracanes, pero en Key West hay pocos, por suerte.

Luc frunció el ceño.

–¿Qué dice el informe del tiempo para esta noche y mañana?

–Nada más que cielos limpios y claros. La temperatura perfecta para unas vacaciones.

Hattie precedió a Luc por la escalera, preguntándose por qué se había puesto tan serio de repente.

–¿Por qué te preocupaba tanto el tiempo?

–Se me ha ocurrido una idea.

–¿Recuerdas las acampadas en la universidad?

–Sí, claro –respondió Hattie, recordando cuántas veces habían ido a las montañas para pasar la noche uno en brazos del otro en el saco de dormir. Habían sido momentos mágicos…

–Podría ser divertido volver a hacerlo.

–¿Con este calor?

—Hay una isla cerca de aquí, con un viejo fuerte. Podríamos acampar allí. Sería una aventura… ¿qué te parece?

Parecía tan entusiasmado que le resultó irresistible. Y, a pesar de que no las tenía todas consigo, Hattie consiguió sonreír.

—Suena divertido.

Capítulo Catorce

Mientras Luc estaba al teléfono preparando la excursión, Hattie se dio una ducha y llamó a Ana para ver cómo estaba Deedee.

–Está bien, ningún problema –dijo el ama de llaves–. Disfruten de las vacaciones.

Después de cortar la comunicación Hattie miró alrededor. Luc estaba pagando un dineral por aquella suite maravillosa y, sin embargo, quería que fuesen de acampada. Hombres…

Lo encontró en el salón hablando por teléfono.

Él cortó la comunicación y la miró con una sonrisa en los labios.

–Lo he conseguido pero hay un problema.

–¿Cuál?

–Tenemos que irnos ahora mismo.

–¿En serio?

–Lo tienen todo reservado para esta semana, pero hay un sitio libre en el cámping esta noche. Sólo hay que llevar ropa de campo y un bañador, así que no tardaremos nada en hacer la maleta.

Suspirando, Hattie tomó un camisón de color lila casi transparente. No era precisamente una prenda para el campo… pero qué demonios, era su luna de miel.

Resultaba fácil entender que Luc fuera un hombre de éxito porque en una hora lo tenía todo preparado: las mochilas, una nevera portátil y el transporte hasta la isla.

Pero al llegar al muelle se quedó sorprendida cuando Luc la llevó hacia una elegante motora.

–Suba a bordo, señora.

La motora debía ser carísima, aunque fuese de alquiler. Y todo era brillante, el casco y el interior de madera.

Luc le dio un chaleco salvavidas de color amarillo.

–¿Tengo que ponérmelo?

–Órdenes del capitán –dijo él.

–¿El fuerte está muy lejos?

–A unas cien millas de aquí.

–¿Tan lejos?

–No te preocupes. Leo y yo aprendimos a pilotar motoras antes de aprender a conducir coches. La villa de mi abuelo está en el lago Como y de niños nos pasábamos el día en el agua. Yo cuidaré de ti, te lo prometo.

Hattie vio varios delfines nadando al lado de la embarcación, su preciosa piel plateada brillaba bajo el sol.

–¿Ésa es la isla? –le preguntó, señalando un puntito oscuro a lo lejos.

–Sí, estamos en el parque nacional Tortuga Seca.

–Nunca había oído hablar de él.

–Sólo es parque nacional desde 1992, así que no me sorprende.

–¿Por qué se llama así?

–Es un grupo de islas que parecen tortugas y se llama Tortuga Seca porque no hay agua dulce en ninguna de ellas.

Hattie miraba alrededor, incrédula. Estaban a cien kilómetros de la civilización, en medio de ninguna parte. En el centro de la isla se levantaba un fuerte de ladrillo de muros hexagonales con un patio de hierba, el perímetro estaba rodeado por un foso.

–El Fuerte Jefferson.

Hattie apoyó las manos en la borda.

–Es increíble.

–Antes era una cárcel. Aquí estuvo encerrado el doctor Mudd, el médico que tuvo la mala fortuna de escayolarle la pierna a John Wilkes Booth después de que asesinara al presidente Lincoln. Por eso lo condenaron a pasar el resto de su vida en este fuerte.

–Qué horror.

Saber que no había posibilidad de escapar de allí debía haber sido una tortura.

–Pero la historia tiene un final feliz –siguió Luc–. Como te puedes imaginar, había todo tipo de enfermedades en la isla: disentería, malaria, viruela, fiebre amarilla… Fue tan horrible que todo el equipo médico falleció.

–¿Murieron todos?

–No, afortunadamente el doctor Mudd sobrevivió. Aun sabiendo que la enfermedad lo mataría, empezó a cuidar de los soldados y salvó docenas de vidas. Por su heroísmo, recibió el indulto y pudo volver a su casa.

Hattie miró alrededor. Ella no era una persona supersticiosa pero la isla, aunque bonita, tenía un aura de sufrimiento. El doctor Mudd, sin embargo, había conseguido otra oportunidad. ¿Tendrían Luc y ella esa suerte?

Uno de los guardias del parque los ayudó a montar la tienda de campaña y Hattie vio que a unos cincuenta metros de ellos una familia con dos niños ya había montado la suya.

—¿Lista para nadar un rato?

—Pensé que íbamos a explorar el fuerte.

—Como quieras. Tal vez allí se esté un poco más fresco.

Armados con las cámaras de fotos y las botellas de agua, entraron en el viejo edificio. Las habitaciones silenciosas casi olían a desesperación. Las gruesas paredes bloqueaban el sol y el calor pero al mismo tiempo creaban una atmósfera opresiva. No había muebles y las cámaras vacías parecían repetir el eco de voces del pasado.

—Necesito ver el cielo —dijo Hattie, angustiada—. ¿Podemos subir al faro?

—Hace un calor terrible, el faro está inactivo y yo necesito darme un baño.

—Cobarde —bromeó Hattie. Pero se dejo persuadir para ir a nadar.

En la tienda de campaña no había mucho sitio para cambiarse y Luc decidió esperar fuera.

—Cámbiate tú primero.

Hattie no tardó mucho en hacerlo y luego esperó a que Luc se pusiera el bañador. Pero cuando salió de la tienda se quedó sin aliento. Llevaba un bañador negro que dejaba poco a la imaginación...

Nadaron alrededor del fuerte, donde era más fácil bucear porque podía poner el pie en el suelo si se asustaba por algo. Los otros excursionistas nadaban en otra zona, sin molestarse unos a otros.

–¿Lo estás pasando bien? –le preguntó Luc.

–Sí, mucho.

–Había pensado volver a la tienda para preparar la barbacoa. ¿Te importa?

–No, no. Yo seguiré nadando un rato para abrir el apetito.

De repente, Luc la apretó contra su torso.

–Yo también –murmuró, antes de darle un beso que la dejó mareada.

Hattie cerró los ojos, echándole los brazos al cuello.

–Bueno, no sé si tengo fuerzas para salir del agua –dijo él después, apoyando la barbilla sobre su cabeza–. Tú sabes lo que va a pasar esta noche.

Ella asintió con la cabeza, sin decir nada, apretaba la cara contra el torso masculino.

–Muy bien, nos vemos dentro de un rato.

Una hora después cenaban en el campamento. Hattie debería haber imaginado que un Cavallo no prepararía algo tan plebeyo como salchichas o hamburguesas. No, Luc hizo chuletas de la mejor calidad y gambas a la barbacoa con una ensalada de patata.

–No recuerdo haber comido tan bien cuando íbamos de acampada –bromeó.

–Mis gustos han madurado.

Hattie se sentía relajada y, sin embargo, notaba la tensión que había entre ellos. Luc le ofreció fresas cubiertas de chocolate como postre y mordió una con cuidado, chupando el dulce líquido…

–No hagas eso –dijo Luc, con voz ronca–. No seas mala.

–¿A qué te refieres?

Unos minutos después, el guardia del parque se acercó para decirles que volvía a tierra y que no habría nadie de guardia en el fuerte esa noche.

Luc sugirió que fuesen a dar un paseo en la motora. El sol empezaba a ponerse y Hattie preparó la cámara de fotos. Echaron el ancla en aguas profundas y mientras ella bajaba por la escalerilla Luc se lanzó al agua de cabeza. Nadaron y jugaron alrededor del barco hasta que el sol empezó a ponerse y, de vuelta a cubierta, Hattie se puso una camiseta sobre el bañador, la brisa hacía que sintiera escalofríos.

Cuando llegaron al cámping comprobaron que el resto de los excursionistas, incluida la familia con los dos niños, se habían ido, de modo que estarían solos allí por la noche.

Por primera vez, Luc y ella iban a estar completamente solos.

Él tomó una linterna.

–Vamos a dar un paseo –le dijo cuando se hubieron cambiado de ropa.

Se acercaron al fuerte para mirar el mar desde una de las murallas y Luc le advirtió que mirase por dónde pisaba. Aunque el camino no era muy estrecho, la idea de caerse al mar de noche era aterradora.

Poco después se sentaron sobre una roca desde la que podían ver el faro de Key West que, periódicamente, lanzaba un haz de luz para advertir a los barcos sobre los arrecifes de coral a los barcos.

Se quedaron en silencio unos minutos y, por fin, Hattie susurró:

—Es como si fuéramos las dos únicas personas en el mundo, ¿verdad?

—¿Quieres que volvamos?

—No, no —Hattie se apoyó en su hombro—. Es un sitio precioso y este silencio me gusta. Da un poco de miedo, la verdad, pero no me lo hubiera perdido por nada del mundo. ¿Te puedes imaginar cómo será durante un huracán?

Luc soltó una carcajada.

—No quiero ni imaginármelo.

Poco después, como si se hubieran puesto de acuerdo, se levantaron para volver al campamento. Después de una rápida visita a los espartanos baños volvieron a la tienda y se quedaron mirándose el uno al otro.

Luc levantó una mano para acariciarle la cara.

—Aún puedes cambiar de opinión. Si quieres, podemos volver a Key West.

Ella dio un paso adelante, poniéndole una mano en el torso.

—Te deseo, Luc. Esta noche.

Capítulo Quince

Luc dejó escapar el aire que había estado conteniendo.

–¿Necesitas unos minutos para cambiarte?

–Sí –murmuró ella, tragando saliva.

–Toma, llévate la linterna.

Cuando entró en la tienda de campaña vio que Luc había colocado los dos sacos de dormir en el suelo sobre un colchón de aire. Como hacía demasiado calor para dormir dentro de los sacos, también había llevado sábanas del hotel… y un par de almohadones envueltos en fundas blancas. El resultado parecía salido de *Memorias de África* o *Pretty Woman*, un lugar destinado para la seducción.

Antes, Hattie había visto la tienda de campaña como un sitio agradable y acogedor. Ahora, con Luc esperando fuera, le parecía sorprendentemente claustrofóbica, especialmente cuando imaginaba a Luc en su interior.

Mojando un paño con agua mineral, se quitó un poco la sal marina y luego se lo pasó a él por la puertecita de la tienda.

–Ah, gracias.

Hattie volvió al interior y se puso el camisón lila, disfrutando del roce de la seda sobre su piel. Cuando terminó, guardó la linterna bajo la almohada, dejando que un haz de luz iluminase el interior.

—Ya estoy lista —lo llamó, con el pulso acelerado.

Luc entró en la tienda. Desnudo.

El corazón de Hattie se detuvo durante un segundo y luego se lanzó al galope. Ni siquiera la oscuridad del interior podía disimular sus impresionantes atributos.

Sin decir nada, Luc se tumbó de costado para mirarla. Parecía un modelo, pensó. Pero era real… y estaba allí, en carne y hueso.

Hattie permaneció sentada, con la espalda tiesa y las piernas paralizadas.

—Estás demasiado lejos —se quejó él.

Hattie se acercó un poco más, pero dejando cierta distancia entre los dos. Luc alargó una mano para acariciarle el muslo pero luego la apartó para tomar la linterna.

—Quítate el camisón. Poco a poco.

Hattie no podía ver su cara, sólo la silueta de su cuerpo y, sin dudar, levantó una mano para bajarle el tirante del camisón.

—Ahora, el otro.

Ella bajó el segundo tirante pero sujetó el camisón para que permaneciera en su sitio.

—Ahora quítatelo todo —dijo Luc, con voz ronca.

Hattie se puso de rodillas para quitarse la prenda, notando que Luc contenía el aliento. El haz de luz de la linterna hacía círculos sobre uno de sus pechos y luego sobre el otro…

—Ven aquí.

131

Ella obedeció, cayendo sobre su torso, con una de las manos entre las piernas de Luc, aunque no había sido a propósito.

Él buscó sus labios en un beso rabioso y exigente, explorándose y mordisqueándose hasta que los dos estuvieron sin aliento.

Luc buscó un preservativo y le agarró el trasero para colocarla sobre él a horcajadas.

Había soñado muchas veces volver a estar con Luc durante esos diez años pero sus fantasías no se aproximaban a la realidad.

—Oh, Luc… —susurró cuando lo tuvo dentro.

—¿Te hago daño?

—No, no —Hattie rió mientras rozaba sus tetillas con las uñas. La conexión era asombrosa, ella ajustándose a su posesión, él intentando mantener el control.

Luc levantó las manos para acariciarle los pechos mientras se apartaba casi del todo… para volver a entrar más profundamente después, iniciando un ritmo que los llevó a los dos al clímax.

Hattie lo oyó gritar mientras se vaciaba dentro de ella pero su orgasmo fue tan poderoso que era incapaz de concentrarse en nada que no fuera su propio placer.

Luc estaba inmóvil, intentando recuperarse de los efectos del huracán Hattie. Su abandono lo llenaba de masculina satisfacción… pero al mismo tiempo tuvo la aterradora certeza de que había vuelto a enamorarse de ella. Allí, alejados de su oficina, de las presiones de Atlanta, todo estaba tan claro. Él no necesitaba cosas para ser feliz, ni dinero ni restaurantes caros… ni su trabajo siquiera.

Una máquina del tiempo no podría haberlo llevado atrás con más éxito que aquel falso matrimonio y aquella luna de miel. Hattie llenaba su vida de una emoción que sólo había experimentado una vez. Ella lo hacía reír, le daba alegría, pasión.

Pero nada había cambiado. Él seguía siendo un hombre rico y ella seguía temiendo que pudiese controlarla.

Deedee era el pegamento que unía ese frágil castillo de naipes y a menos que pudiera convencer a Hattie de que el sexo cubría multitud de pecados, sólo era una cuestión de tiempo que lo dejase.

Luc suspiró mientras le pasaba una mano por la espalda, apartándose un poco. No porque no le gustase estar pegado a ella sino porque su proximidad hacía que le costase trabajo pensar. Pero si hacía las cosas bien podría atarlo a él de tal forma que no pudiera escapar.

Sólo debía convencerla de que eran compatibles en la cama y podrían serlo también en la vida diaria. Que el sexo increíble sólo era una señal de que estaban hechos el uno para el otro, que tenían más en común de lo que ella creía.

Pero cuando Hattie le puso una mano en el muslo, Luc perdió todo deseo de seguir pensando. Sus curiosos dedos encontraron un miembro parcialmente erecto que empezó a explorar… sus manos eran como alas de mariposa, acariciando, tocando, probando. Luc apretó los dientes para controlarse cuando encontró un punto especialmente sensible.

–Hattie…

–¿Sí?

Luc le enredó los dedos en el pelo, inclinando la cabeza para buscar sus labios. Pero esta vez fue ella quien se mostró exigente, apasionada, y Luc tuvo que hacer un esfuerzo sobrehumano para dominarse, decidido a darle ternura y atención esta vez.

Trazó su ombligo con la lengua y los labios y, sujetando sus caderas, inclinó la cabeza un poco más. Hattie arqueó la espalda al notar el primer roce de su lengua en el punto más sensible y, unos segundos después, se rompió en un clímax que la envolvió como una ola gigante.

Luc tiró de ella para apoyarla contra su torso.

Hattie levantó la cabeza y Luc buscó sus labios en un beso largo y tierno que enseguida se volvió apasionado. Se colocó sobre ella, atrapando sus dos manos con una suya y levantándolas por encima de su cabeza. Con la mano libre acariciaba sus pechos evitando sus pezones, excitándola deliberadamente.

Cuando sus gemidos le dijeron que estaba preparada para él, metió una mano entre sus piernas. Su deseo se había vuelto un torrente que necesitaba ser liberado cuanto antes.

A toda velocidad, se puso un preservativo y le abrió la piernas con una rodilla, mirándola a los ojos.

–Dime que me deseas, Hattie –le ordenó, con voz ronca–. Suplícame.

Ella abrió las piernas un poco más pero Luc se apartó.

—Dilo, Hattie.

—Por favor, Luc, hazme tuya.

Él se echó hacia delante, temblando cuando ella le enredó las piernas a la cintura. Y supo entonces que no sería posible ir despacio, nunca sería posible con Hattie. La penetró y empujó con fuerza una y otra vez hasta que una ola gigante se lo llevó, borrando cualquier otro pensamiento que no fuera: «Hattie es mía».

Intentó aguantar un poco, prolongar la exquisita sensación unos segundos más, pero no fue posible. Suspirando roncamente, se dejó ir, el placer se alargó durante unos segundos que le parecieron interminables.

Después la abrazó, respirando agitadamente, sus cuerpos cubiertos de sudor. Con su última gota de energía, Luc tiró de la sábana para cubrirlos a los dos y se rindió al sueño en los brazos de aquella mujer, la única para él.

Capítulo Dieciséis

Unas horas después, Hattie se puso una camiseta y unas braguitas para salir de la tienda de campaña. El escozor que sentía entre las piernas le recordaba lo que había ocurrido unas horas antes…

Después de ir al cuarto de baño, se quedó admirando la luz gris del amanecer. La playa estaba cubierta de pájaros y sus graznidos eran como un eco de sus confusos sentimientos. ¿Qué iba a hacer? Ya no había ninguna duda sobre sus sentimientos por Luc. Acostarse con él la noche anterior había sido a la vez la experiencia más erótica y lo más estúpido que había hecho en toda su vida.

Tal vez algún día podría encontrar un hombre tan inteligente como Luc, tan amable, tan guapo, tan divertido, tan honesto… tal vez. Pero sabía con total certeza que lo que compartía con Luc no podría compartirlo con ningún otro hombre. En la universidad había sido un buen amante, pero después de diez años el sexo era mejor que nunca. Y ella no había esperado esa intensidad, esa intimidad; la sensación de que estaban unidos en cuerpo y alma.

Pero eso era un problema porque su relación era temporal y, supuestamente, pragmática. No quería sentir esa conexión con él….

Por mucho que estuviera disfrutando de esa inesperada luna de miel, su cerebro le decía que debía marcharse.

Miró por encima del hombro la pequeña tienda de campaña azul bajo la niebla. En unas horas, la tienda sería desmantelada, como su matrimonio, y en el campamento no quedaría nada, ni rastro del sitio en el que Hattie Parker había entregado su corazón a Luc Cavallo.

Pero los corazones curaban, ¿no? Y la vida seguía adelante. Ella volvería a su trabajo y cuidaría de Deedee. Y tal vez ese final no sería tan doloroso como diez años antes. Tal vez las sonrisas de Deedee serían suficiente.

Luc y ella podían seguir siendo amigos y, si no, tendría los recuerdos. Y, con un poco de suerte, tal vez algún día conocería a un hombre que la quisiera. Un hombre que nunca estaría a la altura de Luc Cavallo.

Luc supo sin abrir los ojos que Hattie no estaba a su lado. Incluso dormido había sentido el calor de su cuerpo, el peso de la cabeza femenina sobre su torso. Durante la noche habían hecho el amor dos veces más, en silencio la primera vez; la segunda rápidamente, casi con desesperación.

Pero estaba claro que Hattie necesitaba estar sola, que no quería verlo. Y él lo entendía pero no le gustaba, pensó, pasando una mano por el almohadón, en el que se había quedado su perfume.

Suspirando, se levantó para ponerse los calzoncillos y salió de la tienda de campaña. La vio mirando el mar y la abrazó por la cintura, apoyando la barbilla en su cabeza.

–Buenos días.

–Buenos días, Luc –murmuró ella.

–¿Te apetece desayunar?

–La verdad es que podría comerme un caballo.

Hicieron el desayuno juntos, Hattie cortando la fruta que habían llevado mientras Luc tostaba pan en la barbacoa. A las diez, todo estaba guardado y la tienda doblada. Luc sugirió que fueran a visitar el faro pero Hattie negó con la cabeza, arguyendo que estaba cansada y quería volver al hotel.

Él acababa de vivir una de las noches más fabulosas de su vida pero Hattie lo trataba casi como si fuera su hermano.

Volvieron a Key West casi en silencio. Hattie iba mirando el mar, la visera le ocultaba los ojos. Las oscuras nubes amenazaban tormenta y Luc tenía que mantener las dos manos en el timón para saltar las olas.

Atracar y volver al Flamingo's Rest le pareció una tarea interminable. Luc estaba dispuesto a decir algo, temiendo perder a Hattie si no lo hacía. Pero no sabía qué decir.

–Gracias por llevarme al fuerte –dijo ella cuando estuvieron en la habitación–. Lo he pasado muy bien.

–Espero que también lo hayas pasado bien conmigo.

Hattie apartó la mirada.

–Sí, claro.

Luc metió las manos en los bolsillos del pantalón.

–Yo diría que ha sido asombroso, ¿no?

–Por supuesto –murmuró ella, poniéndose colorada.

–Pues imagina lo que podríamos hacer en esa cama tan grande, con sábanas limpias y velas.

Cuando dio un paso adelante, Hattie dio un paso atrás hasta que sus piernas chocaron con el sofá.

–Dame un beso.

Sus oscuros ojos estaban llenos de secretos…

–¿De verdad crees que podríamos conformarnos con un beso?

Luc inclinó la cabeza para besarla en el cuello.

–¿Eso importa?

–Tenemos que ducharnos –protestó ella–. Yo necesito darme una ducha.

–No me había dado cuenta.

Hattie suspiró mientras Luc metía la mano bajo la camiseta para acariciarle los pechos por encima del sujetador, pellizcándole los pezones…

–Luc… de verdad. Necesito darme una ducha.

Él miró el reloj, suspirando.

–Muy bien, como quieras. Tengo que hacer un par de llamadas pero no tardaré mucho, te lo prometo.

Aunque lo único que deseaba era llevarla al dormitorio, tuvo que controlarse. A menos que supiera con seguridad que Hattie estaba enamorada de él, lo mejor sería contener su entusiasmo.

Pero no pudo resistirse al deseo de cortejarla.

–¿Por qué no eliges un buen restaurante para cenar? Así podremos hablar de nuestra situación, tal vez bailar un poco…

–Eso estaría bien.

–Y podemos relajarnos en la piscina por la tarde. Le diré a Marcel que nos baje el almuerzo.

–Muy bien.

Hattie se dio la vuelta para ir al baño.

–Podríamos ducharnos juntos –sugirió Luc entonces.

Hattie negó con la cabeza.

–Ve a hacer esas llamadas. Tenemos mucho tiempo.

Él la dejó ir. Era suya en cuerpo y alma, pensó. Tal vez aún no lo sabía pero pelearía sucio si hacía falta para tenerla. No podía perderla de nuevo.

Hattie se metió bajo el grifo de la ducha y cerró los ojos, encantada.

Le gustaría dormir un rato pero no estaba dispuesta a perder un día de sol de modo que, después de ducharse, se puso un albornoz y buscó en la maleta el único bañador que aún no se había puesto. No era nada llamativo pero la tela dorada se pegaba a su cuerpo como una segunda piel. Cuando Luc apareció en la puerta, la miró, boquiabierto.

–Dime que no vas a ponerte eso fuera de la habitación.

Hattie sonrió.

–Pensé que te gustaría.

–Y me encanta. Madre mía, parece como si estuvieras desnuda. ¿Seguro que quieres bajar a la piscina? Aquí se está muy bien.

Aunque su voz ronca hizo que se le doblaran las rodillas, Hattie se apartó.

–Quiero volver a casa un poco morena, así que no vas a distraerme con tus encantos masculinos.

Luc levantó una ceja.

–¿Te parezco encantador?

–Creo que eso ha quedado bien claro.

Él rió y, durante un segundo, Hattie se preguntó si sentiría por ella algo más que deseo. Pero nada de lo que había dicho contradecía su plan de que el matrimonio fuese algo temporal.

Le gustaría tanto decir las palabras que guardaba en su corazón… pero tenía miedo.

Cuando sonó el móvil de Luc se dirigió a la puerta para que pudiese hablar tranquilamente.

–Estaré en la piscina…

El tono de preocupación de Luc hizo que se detuviera antes de salir. La conversación fue breve y cuando cortó la comunicación su expresión era muy seria.

–¿Qué ocurre?

–Deedee tiene fiebre.

–Dios mío. ¿Es muy alta?

–Treinta y ocho. Seguramente será algún virus… Ana va a llevarla al pediatra ahora mismo.

–¿Te importa si volvemos a casa? Necesito estar con Deedee…

Luc asintió con la cabeza.

Capítulo Diecisiete

Era casi medianoche cuando volvieron a Atlanta. Leo los esperaba en el aeropuerto para llevarlos a casa y Luc y él se sentaron delante mientras Hattie iba en el asiento de atrás.

Leo miró por encima de su hombro.

–¿Qué tal en Key West?

–Muy bien –respondió ella.

Una vez en casa, Leo los ayudó con el equipaje y después de despedirse le dio un beso en la mejilla.

–Llámame para contarme qué tal está Deedee.

–Sí, claro.

Ana los recibió en el vestíbulo.

–Deedee está durmiendo –le contó–. El médico ha dicho que tiene una infección de oído…

Hattie se llevó una mano al corazón.

–Dios mío.

–No te preocupes –intentó tranquilizarla Luc–. Seguro que no será nada importante. Gracias, Ana, Hattie y yo nos encargaremos de la niña para que tú puedas descansar un poco.

–En la mesilla están las medicinas y las horas a las que hay que dárselas. Y he dejado un biberón preparado.

–Gracias.

Una vez en la habitación, Hattie se acercó a la cuna sin hacer ruido. Deedee dormía profundamente, con el culito levantado, como era su costumbre.

–Está bien, ¿lo ves? –dijo Luc–. ¿Por qué no te pones el camisón? Es tarde.

Hattie le puso una mano en la frente a la niña.

–Sigue estando muy caliente.

–Está tomando antibióticos y podemos poner el despertador para la siguiente toma. Venga, ve a cambiarte, está agotada.

–Muy bien.

Después de una ducha rápida, Hattie se puso un camisón más discreto que el que había llevado a Key West. Ahora que estaban en casa se sentía insegura, como una adolescente preguntándose si le gustaba a un chico. Todo le había parecido tan sencillo, tan natural en la isla.

Pero de vuelta en el territorio de Luc, volvían todas sus aprensiones. ¿Esperaría que compartiesen habitación?, se preguntó.

Pensativa, volvió a la habitación de Deedee... y se quedó inmóvil en la puerta. Porque sentado en la mecedora, en medio de aquella habitación pintada con nubes y dibujitos infantiles, estaba Luc, con Deedee en brazos.

El contraste entre aquel hombre tan grande y el diminuto bebé hizo que se le encogiera el corazón. Aquello era lo que Leo había temido, que Luc se encariñase con Deedee.

El propio Luc había dicho que entendía el lazo entre padres e hijos y, evidentemente, su sobrina le había robado el corazón. Y al ver juntas a las dos personas a las que más quería en el mundo, Hattie se dio cuenta de que tenía un serio problema.

Luc ya no creía en el amor romántico y tal vez ella era la responsable de eso. Pero si se había encariñado con Deedee, ¿cómo iba a llevarse a la niña cuando llegase el momento? ¿Cómo iba a romperle el corazón por segunda vez?

Luc estaba canturreando una nana y, al escuchar su voz ronca, se emocionó. Antes de hablar, tuvo que aclararse la garganta:

–Yo me quedaré con ella si quieres ducharte.

Luc levantó la mirada.

–¿Vas a dormir en mi habitación?

Su marido era de los que siempre iban al grano.

–Pues… –Hattie no sabía qué decir.

–No te preocupes –la interrumpió él–. Los dos estamos cansados pero te ayudaré con la niña por la noche.

Antes de que Hattie pudiera decir que quería dormir con él, Luc metió a Deedee en la cuna y salió de la habitación.

¿Habría herido sus sentimientos?, se preguntó. Esa pregunta la había pillado desprevenida pero quería estar con él…

Sin embargo, ya no podían usar la luna de miel como pretexto para acostarse juntos. Estaban de vuelta en la realidad y Luc se había casado con ella para proteger a Deedee. Nada más.

Hattie subió el volumen del monitor y después de comprobar que Deedee seguía durmiendo salió de la habitación con el corazón encogido. La enorme cama, que le había parecido tan lujosa y cómoda la semana anterior, le parecía ahora un instrumento de tortura.

Dio vueltas y vueltas durante horas, apartando el embozo porque sentía calor. Echaba de menos a Luc, su cuerpo fuerte y poderoso. ¿Qué quería Luc de ella? Hattie no dejaba de preguntarse si debían seguir acostándose juntos ahora que estaban de vuelta en casa. Ana y Sherman lo sabrían... y probablemente Leo también. Era imposible mantener algo así en secreto.

¿Y qué pasaría cuando se hubiera resuelto la situación con Eddie?

A la mañana siguiente, Deedee parecía estar mejor y Luc jugó con ella durante media hora antes de anunciar que se iba a la oficina.

Hattie frunció el ceño mientras lo seguía hasta el vestíbulo.

—Se supone que sigues de luna de miel, no te esperarán en la oficina.

—Pero tengo que volver —dijo él—. Seguramente tendré miles de asuntos esperando y lo mejor será empezar cuanto antes.

Hattie no sabía qué decir para retenerlo, de modo que se quedó frente a la ventana, viendo cómo el coche de su marido desaparecía por el camino...

Entonces le sonó el móvil pero no reconocía el número que aparecía en la pantalla.

–¿Dígame?

–¿Señora Cavallo?

–Sí, soy yo.

Con qué facilidad se había acostumbrado a ese nombre…

–Soy Harvey Sharpton. Trabajo para su marido y tengo buenas noticias para usted.

Hattie se llevó una mano al corazón.

–Dígame.

–El padre de Deedee ha metido la pata hasta el fondo esta vez.

–¿Qué ha hecho ahora?

–Otra detención por conducir bajo los efectos del alcohol. Atropelló a un transeúnte y salió huyendo…

–Qué horror…

–La policía lo detuvo poco después y como era la segunda vez, el juez dictó prisión preventiva. Y cuando llevamos a la testigo de la petición de su hermana, decidió otorgarle a usted la custodia de la niña.

Hattie apenas podía hablar.

–Muchísimas gracias.

–Tiene que firmar unos documentos…

–Sí, sí, por supuesto. Le llamaré mañana a primera hora. Y le agradezco mucho que haya llamado.

Hattie se dejo caer sobre el último escalón de la escalera y enterró la cara entre las manos, sintiendo un alivio abrumador. Quería contárselo a Luc inmediatamente, necesitaba compartir esa alegría con la única persona que podía entenderla.

Pero Luc se había ido.

***

Durante todo el día estuvo ensayando lo que le iba a decir. Cuarenta y ocho horas antes hubiera sido mucho más fácil. El Luc con el que había hecho el amor durante su luna de miel era mucho más cercano que el serio empresario en el que se había convertido al llegar a Atlanta.

Cuando no llegó a casa a la hora de cenar empezó a preocuparse. Tal vez estaba siendo una ingenua, haciendo castillos en el aire en lugar de planear un futuro sin Luc, se decía.

Por fin, a las once, se fue a la cama y consiguió dormir. Pero despertó de madrugada al escuchar un ruido, tal vez el de una puerta al cerrarse.

Hattie miró el reloj de la mesilla. Era hora de darle a Deedee su medicina y, sin ponerse el albornoz, salió al pasillo y entró en la habitación de la niña.

Y, por segunda, vez encontró a Luc con Deedee en brazos. Estaba de pie al lado de la cuna, dándole golpecitos en la espalda.

Sólo llevaba puestos los calzoncillos y, a pesar de la hora y el cansancio, Hattie tuvo que tragar saliva.

–No sabía que hubieras vuelto.

Luc se volvió.

–Acabo de darle la medicina. Pensé que estabas dormida –murmuró, besando a la niña antes de dejarla en la cuna.

–Ya no tiene fiebre, así que no debes preocuparte.

Deedee no era la mayor preocupación de Hattie en ese momento. Su preocupación era Luc, que se mostraba frío y distante.

—Me alegro de que estés en casa.

Él se encogió de hombros.

—La niña me necesita.

Hattie no sabía qué decir. Era como si estuviese intentando hacerle daño a propósito. Y lo estaba consiguiendo.

Pero había descubierto muchas cosas sobre él en Key West y sabía que bajo esa fachada de hombre seguro de sí mismo seguía estando el joven Luc, el que había sufrido, el que había aprendido a esconder su lado más vulnerable.

Hattie dio un paso en su dirección.

—No podía dormir y… no podía hacerlo porque tú no estabas a mi lado.

Hattie estaba yendo a él por propia voluntad.

Luc estaba casi seguro de que lo amaba; las mujeres no podían esconder esas cosas. Hattie no se acostaba con nadie y, aunque fuera su marido, no compartiría cama con él sólo por el sexo.

¿Entonces por qué vacilaba?

«Hazlo, dile que se vaya al infierno. Dile que no necesitas una esposa, que no la quieres».

¿Creería Hattie esa mentira?

¿O tal vez debería empezar a creer en un futuro para los dos? ¿Una hija, una familia, un final feliz?

Pero todas las personas que lo querían lo habían

dejado: sus padres, Hattie... si la dejaba entrar en su corazón y luego la perdía no sería capaz de sobrevivir.

–Tal vez deberíamos sopesar nuestra relación.

–No te entiendo –dijo ella.

–Yo tengo mucho trabajo en la oficina y tú tendrás que pasar tiempo con Deedee.

Hattie se puso pálida.

–¿Entonces sólo me has utilizado en Key West porque te resultaba conveniente?

–No me conviertas en el malo de la película –replicó él–. Yo creo que nos utilizamos el uno al otro. Tú estabas más que dispuesta.

–Eres un egoísta... –Hattie no pudo terminar la frase.

–Te he dado lo que querías. Deedee y tú estáis a salvo. No me pidas la luna, Hattie.

Capítulo Dieciocho

«No me pidas la luna, Hattie».

Esas palabras daban vueltas y vueltas en su cabeza. Apenas había pegado ojo pero cuando amaneció por fin sabía lo que debía hacer. Tendría que ser una operación secreta, Ana y Sherman no podían estar presentes.

Desayunó como pudo, casi incapaz de probar bocado. A pesar de la risa alegres de Deedee, Luc y Hattie apenas intercambiaron una palabra.

A las diez, la casa estaba vacía. Ana y Sherman se habían ido al mercado, Patti estaba de vuelta en la universidad y Luc en la oficina. En cuanto Deedee se quedó dormida, Hattie empezó a hacer el equipaje con el corazón encogido. Cuando las maletas estaban en el coche, sacó a Deedee de la cuna y la sentó en la sillita de seguridad.

Conducía sin pensar, con el corazón roto. Luc nunca volvería a amarla. Ella había matado esos sentimientos cuando lo dejó y, si se quedaba en su casa un día más, sufriría lo indecible. La había ayudado cuando más lo necesitaba, pero Deedee y ella debían empezar su vida solas.

¿Dónde podía ir?, se preguntaba mientras recorría kilómetros por la autopista. ¿Cuál era el siguiente paso? Tenía un montón de tarjetas de crédito ¿pero y si Luc las había cancelado?

A toda prisa, hizo un recuento de sus posesiones y el dinero que llevaba en el bolso… tal vez cuatrocientos dólares. No le durarían mucho pero tenía que ir a algún sitio donde nadie pudiese encontrarla. Al menos hasta que decidiera qué iba a hacer con su vida.

Luc se echó hacia atrás en el sillón, pasándose una mano por el cuello. Tenía un terrible dolor de cabeza pero, afortunadamente, Leo iba a cenar con ellos esa noche. Su compañía sería una bienvenida distracción porque Hattie y él apenas hablaban.

Por primera vez desde que volvieron de su luna de miel, Luc llegó a casa a las cinco y media, con Leo detrás.

–Siento llegar tan temprano pero tenía una reunión en esta zona de la ciudad y no merecía la pena volver a la oficina.

Luc lo llevó a la biblioteca y sirvió dos whiskys.

–No pasa nada. Deedee está mucho mejor y Ana dice que Hattie debe haberse ido de compras con la niña. Aún no han vuelto, así que tenemos tiempo de relajarnos antes de cenar.

Leo se sentó en el espacioso sofá y tomó un trago de whisky.

–¿Qué tal os lleváis?

–Bien –contestó Luc, sin mirarlo.

–¿Estás enamorado de ella?

151

–¿Esto qué es, un consultorio amoroso? No sé lo que es el amor.

–Nuestros abogados podían hacer que Hattie consiguiera la custodia de Deedee, de modo que casarte ha sido totalmente innecesario. ¿Por qué te has casado entonces?

Luc se había hecho esa misma pregunta muchas veces y la repuesta estaba clara pero era demasiado pronto para decírselo a su hermano.

–Era lo que debía hacer para proteger a la niña.

–Sí, de acuerdo. Sé que siempre te ha gustado hacerte el héroe, pero tiene que haber algo más.

Sherman apareció entonces en la puerta.

–Perdone, señor Cavallo, Ana ha encontrado esta nota para usted en la cocina.

Luc abrió el sobre y leyó la nota, sin entender...

–¿Qué ocurre? –le preguntó Leo.

–Hattie se ha ido. Ha conseguido la custodia de Deedee y se ha ido.

Su hermano le quitó el papel de la mano y, después de leer la nota, soltó una palabrota.

–La encontraremos. No puede estar muy lejos.

Pero no la encontraron. Paso un día, luego dos y tres. El móvil de Hattie estaba apagado y no había actividad en ninguna de sus tarjetas de crédito. Era como si Deedee y ella hubieran desaparecido de la faz de la tierra.

Luc sobrevivía a base de café y tres horas de sueño cada noche. Su frustración con la policía era enorme pero incluso él debía admitir que, aparentemente, Hattie no quería que la encontraran. Se había marchado por propia voluntad, llevándose con ella su corazón.

Leo lo ayudó todo lo posible. Se mudó a su casa y contrataron a los mejores detectives de Atlanta, pero los informes no eran ningún consuelo.

Cuando una persona quería desaparecer podían tardar semanas, incluso meses, en encontrarla.

El cuarto día, sin embargo, hallaron una pista. En su prisa por marcharse, Hattie se había dejado en casa los antibióticos de Deedee.

Los detectives empezaron a indagar y a las dos de la tarde del quinto día, Luc supo que una mujer había llamado a la consulta para pedir esos medicamentos.

–Dígame que tiene información –le espetó al detective, prácticamente agarrándolo por la pechera de la camisa.

–La llamada se hizo desde un hostal en Marietta. Aquí está la dirección.

Hattie paseaba de un lado a otro de la habitación, intentando consolar a Deedee, que no dejaba de llorar. Había vuelto a darle los antibióticos pero seguramente no empezarían a hacer efecto hasta veinticuatro horas más tarde.

Cuando Deedee se puso enferma por primera vez había tenido el apoyo de Luc, pero ahora estaba sola y la angustia y la desolación eran insoportables.

Por fin, Deedee se durmió y Hattie se había tumbado en la cama para descansar un rato cuando sonó un golpecito en la puerta.

Hattie se levantó para poner el ojo en la mirilla...

¡Luc!

—He visto tu coche en el aparcamiento y sé que estás ahí. Abre la puerta, Hattie.

Como un robot, ella abrió la puerta y Luc entró en la habitación llevando con él el viento y lluvia.

Estaba pálido y su cabello estaba despeinado.

—¿Qué quieres?

—Te quiero a ti —respondió él.

—Mentira —dijo Hattie. Pero vio que se echaba hacia atrás, como si lo hubiera abofeteado.

Luc se pasó una mano por el pelo.

—Cometí un error, tenía miedo de decirte lo que sentía. Pero no quería que te fueras.

—No soy tonta, sé que sólo te casaste conmigo para poder controlarme. Para vengarte por lo que pasó hace diez años.

Luc dio un paso adelante pero ella lo detuvo levantando un brazo.

—Eso duró diez minutos —dijo por fin—. Me decía a mí mismo que quería hacerte tanto daño como tú me lo habías hecho a mí pero no era verdad. No quería que te fueras, Hattie.

—Sé que he conseguido la custodia de Deedee, de modo que ya no necesito tu ayuda. Es hora de separarnos.

Él se sentó al borde de la cama, suspirando.

—¿Y si yo te necesitara a ti?

Tontamente, el corazón de Hattie empezó a albergar esperanzas, pero las aplastó sin piedad.

–Tú puedes comprar todo lo que necesites.

–Supongo que eso era lo que creías hace diez años pero no era cierto entonces y no lo es ahora. Mi dinero no me da control sobre ti, Hattie. Eres tú quien tiene el poder en esta relación.

–Soy una madre soltera sin trabajo ni casa.

–Tienes una casa –dijo él–. Y un marido que te quiere.

–¿Me quieres?

–Nunca he querido a nadie más que a ti.

Una lágrima le rodó por la mejilla.

–Sé que te traté mal hace diez años –empezó a decir Hattie–. No debería haber rechazado tu amor…

–Y yo debería haberte dicho las palabras que querías escuchar, pero tenía miedo. Tú tenías el poder de destruirme, sigues teniéndolo.

–Pero me odias por lo que te hice.

–Intenté odiarte durante años –admitió Luc–. Pero no sirvió de nada. Cuando apareciste en mi oficina aquel día fue como si la vida me diera otra oportunidad. Te quiero, Hattie. Nunca he dejado de quererte, tienes que creerme.

–¿O qué?

–O voy a tener que comprar este hotel, cerrar la puerta con llave y hacerte el amor hasta que entres en razón.

Hattie temblaba. Quería creerlo con todo su corazón, pero…

–No quiero una relación en la que los dos intentemos llevar el control. No quiero juegos ni mentiras. Necesito una relación de igual a igual. Si decido volver a mi trabajo, no quiero tener que discutir contigo. Y me vestiré como me apetezca.

—Por supuesto —asintió él—. Tú tomarás todas las decisiones a partir de ahora.

—Mentiroso.

Riendo, Luc tiró de ella para darle un beso tan tierno que Hattie se derritió.

—Te quiero, Hattie Parker.

Ella le echó los brazos al cuello.

—Te quiero, Luc Cavallo. ¿Me has perdonado?

—Hace mucho tiempo —respondió él—. Tal vez los dos teníamos que hacernos mayores. Tal vez debíamos ser las personas que somos ahora para amarnos y poder querer a Deedee como si fuera hija nuestra.

Ella asintió con la cabeza.

—Llévame a casa, Luc. Llévanos a casa.

Luc la abrazó, poniéndole la barbilla sobre la cabeza, sus corazones latían al unísono.

—Pensé que no ibas a pedírmelo nunca.

Epílogo

Cinco meses después, en una casita en el sur de Francia, Hattie contenía el aliento mientras su marido entraba en ella, disfrutando de la exquisita sensación de sentirse suya.

Luc lo hacía con cuidado, despacio, como llevaba haciéndolo durante las últimas semanas, Hattie envolvió las piernas en su cintura.

–No me voy a romper –se quejó.

Las sombras de la tarde bañaban sus desnudos cuerpos con una luz dorada y, a través del espejo, Hattie vio cómo Luc se movía adelante y atrás, conteniéndose, llevándola al cielo antes de buscar su propio alivio.

Después, pasó una mano por su abultado abdomen con gesto reverente. Habían engendrado un hijo aquella noche en Key West.

–Creo que es un niño –murmuró.

Hattie suspiró, contenta.

–Vamos a tener mucho trabajo con dos niños tan pequeños.

–Ana y Sherman nos ayudarán. Todo ira bien.

Ella le apartó un mechón de pelo de la frente.

–Eres mi príncipe azul. Nos rescataste a Deedee y a mí… nunca lo olvidaré.

Luc la miró con los ojos brillantes de felicidad.

–Te equivocas cariño. Fuiste tú quien me rescató a mí el día que apareciste en mi oficina. Deedee y tú me rescatasteis de una vida sin amor.

DESEO

JANICE MAYNARD

EL REGRESO DEL HEREDERO

Capítulo Uno

aun... al asegurarla. Eran demasiado duras cuando en
encuentran...
Había sido el secreto mejor guardado en los entierros... Cuanta más vida inmortal, grandiosa, los peces
que no ibru la mancha. Nosotros... de una otra orilla...
hoy se la cobró. Todas palabras son un puñado a su
repuesto... todo que lo significa... tras de... senti... va...

Los entierros de noviembre eran los peores. El día
era crudo y gris, con una gélida llovizna. A lo lejos,
unas nubes bajas envolvían en un sudario las laderas de
las montañas Great Smoky. Felicity Vance se arrebujó
el abrigo y deseó haberse puesto pantalones. Mantenía
la distancia del resto de los asistentes al sepelio.

Ver el ataúd, aun desde la distancia, había sido un
golpe muy duro. Más aún lo había sido ver al hermano
de la fallecida, Wynn Oliver. El hombre que había sido
su mundo entero.

Lo estaba observando, a pesar de que lo único que
podía ver desde atrás eran sus anchos hombros, elegantemente cubiertos por un abrigo de lana confeccionado a
medida. Tenía la cabeza al descubierto, pero su cabello,
oscuro y ondulado, parecía inmune a la pesada bruma.

Felicity sufría por él. A pesar de una sórdida infancia, o precisamente por ella, Wynn y su hermana habían
estado siempre muy unidos. Shandy solo tenía veinti-
nueve años... demasiado joven para morir. Un cáncer
muy agresivo le había arrebatado la vida, dejando a su
desconsolado hermano a cargo de su hija de diez meses.

Wynn y Felicity tenían cuatro años más. Y Felicity
siempre había pensado que Shandy se convertiría en su
cuñada.

Mientras la voz del pastor envolvía a los escasos
asistentes, leyendo las palabras de consuelo de los sal-

mos, Felicity se echó a temblar y apretó las manos enguantadas. Tal vez no debería haber acudido.

Había visto el anuncio del entierro en las redes sociales. Quince años atrás, Felicity se marchó del pequeño pueblo de Falcon's Notch y, en aquellos momentos, vivía en Knoxville. Falcon's Notch era un pueblo muy pequeño, tanto que los niños y jóvenes tenían que tomar un autobús para asistir a clase en la ciudad más cercana. Wynn y Felicity habían deseado ver mundo.

Apartó el pasado y se centró en el triste momento. La marquesina verde tenía como objetivo proporcionar refugio del sol o la lluvia a la familia del fallecido. Había diez sillas blancas, en dos filas de cinco, que se habían colocado sobre el irregular terreno. Las diez sillas estaban vacías. Wynn era el único pariente vivo. Permaneció de pie, firme y erguido, hasta que el pastor pronunció la última oración.

Entonces, en un gesto que rompió el corazón de Felicity, Wynn se arrodilló y dejó una rosa sobre el ataúd. Después volvió a ponerse de pie y dio un paso atrás mientras los empleados de la funeraria bajaban a Shandy al lugar en el que iba a descansar eternamente.

Los ojos de Felicity se llenaron de lágrimas. Tenía un nudo en la garganta. Aquel hermoso rincón de las montañas ocultaba tanto dolor... Pobreza endémica. Adicción. Esa última había sido la razón por la que Shandy nunca había conseguido escapar. Sin embargo, se había redimido limpiándose antes de que su hija naciera.

Y después...

El modesto grupo empezó a dispersarse. Algunos de ellos habían acudido, sin duda, por compasión y aflicción. Otros, solo por husmear. Muchos habrían ido

4

solamente a ver al hijo más famoso de la comunidad. Un millonario que se había hecho a sí mismo. Tal vez multimillonario. Wynn Oliver era como una criatura mítica para todos.

Tras alcanzar el éxito, Wynn se había construido una casa en la boca del valle, sobre una ladera de las altas montañas cerca de los límites del parque nacional. Pocos la habían visto, pero los rumores de cómo era circulaban por todas partes.

En realidad, Wynn residía en Nueva York. Felicity se preguntó por qué había sentido la necesidad de establecer una segunda residencia.

Había estado mirando al suelo, pasando el peso de su cuerpo de un pie a otro para tratar de volver a sentir los dedos de los pies, cuando una voz profunda pronunció su nombre.

−¿Fliss?

Atónita, levantó la cabeza. Se reflejó en unos ojos que eran tan verdes como el musgo sobre el tronco de un olmo. El aliento se le heló en la garganta.

−Wynn… −susurró a duras penas.

−Te vi en la funeraria –dijo él con el ceño fruncido.

−Había muchas personas esperando para hablar contigo… decidí que yo sobraba –dijo. Se detuvo un instante para encontrar las palabras adecuadas–. Lo siento mucho, Wynn. Lo siento muchísimo. Shandy tenía toda la vida por delante. Es tan injusto…

Wynn sonrió débilmente.

−La vida es pocas veces justa. Pensaba que ya lo sabrías.

El sarcasmo que notó en su voz le dijo a Felicity que lo mejor sería marcharse, pero los pies no le obedecían. Parecía que no se iban a mover nunca.

5

Wynn le agarró el codo cuando notó que ella se echaba a temblar.

—Dios mío, estás helada —le dijo mirándole las piernas. El gesto hizo que Felicity sintiera una extraña sensación en el vientre—. Shandy no habría querido que te diera una hipotermia.

—Debería marcharme —replicó ella. A pesar de los años, había vuelto a experimentar la atracción de la arrogante sexualidad de Wynn.

—No. Tengo que hablar contigo. Vamos a mi casa. Ese SUV negro es mío. Después, te volveré a traer aquí para que recojas tu coche.

—¿Por qué tendría yo que hacer algo así? —le preguntó ella. En aquellos momentos, su propia voz sonó cortante y sarcástica.

La expresión de Wynn se volvió gélida. Sus ojos parecían esquirlas de cristal.

—Me lo debes, Fliss. Es importante.

Antes de que Felicity pudiera responder, Wynn se dio la vuelta. Se puso a charlar con otras personas que estaban esperando para presentarle sus respetos.

Wynn Oliver no podía obligarla a hacer nada. Lo único que Felicity tenía que hacer era meterse en el coche y marcharse. Sin embargo, un par de detalles se lo impedían. El primero, sentía curiosidad. El segundo, Wynn tenía razón. Estaba en deuda con él y llevaba quince años cargando con ese peso.

Se dirigió al lugar en el que estaban aparcados los vehículos. Como Wynn había prometido, las puertas del suyo no estaban bloqueadas. Felicity se montó y suspiró de alivio.

Quince minutos más tarde, se abrió la puerta del conductor y Wynn se deslizó en su asiento.

–Gracias por venir –dijo él–. No sabía que Shandy y tú seguíais siendo buenas amigas.

–Yo no lo describiría así –respondió Felicity–. Nos escribíamos tarjetas para felicitarnos la Navidad y, de vez en cuando, un correo electrónico. Recibí el anuncio del nacimiento de su hija y compartió su diagnóstico conmigo. La vi una vez en el hospital. Se mostraba muy valiente, pero sé que se preocupaba mucho por su bebé.

–De eso es de lo que quiero hablar contigo.

Wynn arrancó el coche. Su casa, a vuelo de pájaro, no estaba lejos del cementerio, pero las carreteras eran estrechas y con muchas curvas. Felicity se agarró a la manilla de la puerta mientras empezaban a ascender.

–Eres rico –musitó–. ¿Por qué no arreglas esto?

Wynn dio un volantazo para evitar un agujero aún mayor.

–El estado de la carretera desanima a los visitantes no deseados.

–Ah.

Por fin, llegaron a la verja de hierro. Wynn marcó un código de acceso y esperó a que la verja se abriera. Entonces, por fin, accedieron a un camino perfectamente pavimentado.

–Gracias a Dios –dijo Felicity–. Creo que me he roto un diente por el camino.

Wynn soltó una carcajada, que sonó oxidada, como si hiciera mucho tiempo que no se había reído.

–Siempre fuiste una listilla.

Felicity calló. No le gustaba hablar sobre el pasado. Prefería concentrarse en el presente.

Cuando la casa de Wynn apareció por fin, ella contuvo la respiración. Era magnífica. En un claro del bosque, la casa se erguía regia y majestuosa.

–Es preciosa, Wynn –dijo. Perfecta para un solitario sin remordimientos–. ¿Cómo diablos la puedes mantener limpia?

Wynn aparcó el vehículo y lo detuvo.

–Tengo un ama de llaves que viene dos veces al mes. Discreta e increíblemente eficaz.

–Me alegro por ti.

Salieron del vehículo a la vez. El viento era mucho más fuerte y la temperatura más baja. La lluvia había empezado a transformarse en aguanieve. Wynn le agarró del brazo cuando subieron las escaleras. Aunque a ella le resultó extraño, agradeció el gesto.

La casa estaba muy silenciosa. Wynn empezó a encender las luces mientras Felicity giraba sobre sí misma para verlo todo.

–Madre mía, Wynn… Esta casa es increíble.

Wynn se agachó delante de la chimenea.

–Gracias. Me gusta, aunque no estoy aquí tanto tiempo como había pensado cuando la construí –dijo. Encendió una cerilla. La madera y las astillas ya estaban preparadas y las llamas cobraron vida inmediatamente. Los leños más grandes no tardaron en prenderse y el calor llegó al sofá sobre el que Felicity se había apoyado.

Se quitó los zapatos húmedos y se sentó sobre el sofá, recogiéndose las piernas por debajo del cuerpo. Entonces, se cubrió con una manta roja. Wynn se había quitado el abrigo y ella podía ver perfectamente cómo los pantalones se le estiraban sobre los poderosos muslos y el trasero. Era un hombre imponente, en todos los sentidos.

Cuando por fin se puso de pie, Wynn se volvió para mirarla.

–¿Quieres un café? ¿Un chocolate caliente?

–Un chocolate caliente, por favor.

Wynn asintió. La expresión de su rostro era inescrutable.

–Vengo enseguida.

Veinte minutos más tarde, Wynn regresó con una enorme bandeja de madera, que colocó sobre la amplia otomana de cuero. Se había quitado la corbata y se había desabrochado un par de botones de la camisa.

El café que se había preparado para él era solo. Para Felicity, había preparado una taza de humeante chocolate caliente, coronado con nata montada.

–Está delicioso. Muchas gracias.

–No hay de qué –respondió él mientras se sentaba en otro sofá, en ángulo con respecto a ella–. ¿Has entrado ya en calor?

–Sí.

Felicity se centró en su chocolate. Su cuerpo vibraba de placer, un estúpido e imaginario placer. Felicity notaba que sus huesos, sus músculos, e incluso sus células, aún respondían ante el hombre que había sido su primer amor, su primer amante, quince años atrás... Quince largos años.

Lo habían compartido todo. Esperanzas, sueños, cuerpos, amor... Desgraciadamente, al final, nada de eso había sido suficiente. El dolor y la pérdida los habían desgarrado por completo.

Se terminó su chocolate y dejó la taza en la bandeja.

–¿Por qué estoy aquí, Wynn? Me ha gustado conocer tu casa, pero me gustaría volver a la mía antes de que oscurezca.

–¿A qué viene tanta prisa? ¿Acaso tienes una cita esta noche?

Ella se sonrojó. ¿Estaba tanteándola?

–Mis planes no tienen nada que ver contigo. Si quieres hablar conmigo, habla.

–Está bien –dijo Wynn. Se puso de pie y comenzó a andar por la sala. De vez en cuanto se detenía y añadía más astillas al fuego.

Felicity esperó. No tenía ni idea de lo que él quería decirle. Por fin, vio cómo él se apoyaba contra la pared y se cruzaba de brazos.

–Shandy me nombró tutor de Ayla.

–Ya lo he oído. Es una gran responsabilidad. ¿No hay nadie más?

Wynn se encogió de hombros.

–El padre de la niña nunca ha estado presente y, como ya sabes, nuestros padres fallecieron.

–Sí, lo sé. Siento que no formaran parte de vuestras vidas.

Los padres de Wynn y de Shandy murieron de sobredosis la misma noche. Como adultos, como padres, lo máximo que se podía decir de ellos era que habían estado ausentes. Cuando Wynn estaba en la escuela elemental, un vecino descubrió que los dos hermanos llevaban horas solos. Llamaron a los servicios sociales para que se llevaran a los niños de la casa.

Los padres de Wynn y Shandy trataron de apelar a la misericordia del tribunal con una historia muy elaborada y suplicaron que les devolvieran a sus hijos. Tras dos meses en una casa de acogida, Wynn y Shandy regresaron con ellos.

Las cosas fueron mejor durante un par de años. Felicity sabía que Wynn había aprendido la lección. Ni él ni Shandy volvieron a decir a nadie las veces que se quedaban solos.

–Y, aunque estuvieran vivos, no dejaría bajo ningún concepto que mi madre se quedara con la inocente hija de mi hermana.

–Lo comprendo. ¿Dónde está Ayla ahora?

–Mi ama de llaves ha accedido a quedársela durante unos días. Yo tenía que ocuparme del entierro y… aún tengo que vaciar el apartamento de Shandy.

–¿Y tu empresa en Nueva York?

–Por suerte, tengo buenos empleados trabajando para mí. Con unas llamadas de teléfono, basta.

–Yo no tengo hermanos, pero estoy segura de que esto no ha sido fácil.

El rostro de Wynn se ensombreció, revelando por fin el agotamiento y la tristeza que había logrado mantener a raya todo el día.

–Es una tragedia tan grande…

En ese momento, Wynn cruzó la sala, apartó la otomana. Sus rodillas prácticamente tocaban las de ella.

–Necesito tu ayuda, Fliss –le dijo, mientras la observaba atentamente con sus hermosos ojos. A Felicity le costaba tragar e incluso respirar. Quería apartarse, pero se obligó a permanecer inmóvil. Su corazón y su cabeza se enfrentaron para encontrar la respuesta adecuada.

–Estoy libre durante los próximos cinco días –dijo–. Te puedo ayudar con el apartamento. Entre los dos lo recogeremos todo más rápido.

–No se trata de eso.

–No te entiendo, Wynn.

Un extraño gesto apareció en el rostro de Wynn.

–Da la extraña casualidad de que conozco a tu jefe. Él y yo servimos juntos en el comité asesor de la Administración Federal de Aviación hace un par de años.

Wynn y Felicity habían terminado cumpliendo ambos su sueño de volar por todo el mundo, pero con trayectorias profesionales diferentes.

—Ah, vaya… —dijo ella muy confusa.

—Le expliqué mi situación. No mencioné tu nombre, pero le pedí, que, en ciertas circunstancias, a un empleado se le podría conceder una excedencia larga para luego volver más tarde con la antigüedad que le corresponde y todos sus beneficios.

Felicity sintió que se le hacía un nudo en el estómago. Era imposible que Wynn estuviera diciendo que…

—No te entiendo —dijo ella.

Wynn le agarró las manos entre las suyas.

—Te necesito, Fliss.

—Eso ya lo has dicho, pero ¿para qué? —le preguntó. El pulso se le había acelerado.

—Quiero que cuides de Ayla durante nueve meses, incluso un año. Vivirías conmigo en Nueva York. Cuidarías de ella. Luego, cuando yo esté en casa al final del día, podría tratar de establecer una relación con ella.

Felicity apartó inmediatamente las manos y se tensó. Wynn le estaba pidiendo lo imposible.

—Eso es absurdo. En Nueva York, más que en ningún otro sitio, debe de haber al menos media docena de agencias de niñeras de alto *standing*. Puedes pagarles todo lo que te pidan. Tendrás candidatas para elegir.

—No —insistió él—. No quiero una desconocida en mi casa ni en la vida de Ayla.

Capítulo Dos

El corazón a Felicity le latía a toda velocidad.

–*Yo* también soy una desconocida, Wynn. Esa niña no me ha visto nunca.

Él frunció el ceño.

–Es cierto, pero no eres una completa desconocida. Conocías a Shandy. Me conoces a mí. Además, eres hija de Falcon's Notch.

–¿Y qué importa eso?

–Valores. Historia. Raíces.

–Tú y yo, los dos, odiábamos este lugar. Nos moríamos de ganas de salir de aquí.

–Tal vez eso era lo que nos decíamos. Resulta difícil escapar de las cosas intangibles que constituyen la infancia. Ninguno de los dos tenemos buenos recuerdos de esa época, pero las montañas siempre formaron parte de nuestra vida. Nos encantaba dar paseos. Incluso cuando el día a día era complicado, lo único que teníamos que hacer era levantar la vista y admirarlas.

Dios… Si se iba a poner así de filosófico, Felicity estaba perdida. Aquello era una de las cosas de las que se había enamorado hacía ya tantos años. Del muchacho que creció sin nada más que un tesoro de conocimientos y de imaginación, además de una profunda sabiduría.

–Lo primero –dijo con voz seca–, no tenías ningún derecho a hablar con mi jefe, ni siquiera de pasada. En

13

segundo lugar, me gusta mi trabajo y se me da muy bien.

Wynn entornó la mirada.

–¿Y tercero?

Felicity tragó saliva.

–No sé cómo cuidar a un bebé.

–Técnicamente, Ayla ya no es un bebé. Tiene diez meses. Además, me rompió el corazón verlo, pero mi hermana moribunda preparó un dossier con todos los detalles referentes a la comida y al sueño, junto con las revisiones médicas…

Las palabras de Wynn se convirtieron en un hilo de voz. Se le había hecho un nudo en la garganta. Además, tenía los ojos húmedos.

–Oh, Wynn… –susurró ella. Le dolía verlo sufrir.

–Probablemente, esta va a ser mi única oportunidad de ser padre –murmuró con voz ronca–. No quiero fastidiarla.

–Tienes treinta y tres años. Estoy segura de que has tenido relaciones con mujeres en Nueva York.

–Mujeres, sí. Relaciones, no.

Felicity no pudo soportarlo más. Se levantó para escapar de aquella conversación.

–Es imposible. Lo sabes. Tal vez esta sea tu manera de atormentarme.

Wynn se puso también de pie y se acercó a ella.

–Quiero ser un buen padre para Ayla. Necesito que tú hagas que eso ocurra. Es lo mínimo que puedes hacer, Fliss.

–Eso no es justo –replicó ella. Su voz apenas había podido superar el nudo que se le había formado en la garganta–. Sabes que no hice nada malo.

Hacía quince años, Felicity había sufrido un aborto.

14

Un bebé del que ni siquiera sabía que estaba embarazada. El trauma y el dolor habían terminado su relación con Wynn, los dos habían sido demasiado inmaduros como para soportar la pena. Ella se había centrado en su propia pérdida y no había podido llegar a comprender los sentimientos de Wynn. Él se había sentido furioso, herido, sin nadie a quien poder echar la culpa. Durante un instante, se había llegado a preguntar si Felicity había sabido lo del embarazo y no se lo había dicho. Ella le había asegurado que no lo sabía, pero comprendía las dudas que atenazaban a Wynn. Sus padres habían sido unos mentirosos compulsivos. Felicity no era capaz de contar las veces en las que ellos habían roto las promesas que les habían hecho a sus hijos. Era una realidad que Wynn tenía problemas para confiar en la gente.

Siete días después del aborto, Wynn le pidió que se casara con él. Felicity no comprendía por qué ni siquiera después de tantos años. En cualquier otro momento de su relación, Felicity se habría sentido encantada. Amaba a Wynn, pero su cuerpo y su corazón aún se estaban recuperando. Y lo rechazó.

Eso fue un error. Wynn se convirtió en una sombra de sí mismo. Se sintió rechazado. No tardó mucho en marcharse de la ciudad. Dejó a Felicity atrás y se alistó en la Marina.

Tanta pérdida, tanto dolor…

–Te ruego que me lleves adonde está mi coche –le dijo ella. Le dolía el pecho y los ojos le escocían.

Wynn se mesó el cabello con las manos.

–No puedo, Fliss. No voy a dejar que te marches hasta que me digas que aceptas.

La ira se apoderó de Felicity.

–¿Ahora te ha dado por secuestrar mujeres?

—Nada de mujeres. Solo a ti. Y hay una cosa más…

—No te molestes. Nada de lo que me puedas decir va a hacer que cambie de opinión. Esto es absurdo.

Wynn esbozó una triste sonrisa.

—Recuerdo todas y cada una de las veces que me dijiste lo difícil que era para ti no tener madre. Cuando empezaste con la regla. Cuando necesitabas un peinado para una ocasión especial y no había dinero. Cuando no te decidías a acostarte conmigo.

Felicity lo miró fijamente. Wynn parecía dispuesto a echar mano de todas sus debilidades para conseguir lo que quería.

—Eres un canalla…

—Piénsalo, Fliss. Toda la vida has soñado con tener una madre porque la tuya te abandonó y tu padre jamás le encontró una sustituta. Las niñas necesitan una madre. ¿No le vas a dar a Ayla lo que tú nunca tuviste? Nueve meses. Doce como mucho. Redactaremos un contrato para dejarlo todo bien atado. Y, por supuesto, te compensaré por lo que pierdas de sueldo en la aerolínea.

—Maldito seas.

Wynn comprendió que había ganado.

—Te aseguro que no será tan malo. Nueva York es una gran ciudad. Y tendrás tiempo libre. No soy ningún monstruo.

—Vamos a dejar una cosa bien clara. Si lo hago, es por Shandy y por Ayla. No te debo nada. El pasado es pasado. Lo que hubo entre tú y yo desapareció hace ya mucho tiempo.

—Comprendido —dijo él encogiéndose de hombros. Tenía el rostro inescrutable.

—Y no pienso ayudarte con el apartamento de Shandy. Si me mudo, yo también tengo cosas que hacer.

–De acuerdo.

–Puede que esto no salga bien. Puede que la niña no se sienta unida a mí y que le pase lo mismo contigo. Y entonces, ¿qué vas a hacer?

Wynn cuadró los hombros y apretó la mandíbula.

–Yo nunca pienso en el fracaso. Solo en el éxito. Esa niña es lo único que me queda.

Tres días más tarde, Felicity estaba embarcando en un avión privado con destino a LaGuardia. Su maleta ya se encontraba en la bodega. Había enviado cuatro cajas de ropa y de efectos personales, que la estarían esperando en su destino.

El pánico la acompañaba a cada paso que daba.

La única manera de seguir adelante era centrarse en la pequeña. Ayla era adorable. Tenía el cabello rubio de Shandy y los ojos verdes de Wynn. Algún día, sería una verdadera rompecorazones.

Wynn llevaba a la niña en brazos. Agachó la cabeza para poder entrar en la cabina. Desde el momento en el que llevó a Felicity de vuelta al lugar en el que se encontraba su coche, había habido poca comunicación entre ellos. Tan solo un puñado de mensajes de texto.

Después de todo, ¿qué había que decir? Wynn había ganado.

Felicity se sentó en la butaca más alejada y se abrochó el cinturón. Se negaba a permitir que él se diera cuenta de que estaba muy impresionada. Hacía tiempo que sabía que Wynn era un hombre muy rico, pero ver su estilo de vida tan de cerca resultaba abrumador.

Felicity vio cómo colocaba a la pequeña sobre la silla de protección que se encontraba ya colocada en el asiento que había junto al suyo. La pequeña era muy buena y parecía adaptarse a todo fácilmente. Felicity esperaba caerle bien, pero, hasta el momento, no había tenido oportunidad de comprobarlo. Wynn estaba acaparando a la pequeña.

Cuando ya estuvieron en el aire, Felicity no pudo seguir ignorando su mayor temor. No podía esperar que la presencia del bebé la protegiera. De vez en cuando, podría servir como distracción, pero, según el ya famoso dossier de Shandy, Ayla se acostaba todas las noches a las siete y media en punto y dormía hasta la mañana siguiente sin despertarse.

¿Qué iba a hacer ella durante todas esas horas?

Cuando cerró los ojos y fingió dormir un poco, en lo único que podía pensar era en que podría encontrarse a Wynn medio desnudo en el pasillo. Durante las madrugadas, un hombre y una mujer que compartían un pasado podrían cometer toda clase de errores.

Y, además, estaba la aterradora verdad.

Felicity seguía deseando a Wynn Oliver. Físicamente. ¿Cómo iba a poder ocultar el deseo, la necesidad urgente y visceral que sentía?

Tenía treinta y tres años. Había compartido cama con un puñado de hombres. Eran hombres buenos, decentes, pero no había compartido con ninguno planes a largo plazo ni tampoco le habían hecho sentir como lo había hecho Wynn cuando le hacía el amor.

Trató de relajarse. El vuelo a Nueva York duraba unas dos horas. Aunque permaneció sentada y con el cinturón abrochado y no podía ver por encima de los asientos que había delante de ella, sabía que la pequeña se había quedado dormida. Wynn estaba trabajando en su ordenador.

Tenía una extraña sensación en el estómago, una mezcla de miedo y excitación. Echaría de menos a sus amigos y compañero. Sin embargo, aquel desafío le había llenado de energía.

Sabía que Wynn vivía en un apartamento muy cerca de Park Avenue. Le había prometido que era lo suficientemente grande para los tres y que Felicity tendría su propio espacio y su tiempo libre lejos de él y de la niña, pero, en ocasiones, las promesas eran solo palabras que se utilizaban para conseguir lo que se deseaba.

Aterrizar en LaGuardia con un rico y conocido neoyorquino fue una experiencia muy diferente a la de un vuelo de línea regular. Ya en la pista los esperaba un coche y tres empleados para ocuparse de su equipaje y llevarlos a casa con las mínimas molestias.

En el coche, Felicity se quedó atónita al ver cómo Wynn le cambiaba el pañal a la pequeña. Luego, se ocupó de instalar él mismo el asiento del coche. Cuando ella mostró su sorpresa, la respuesta de Wynn la desarmó.

–Ayla es mía ahora. No voy a andarme con miramientos en lo que se refiere a su seguridad y bienestar.

–¿Confías en mí? –le preguntó ella.

–No estarías aquí si no fuera así –replicó él.

Desgraciadamente, habían llegado a Nueva York en el peor momento posible. El trayecto les llevó cuarenta y cinco minutos. Cuando llegaron por fin al edificio en el que Wynn vivía, los empleados de Wynn se pusieron manos a la obra. El trío había viajado en otro coche. Un elegante portero les abrió la puerta de entrada. Muy pronto estuvieron en el ascensor, que los llevaba a toda velocidad hasta el piso número treinta y cinco. El ático, tal y como descubrió instantes más tarde.

Wynn le mostró rápidamente la casa mientras llevaba en brazos a Ayla.

–Cocina, salón… –le iba diciendo. Felicity también vio que había un enorme jardín–. Y aquí está tu habitación.

–Es muy bonita –dijo sin expresar emoción alguna.

–El dormitorio de Ayla está entre el tuyo y el mío. Esta noche estará conmigo. Uno de tus primeros trabajos será crear su dormitorio. He hablado con la gerente de una de las mejores tiendas de la ciudad y ya le he dado el número de mi tarjeta. Le advertí que tú le llamarías o irías a visitarla para realizar tus compras.

–No estoy segura de saber lo que tengo que comprar –comentó Felicity.

–La gerente te ayudará. Ya le he explicado que tú y yo somos novatos en esto. Estoy seguro de que te ayudará a gastar un buen pellizco de mi dinero.

–¿Tengo presupuesto? –le preguntó Felicity. Ya sabía la respuesta, pero quería ver lo que él le decía.

–Shandy no me dejó ayudarla con las facturas del médico –dijo. Sus ojos reflejaron en aquel momento una terrible pena–. De hecho, me ocultó deliberadamente lo cerca que estaba del fin. Le fallé a mi hermana, pero no pienso fallarle a su hija. Haré todo lo que haga falta para que crezca feliz y sana.

Capítulo Tres

Después de llegar, Felicity dispuso de una hora para deshacer su equipaje e instalarse. Se imaginaba que uno de los empleados de Wynn estaba haciendo lo propio para el gran jefe, que en aquellos momentos se encontraba en el salón con Ayla.

De vez en cuando, escuchaba su profunda voz y las risas de la pequeña. Recordó las palabras de Wynn. «Haré todo lo que haga falta para que crezca feliz y sana».

Cuando terminó de organizar sus cosas, Felicity se aventuró a salir de su dormitorio. El apartamento era enorme. Al llegar al salón, se detuvo en la puerta. Wynn estaba de espaldas a ella, por lo que Felicity pudo observar atentamente la escena. En algún caso, un bebé podría tener el efecto de suavizar a un hombre, de hacerle parecer más sensible, más humano, más tierno.

No era el caso de Wynn. Igual que un león que juega con su cachorro, Wynn se mostraba muy protector de su sobrina. Sin embargo, no por eso dejaba de ser peligroso para Felicity. Se había quitado la americana y se había remangado la camisa. Sus brazos eran fuertes y musculados. Su cabello, negro y brillante, mostraba un cuidadoso corte, seguramente muy caro. Felicity le había echado mucho de menos. Había pensado que Wynn y ella podrían tener una vida juntos. Por el contrario, se había visto obligada a abrirse paso sola en el mundo.

Considerando sus circunstancias, no le había ido mal. Era azafata. Empezó con vuelos nacionales, pero, por fin, consiguió la oportunidad de pasar a los internacionales. Comenzó a cumplir el sueño del que Wynn y ella habían hablado durante tanto tiempo.

Sin embargo, en ocasiones se había sentido muy sola…

Miró al hombre con el que había compartido el anhelo por ver mundo. Él también había conseguido su sueño. ¿Era feliz?

Respiró profundamente y espiró después para armarse de valor. Entonces, entró en el salón y se sentó frente a Wynn y Ayla.

—Parece que el viaje no le ha afectado en absoluto —dijo con tranquilidad, aunque distaba mucho de sentirse relajada.

—Así es —comentó él. Estaba haciéndole cosquillas a la pequeña en la barriga, a las que Ayla respondía con alegres carcajadas. La sonrisa de la niña era el contrapunto directo a la tensión que reinaba en la habitación.

—¿Puedo hacer algo para preparar la cena? —le preguntó Felicity.

—No te he contratado para que seas la cocinera.

—No me hables así, Wynn Oliver —le espetó ella con firmeza, pero sin asustar a la niña—. No sé por qué estás de tan mal humor, pero te recuerdo que todo esto fue idea tuya.

Wynn sonrió débilmente.

—Lo siento, Fliss. No me gusta estar fuera de mi elemento. Ya lo sabes.

—Pero si estás en tu propia casa. Yo soy la que debería sentirse incómoda. No tú.

—¿Te gustaría tomarla en brazos?

—Por supuesto —respondió ella, algo sorprendida. No había tenido oportunidad de tocar a la niña.

Wynn le entregó a Ayla y vio cómo la pequeña agarraba un mechón del cabello rubio de Felicity y lo chupaba. Una vez más, se mostraba distante, con la mirada velada y los ojos más oscuros que de costumbre.

Felicity sintió que el corazón le daba un vuelto. siempre había esperado que, algún día, tendría un hijo. Estaba segura de que se enamoraría de Ayla y, cuando Wynn decidiera terminar con aquella situación, ella tendría que marcharse con el corazón totalmente destrozado.

Wynn se metió las manos en los bolsillos.

—Me está entrando hambre —dijo.

—Pensaba que tus subalternos se ocupaban de todas tus necesidades —comentó ella con ironía.

—La misma Fliss de siempre. Algunas cosas no cambian nunca. Trabajan para mí, principalmente, en un horario laboral normal. Ahora estamos solos. ¿Te sigue gustando la comida china?

—Sí.

—Pues voy a pedir comida a domicilio. No deberían tardar mucho. ¿Quieres probar a prepararle a Ayla un biberón mientras tanto? No es difícil. Está todo en la cocina.

—Por supuesto.

Wynn se marchó a su dormitorio para pedir la cena. Felicity se llevó a la pequeña a la cocina y allí encontró la leche y los biberones. Midió la leche y la mezcló con mucho cuidado. Al ver cómo la pequeña se ponía a saltar sobre su cadera, sonrió.

—Vaya, tú también tienes hambre, ¿verdad, bonita?

Las dos regresaron al salón. Allí, Felicity se sentó

en una silla. Mientras se tomaba el biberón, le dedicaba una mirada muy alerta.

Cuando sonó el timbre, Wynn se dirigió a la puerta principal para pagar. Entonces, llevó las bolsas a la cocina y comenzó a colocarlo todo sobre la mesa.

Felicity esperó a que Ayla se terminara el biberón y después fue a reunirse con él.

—Justo a tiempo.

Felicity se dijo que no debía sentirse impresionada solo porque él hubiera pedido su comida china favorita: pollo a la naranja con arroz integral. No significaba nada. Seguramente recordaba todos y cada uno de los detalles de su vida, hasta lo que tomaba para desayunar.

—Esto huele estupendamente —dijo ella.

—Pues vamos a comer —comentó Wynn mientras extendía los brazos hacia la niña.

Felicity se la entregó… de mala gana. Wynn había servido el vino y ella lo bebió ávidamente, tratando de enterrar el creciente temor que estaba experimentando. ¿Y si por accidente le dejaba ver a Wynn que aún se sentía atraída por él? Qué vergüenza.

Además, seguramente eran las feromonas y la nostalgia lo que le hacían sentirse tan vulnerable. Los hombres con los que salía en aquellos momentos eran mucho más fáciles. Menos masculinos. Equilibrados. Esa era la palabra.

Wynn parecía ignorar por completo la batalla interior de Felicity. Comía con una mano mientras con la otra sostenía a su sobrina.

—¿Cómo está tu padre? —le preguntó él de repente.

Felicity se alegró de encontrar un tema de conversación que no fuera un campo de minas.

—Está bien. Se mudó a Florida hace ya varios años

para vivir cerca de mi tío. Los dos han abierto un centro de caimanes para los turistas. Resulta algo hortera, pero se gana la vida y mi tío y él están disfrutando de los años que les quedan hasta la jubilación.

–¿Un centro de caimanes? Dios santo. Sabía que tu padre era un espíritu libre. Siempre me cayó bien, pero… vaya.

Felicity sonrió.

–Lo sé. A mis amigos les parece que es divertidísimo.

–Y tienen razón –comentó Wynn con una sonrisa.

Aquel gesto provocó una extraña sensación en el vientre a Felicity. Se aclaró la garganta. Necesitaba volver a encontrar un tema del que hablar.

–¿Dónde va a dormir Ayla esta noche, dado que aún no tienes cuna?

Wynn tragó la comida y besó suavemente la cabeza de la pequeña.

–Un amigo mío me ha prestado una cuna portátil. Para una noche vale. La tendré en mi dormitorio, porque tampoco tenemos aún el monitor.

–¿Te puedo ayudar de alguna manera?

Wynn se quedó inmóvil durante un instante. Luego la miró. Sus ojos eran cálidos y brillantes.

–¿Te estás ofreciendo para compartir mi cama, Fliss? Me siento honrado.

–Vete al cuerno –le espetó ella ruborizada.

Wynn cubrió las orejas de la niña con las manos.

–Por Dios, Fliss… no me lo puedo creer… Pensaba que serías mucho más maternal.

Felicity le atravesó con una mirada de recriminación que, desgraciadamente, fue tan eficaz como una flecha de juguete contra un animal salvaje.

Terminaron la comida en silencio. Después de que lo recogieran todo, Felicity volvió a intentarlo.

–¿No te parece que deberíamos hablar del horario?

Wynn frunció los labios.

–Supongo que sí. Reúnete conmigo en el salón dentro de diez minutos. Creo que esta señorita necesita que le cambien el pañal.

El instinto inmediato de Felicity fue ofrecerse para ayudarle. Sin embargo, guardó silencio. Wynn era un hombre hecho y derecho. Si veía que necesitaba ayuda, ya la pediría.

Quince minutos más tarde, Ayla estaba sentada en un edredón, jugando con sus bloques en el suelo. Wynn y Felicity se habían sentado el uno frente al otro. Él se cruzó de brazos.

–Bueno, ¿qué es lo que quieres saber?

¿Se estaba mostrando obtuso deliberadamente? Felicity refrenó su mal genio.

–A los niños le viene bien tener un horario estricto. Tengo el dossier de tu hermana, pero tú me has dicho que quieres estar con Ayla todo lo posible cuando estés en casa. ¿Va a haber una hora fija para eso? ¿Qué habías pensado tú?

–Me gustaría darle el desayuno. Siempre me levanto temprano. Después, haré todo lo posible para llegar a casa a las cinco, aunque, sinceramente, no sé si voy a poder. Espero poder cenar con ella y ser quien la acueste.

–Entiendo –comentó ella encogiéndose de hombros–. Me parece bien.

¿Y después de que la pequeña se fuera a la cama?

La miró fijamente.

–Después de que ella esté en la cama, estaré fuera la mayoría de las noches hasta tarde.

–¿Por temas de trabajo?

–A veces, pero principalmente de ocio.

Aquella bofetada verbal se formalizó sin una entonación especial. Wynn la miraba muy fijamente. ¿Acaso estaba esperando que ella reaccionara?

Felicity consiguió tragarse el nudo que se le había formado en la garganta.

–Entiendo –dijo ella–. Mencionaste que yo tendría tiempo libre. Supongo que será los fines de semana.

Durante un instante, Wynn pareció sorprendido. Tal vez no le gustaba que Felicity le recordara que aquello era un acuerdo laboral. Se aclaró la garganta.

–Ah, sí, claro. Los domingos seguro. Y los sábados después de almorzar.

–¿No el sábado entero? –preguntó ella frunciendo el ceño.

Wynn se reclinó sobre el respaldo de su asiento, sin dejar de mirarla.

–A veces no voy a llegar a casa hasta el sábado por la mañana.

Felicity sintió deseos de ponerse de pie y marcharse. Wynn parecía estar tratando de hacerle daño intencionadamente. El viernes por la noche no se celebraban viajes de negocios. Wynn quería que ella supiera que, en ocasiones, pensaba quedarse a dormir en casa de su amiga. Tal vez había varias amigas.

Las manos le temblaban, pero se las agarró para que él no lo viera.

–Me parece bien –dijo–. Entonces, todo el domingo y medio día el sábado. Supongo que mi otro medio día puede ser negociable… y que incluirá una noche libre de vez en cuando.

Wynn levantó las cejas.

–¿Y adónde vas a ir?

–Soy azafata desde hace más de una década, Wynn. Tengo amigos en Nueva York y conozco bien la ciudad.

–Entiendo.

Resultaba evidente que aquella respuesta no le había agradado. Qué lástima.

–Creo que ya hemos hablado de todos los detalles. Tráeme el contrato para que lo firme.

–Hmm… –murmuró él. Se había sonrojado.

–¿Qué?

–Aún no tengo listo el contrato. No creí que te importara. Además, no hemos hablado de tu sueldo.

Ella hizo un gesto de exasperación.

–Si eres tan amiguete de mi jefe, sabrás lo que gano. Confío en que serás justo –replicó ella–. Voy a pasarme el resto de la noche haciendo una lista de lo que necesitamos para Ayla. ¿Quieres que te la envíe por correo electrónico para que puedas firmarla?

–No es necesario. Por cierto, hay un Mercedes en el aparcamiento listo para que puedas utilizarlo. Ya tienes instalada la silla en el asiento. Martin, el conserje, tienes las llaves cuando las necesites. Si no te sientes cómoda conduciendo por la ciudad, llama a mi chófer.

–¿Y si lo necesitas tú?

–Las necesidades de Ayla son primordiales para mí. Se me ha dicho que será así hasta que termine la universidad.

–¿Y te parece bien?

–Por supuesto que sí. Se me ha dado la oportunidad de ser padre, de mantener viva la memoria de mi hermana. Los sacrificios que tenga que hacer para conseguirlo no importan.

Otra vez. Wynn se había referido a lo de ser padre.

Como si, de algún modo, Felicity se hubiera interpuesto en su camino.

Eso era ridículo. Podría haber sido padre ya una docena de veces si lo hubiera querido. No era culpa de Felicity que no tuviera hijos. Tal vez era lo que costaba ser adicto al trabajo.

–Si no necesitas mi ayuda con la niña –dijo Felicity–, creo que ahora me iré a mi dormitorio.

Se levantó, orgullosa del tono de voz tan neutral con el que había hablado. Sin embargo, parecía que Wynn no había terminado de jugar con ella.

–¿Quieres huir, Fliss? –le preguntó levantándose también.

–¿De qué? ¿De ti? No lo creo.

Lentamente, como si él le estuviera dando la oportunidad de alejarse, Wynn le agarró la muñeca y se la llevó al pecho. Al unísono, los dos miraron a Ayla, que estaba feliz mordiendo un juguete de plástico.

–De esto.

Entonces, la besó. Felicity se sintió como si el suelo se hundiera bajo sus pies. Debería haberle colocado las manos sobre el torso para empujarle y apartarse de él. Decirle no. Negarse a que su complicado pasado se entrometiera en un presente aún más difícil.

Lo pensó. A pesar de todo, lo pensó. Durante unos largos instantes permaneció rígida entre sus brazos. Sin embargo, la tentación fue demasiado grande, el anhelo demasiado profundo.

Después de unos instantes, le devolvió el beso. Los labios eran los mismos, firmes, dulces y cálidos como el pecado. Wynn la tenía entre sus brazos como si no tuviera intención de dejarla marchar. Los brazos la rodeaban con fuerza, uno por la espalda y el otro por la cintura. Momentos después, Felicity no fue capaz de señalar quién fue el que regresó primero a la realidad, pero fue probablemente el llanto del bebé lo que los separó.

Wynn se arrodilló y tomó en brazos a su sobrina. Cuando volvió a ponerse de pie, tenía la mandíbula apretada. No dijo nada.

Fue Felicity la que tomó la palabra.

—Esto no va a funcionar. Lo sabes. Si Ayla es tu prioridad, tú y yo no podemos…

Agitó la mano, incapaz de encontrar palabras para describir lo que había ocurrido.

—¿No podemos qué? —preguntó él con sonrisa burlona.

—Creo que me estás provocando, pero no sé por qué.

—¿No quieres que disfrutemos el uno del otro mientras estés aquí?

—Tuvimos nuestra oportunidad —repuso ella—. No conseguimos que funcionara. Y yo nunca he sido de las que va tonteando por ahí solo por tener unos pocos orgasmos.

—¿Por qué crees que serán solo unos pocos? —replicó él. Entonces, parpadeó—. La Fliss de antes no hablaba así.

—La Felicity de antes era una niña de dieciocho años.

—Siempre pareciste madura para tu edad. Creo que eso fue lo que me atrajo de ti. La mayoría de las chicas eran tontas. Tú sabías bien lo que esperabas alcanzar en tu futuro e hiciste que se hiciera realidad, Fliss. Me siento muy orgulloso de ti.

Ella lo miró boquiabierta. ¿Por qué tenía que decir algo tan dulce cuando ella estaba tratando de odiarle?

–Gracias –susurró, casi sin poder articular palabra. Tenía un nudo en la garganta.

–Lo siento –dijo Wynn con voz ronca–. No debería haberte besado. Vamos a fingir que no ha ocurrido nunca. Volvamos a empezar, por favor, Fliss.

Parecía estar verdaderamente arrepentido. Si aquella sincera disculpa le provocó una cierta desilusión fue solo culpa de Felicity.

–Por supuesto. Ha sido una semana muy estresante. Los dos estamos aquí para honrar a Shandy y para cuidar de su hija. No creo que debamos hacer nada que lo estropee.

–Estoy de acuerdo.

–Buenas noches, Wynn.

Cuando Felicity se dio la vuelta y se marchó del salón, sintió la mirada esmeralda de Wynn en la espalda hasta que desapareció de su línea de visión.

Capítulo Cuatro

Después de pasarse años despertándose en una ciudad diferente tres o cuatro noches cada semana, Felicity había aprendido a dormirse en cualquier sitio. No necesitaba más que una ducha caliente, una habitación fría y un poco de melatonina.

En casa de Wynn consiguió dormir también, pero tuvo sueños extraños y, en ocasiones, muy explícitos. Cuando sonó el despertador a las siete, se dio la vuelta en la cama y lo silenció con un gruñido. En ese momento, se le ocurrió que no le había preguntado a Wynn a que hora se marchaba a trabajar.

Se aseó y se vistió rápidamente puso un par de pantalones de deporte. Mientras se peinaba y se aplicaba un poco de brillo labial, se dijo en voz muy baja que era Felicity Vance, mujer de éxito en su profesión. A Wynn solamente le estaba haciendo un favor. Tal vez si mantenía equilibrada aquella lucha de poder, conseguirían salir adelante sin sufrir daño alguno.

Se convenció de que así iba a ser… hasta que entró en la cocina. Wynn tenía un aspecto infernal, pero, sinceramente, incluso agotado y con ojeras, estaba muy guapo y sexy. Llevaba una raída camiseta y unos vaqueros aún más viejos.

–Tienes muy mal aspecto –dijo–. ¿Qué ha ocurrido?

Wynn bostezó antes de dar un sorbo de café. Tenía a Ayla sobre la cadera.

–A Ayla no le gustó nada la cuna portátil. Se ha estado despertando cada hora, como mucho cada dos horas. Ha sido una noche muy larga.

–Lo siento mucho. Tal vez toda esta situación le está empezando a pasar factura. La pobrecita ha sufrido muchos cambios recientemente.

–Sí, puede ser.

Felicity se sirvió una taza de café.

–Anoche estuve haciendo una lista antes de irme a dormir. Cuando se eche la siesta de la mañana, llamaré a la tienda. Tal vez pueda conseguir que traigan la cuna esta misma tarde.

Wynn sonrió tristemente.

–Creo que puedes contar con ello. Voy a ser uno de sus mejores clientes y lo saben.

Felicity se apoyó contra la encimera mientras esperaba a que se enfriara un poco el café.

–¿Te gusta ser rico?

–¿Qué clase de pregunta es esa? –replicó Wynn asombrado.

–Bueno, siempre te gustó poner objetivos y llegar a conseguirlos. ¿Qué te motiva ahora?

–Es demasiado temprano para discusiones filosóficas –protestó él–. Si tomas en brazos a Ayla, voy a hacer unos huevos revueltos.

–No hace falta. Aunque no te lo creas, Wynn, terminé aprendiendo a defenderme en la cocina a pesar de la adicción de mi padre por las comidas precocinadas.

–No estás aquí para servirme.

–Tranquilo. Ayla no ha sido la única que ha pasado mala noche. Tú, también. ¿Por qué no te vuelves a meter en la cama un par de horas? Este es tu primer día completo como padre. Tienes que tomártelo con calma.

–Muy graciosa…

–Hablo en serio, Wynn –afirmó Felicity tocándole el brazo–. Estoy aquí para ayudarte con Ayla. Deja que lo haga.

Las mejillas de Wynn se sonrojaron.

–Estaría encantado de volverme a meter en la cama si tú quisieras acompañarme.

Wynn estaba jugando con ella. Trataba de desequilibrarla. Sin embargo, Felicity ya sabía cómo manejar a Wynn Oliver.

–Si no quieres dormir, te daré de comer. ¿Vas a ir a tu despacho?

–No quiero, pero tengo algunos asuntos que requieren de mi atención.

–Entendido.

Felicity sacó huevos y beicon del frigorífico. Le resultaría fácil preparar una comida tan sencilla. Encontró pan casero e hizo unas rebanadas para hacer tostadas. En treinta minutos, el desayuno estaba listo.

Mientras desayunaba, Wynn se negó a soltar a la niña. La pequeña Ayla sonreía a Felicity como si hubiera dormido toda la noche de un tirón.

–Vas a tener que dejar que tu papá descanse –le dijo Felicity sonriendo también–. Es un hombre muy importante. Y se está acercando a la mediana edad, con lo que necesita descansar.

Wynn trató de mirarla con desaprobación, pero lo arruinó con una sonrisa.

Terminaron de desayunar en armonía. Felicity se puso de pie.

–Dame a Ayla y pon la cuna en mi dormitorio. No me importa lo que hagas, dormir o irte a trabajar, pero Ayla es mía las próximas ocho horas.

–Eres un poco mandona, ¿no?

–Tú lo sabrás.

Felicity se quedó inmóvil. Aquellas palabras rozaban un territorio prohibido. Wynn solía bromear diciéndole que era muy mandona en la cama. Era una broma. Él le había enseñado todo lo que sabía sobre el sexo por aquel entonces… o tal vez lo habían aprendido juntos.

–Lo siento –dijo ella–. Ese comentario ha sido inapropiado.

–Por el amor de Dios, Fliss. Nos hemos visto desnudos. No lo podemos negar. No tienes que andar de puntillas sobre nuestro pasado.

–Pero tampoco tengo que sacarlo a colación. Tal vez nos conocíamos en el pasado, pero ya no somos los mismos. Somos personas muy diferentes.

–Si tú lo dices…

El sarcasmo de Wynn le escoció. Felicity tomó a la niña.

–Hablo en serio. Este es mi turno. Has dicho que confiabas en mí, así que…

Felicity había tenido razón en una cosa. No sabía mucho sobre cómo cuidar a una niña. Pero podía aprender.

Cuando terminó de darle a Ayla un biberón y de cambiarle el pañal, la pequeña no tardó mucho en quedarse dormida apoyada sobre su hombro. Felicity la puso en la cuna de viaje y salió de puntillas de la habitación. Sin un monitor, no podía alejarse mucho.

Como no sabía cuánto iba a durar la siesta de la pequeña, llamó a la tienda inmediatamente. Se había imaginado que la gerente sería una mujer de cierta edad, pero cuando respondió el teléfono, Felicity notó que parecía muy joven.

¿Habría salido Wynn con aquella mujer? ¿Por eso la tenía como contacto?

Inmediatamente, Felicity se dijo que no se debía dejar llevar por la paranoia. Se identificó rápidamente y le sugirió enviarle la lista por correo electrónico. Así, mientras estaban hablando, la gerente pudo ver lo que Felicity le había enviado y añadir ciertas sugerencias. Entonces, le preguntó por los colores, lo que dejó a Felicity sin saber qué contestar. Prometió preguntarle a Wynn y volver a llamar.

Al regresar a su dormitorio para ver cómo estaba Ayla, se encontró allí a Wynn, mirando cómo dormía la niña.

—Ahora ha decidido dormir —susurró con una sonrisa.

—Probablemente está agotada después de anoche —dijo Felicity. Los dos salieron al pasillo y ella cerró la puerta—. ¿Por qué estás despierto? ¿Y por qué no te has vestido para ir a trabajar?

Wynn se encogió de hombros.

—Traté de dormir, pero sin suerte. Voy a marcharme dentro de unos minutos. ¿Has hablado con la tienda?

—Sí. Hemos encargado ya la mayor parte de la lista, pero la gerente me preguntó sobre el esquema de colores. ¿Te gustaría el blanco y rosa o prefieres algo menos tradicional?

—Shandy no era en absoluto tradicional. Siempre seguía su propio camino. Creo que yo preferiría también algo unisex. Con criaturas del bosque, tal vez. Ayla significa «luz de luna». Tal vez algo en esa línea…

—Entendido, jefe.

–Se me ocurren muchas otras órdenes que darte…

La sonrisa picarona que se le reflejó en los labios no ejerció efecto alguno sobre Felicity.

–Tengo trabajo que hacer –replicó ignorando la intención de Wynn al hablar de aquella manera tan sensual–. Ayla y yo te veremos a la hora de cenar.

Con eso, volvió a abrir la puerta de su dormitorio, se deslizó silenciosamente al interior y le dio a Wynn con la puerta en las narices.

A media mañana, Felicity comprendió que se iba a ganar cada centavo de su sueldo. Cuidar de una niña de diez meses, casi once, suponía mucho trabajo. Ayla se tenía en pie, pero no había aprendido a andar aún sola y la velocidad de su gateo era impresionante.

Justo después de las dos y media, el portero llamó para pedir permiso para aceptar la entrega de la tienda infantil, algo que Felicity le dio inmediatamente. Después de eso, el caos reinó durante al menos una hora. Los muchachos del reparto eran muy amables y serviciales. Wynn había pagado una buena suma extra para que lo desembalaran todo y lo colocaran

De vez en cuanto, le preguntaban a Felicity, pero, en su mayor parte, sabían perfectamente lo que hacer. En poco tiempo, la habitación infantil quedó totalmente lista, al menos en lo básico. Cuna, mecedora, cambiador, monitor…

La pobre Ayla estaba muy pesada porque no había podido echarse su siesta. Felicity decidió que tal vez una corta no le afectaría demasiado para la hora de acostarse. Felicity se sentó en la mecedora y comenzó a tararear una canción al azar mientras le frotaba suavemente la espalda a la pequeña. Ayla se quedó dormida inmediatamente.

Cuando Felicity la acostó en su nueva cuna, Ayla tenía un aspecto muy pequeño e indefenso. Wynn había asumido una responsabilidad muy grande. Criar a una niña era una tarea muy importante.

Por suerte, el monitor ya estaba cargado y listo para funcionar. Cuando vio a Ayla en la pequeña pantalla, se sintió más cómoda de poder dejarla sola. Se dirigió a la cocina. No había almorzado, por lo que se preparó algo de queso y unas galletas saladas.

Su padre se quedó atónito al saber que estaba en Nueva York con Wynn, pero ella consiguió darle a la situación un enfoque positivo para que no se preocupara.

Cuando terminó de ocuparse de lo más urgente, fue a despertar a la niña. Por suerte, Ayla ya había abierto los ojos. Al ver a Felicity, le dedicó una enorme sonrisa.

–Hola, cielo… –susurró Felicity. La tomó en brazos y le dio un beso en la mejilla–. Vamos a cambiarte y luego a comer algo.

Después de eso, el resto de la tarde pasó volando. Felicity no tuvo noticias de Wynn, lo que no le sorprendió dado que se había marchado más tarde de su hora habitual.

Llegó casi a las seis. Parecía muy cansado, pero cuando vio a Felicity y a Ayla en la cocina, sonrió.

–El primer día y ya os he fallado.

–Tonterías –replicó Felicity–. Acabamos de terminar de cenar. Tu hija está lista para pasar contigo un buen rato. Os dejo solos –añadió mientras se lavaba las manos y se las secaba.

Wynn frunció el ceño.

–¿No te vas a quedar?

Ella dudó.

–Pensaba que eso era lo que querías. Yo la cuido durante el día y tú tienes tiempo de estar con ella por la tarde. No quiero entrometerme.

–Me gustaría que no te fueras –musitó él–. Agradecería la compañía. Ayla es muy mona, pero no se puede mantener una conversación con ella.

Felicity soltó una carcajada.

–Dale tiempo.

Tomó asiento en uno de los taburetes de la cocina. Wynn se sentó al lado de la trona y le dio un beso a Ayla.

–Hola, cariño… ¿Qué tal ha ido tu día? –le preguntó mientras se quitaba la chaqueta y la corbata.

Ayla hizo una pompa y comenzó a balbucear. Wynn sonrió.

–Sé que no soy imparcial, pero realmente es muy mona, ¿verdad?

–Monísima.

–¿Han llegado ya sus cosas?

–Sí. Le hemos dado un buen palo a tu tarjeta de crédito, pero todo está listo. Ayla incluso se ha echado ya una siestecita en la cuna nueva, ¿verdad, bombón? –comentó Felicity–. ¿Has cenado?

–No. He tenido mucho trabajo. Como me he pasado la mayor parte de esta semana en Tennessee, el volumen de trabajo se ha desmandado.

–¿Quieres que pida algo?

–¿Una pizza?

–Claro.

Felicity rebuscó en el cajón donde él tenía los menús de comida a domicilio y encontró el de una pizzería. Salió al vestíbulo para usar el teléfono para hacer el pedido. Cuando regresó, vio que Ayla estaba empezando a ponerse pesada a pesar de la atención de su tío.

–¿Quieres que la prepare para llevarla a la cama? –le preguntó–. Así, tú te podrás cambiar de ropa y tomarte una copa de vino. La pizza tardará al menos cuarenta y cinco minutos.

–¿De qué la has pedido?

–Lo habitual. Supongo que te debería haber preguntado.

Wynn pareció transmitirle un mensaje con la mirada, un mensaje que Felicity no pudo descifrar.

–Está bien, pero yo me ocuparé de Ayla. Tú has estado con ella todo el día. Tal vez seas tú la que necesita una copa de vino.

Cuando Wynn y la pequeña salieron de la cocina, Felicity se sintió totalmente desconcertada. Aquella situación no iba a funcionar. ¿No habría sido mucho mejor que Wynn contratara a una desconocida, a una profesional? ¿Una mujer que no se viera tentada por confundir el pasado con el presente?

¿Había mencionado él la palabra «trabajando» para recordarle a Felicity que su relación no era personal?

Iban a ser unos nueve meses muy largos...

Capítulo Cinco

Aquella segunda tarde en Nueva York marcó el patrón de los días posteriores. La pizza llegó mientras Wynn aún estaba con la pequeña Ayla, por lo que Felicity optó por tomar dos porciones y una copa de vino, llevárselo todo a su habitación y no emerger hasta la mañana siguiente.

Por suerte, Wynn y Ayla se enamoraron el uno del otro inmediatamente. Él adoraba a la niña y ella, a su vez, lo adoraba a él. Cuando Wynn estaba en casa, Felicity se prodigaba poco. Quería que él se acomodara con la rutina de Ayla y eso significaba que ella se tenía que contener, a pesar de que fuera quien pasaba más tiempo con la pequeña. No era una competición.

Durante dos semanas completas, aquella rutina funcionó. Entonces, la tarde del viernes antes del día de Acción de Gracias, Wynn provocó un enfrentamiento.

Felicity estaba recogiendo los platos después de cenar y preparándose para escaparse a su dormitorio, como era habitual, cuando Wynn entró en la cocina y le quitó el trapo de las manos.

–Tenemos que hablar –le dijo. La mirada que había en sus ojos le provocó a ella un escalofrío por la espalda. Wynn tenía una expresión intensa. Los ojos verdes le brillaban como si fueran brasas–. ¿Qué es lo que se te está pasando por la cabeza?

–¿Cómo dices?

–No te hagas la tonta conmigo, Fliss. Nunca se me había tratado como si tuviera una enfermedad infecciosa en mi propia casa hasta que tú viniste a vivir aquí.

–Yo he hecho exactamente lo que tú me has pedido –replicó ella–. Al pie de la letra. Y Ayla te adora. Entonces, ¿cuál es tu problema?

–Ya sabes cuál es mi problema –respondió él mirándole los labios–. No es nada nuevo, Fliss.

–No… –susurró ella dando un paso atrás.

–¿No qué?

–No conviertas esto en algo personal.

–Ni siquiera ha llegado a ser personal. Ni siquiera quisiste atenderme en un vuelo desde Atlanta a Londres. Te cambiaste a otro lado del avión.

Felicity se sonrojó.

–No sabía que te habías dado cuenta.

–Eso es mentira. Sentí que no hacías más que mirarme.

Felicity se mordió el labio.

–Tal vez lo hice. Me daba vergüenza.

Wynn dio un paso al frente. Le miró los pechos brevemente antes de centrarse de nuevo en los ojos.

–¿Es eso? ¿O es que los dos nos sentíamos sorprendidos e… intrigados?

–Déjame en paz –replicó ella. Trató de ignorar el dolor que aquellas palabras crearon–. No había intriga alguna. Solo porque los dos nos marcháramos de Falcon's Notch no significaba que hubiera misterio alguno. Tú me dejaste y yo seguí con mi vida.

–Me marché porque no quisiste casarte conmigo.

–Claro que quería casarme contigo, no seas idiota. Pero me sentía dolorida físicamente y muy disgustada emocionalmente. No sabía qué hacer. Yo herí tus sentimientos y tú te marchaste.

–Dime la verdad. ¿Sabías que estabas embarazada?

–No, no lo sabía. Eso ya te lo había dicho antes –respondió Felicity–. ¿Qué pasa ahora? O me crees o no me crees. Depende de ti. ¿Pero por qué iba yo a mentirte?

–Tu mejor amiga, Jordana, me dijo que sí lo sabías, pero que no habías dicho nada porque no estabas segura de que yo fuera el padre.

Felicity soltó una carcajada.

–No puedes estar hablando en serio. En primer lugar, Jordana no era la mejor amiga de nadie. A lo largo de todos los años de instituto, no fue más que una cotilla y una buscaproblemas. Además, estaba colada por ti. En segundo lugar, ¿de verdad puedes creer que yo estuviera teniendo relaciones sexuales con otro chico?

–No –admitió él–. En realidad, no. Sin embargo, yo no era más que un niño y tú me rechazaste. ¿Qué se suponía que debía pensar?

–Escucha, Wynn, te perdoné hace mucho tiempo. De hecho, me perdoné incluso a mí misma. Fue una época terrible. Si te soy sincera, aún me duele pensar en ello. Sin embargo, hemos aprendido de nuestros errores y los dos nos hemos creado unas vidas muy buenas. Aunque tú hayas perdido a Shandy, has sacado algo de esa tragedia. Ahora tienes una hija.

–Entonces, ¿cuidar de ella es tan solo un gesto humanitario por tu parte?

¿Qué era lo que Wynn quería de ella? Era demasiado tarde para ellos. Un amor adolescente no se transformaba en algo con significado quince años más tarde.

–Es un favor. Estoy encantada de hacerlo por ti y por Ayla. Y en memoria de Shandy. Dijiste nueve meses y el tiempo está pasando. Tengo amigos y una profesión a la que estoy deseando volver más pronto que tarde.

–Está bien –dijo él por fin–. Escóndete en tu dormitorio, si es eso lo que quieres. Sin embargo, no me puedes decir que no te has imaginado cómo sería algo entre los dos. En la cama. Juntos otra vez.

–Es tarde –repuso ella con un nudo en la garganta.

–Ni siquiera son las nueve.

–No me presiones, Wynn. No creo que te guste lo que ocurra.

Él levantó una ceja.

–¿Me estás amenazando? Vaya, Fliss. Te has convertido en una tremenda mujer. Te daré el espacio que quieres, pero no esperes que te ignore. Eso no va a ocurrir.

El sábado por la mañana, encontró una nota al lado de la puerta. Wynn le enviaba un seco mensaje.

«Tómate todo el día. Yo estoy aquí hoy».

A pesar de que era una cobardía, Felicity se vistió y salió del apartamento mientras él estaba en el dormitorio de Ayla. Tomó un taxi y observó cómo la ciudad pasaba a toda velocidad al otro lado de la ventana.

Se dirigió al Rockefeller Center. Allí, estaban empezando a decorar el enorme árbol de Navidad que se iluminaría en toda su gloria el miércoles después de Acción de Gracias.

Pensar en las Navidades le provocó un nudo en la garganta. Casi nunca celebraba nada con su padre. Por el contrario, un grupo de amigos y ella, todos en situaciones similares, se turnaban para ejercer de anfitriones en los días señalados.

Sin Shandy, Wynn tampoco tenía familia. ¿Por qué estaba pensando en Acción de Gracias y Navidad en aquellos momentos? Ver cómo la ciudad se preparaba para recibir las fiestas le hizo comprender lo que había hecho. A menos que se le ocurriera una excusa para marcharse, iba a tener que pasar un largo fin de semana con Wynn y Ayla. El desfile y las películas en la televisión. El pavo y todos los cálidos sentimientos de aquella época del año.

La tentación sería insoportable.

Aunque le resultó difícil, permaneció fuera de la casa hasta que la oscuridad empezó a caer sobre la ciudad y las temperaturas bajaron en picado. Al final, cansada y helada, regresó al apartamento. En cuanto entró, lo primero que oyó fue la voz de Wynn entonando una canción infantil.

Se detuvo en el vestíbulo. Las piernas le temblaban y tenía los ojos húmedos. Si no hubiera sufrido un aborto hacía ya tanto tiempo, en aquellos momentos Wynn y ella tendrían un hijo o una hija de catorce años.

El tema la deprimía.

Encontró a Wynn y a Ayla en el salón. La gruesa alfombra estaba cubierta de juguetes. Wynn estaba tumbado de espaldas sobre el suelo y tenía a la pequeña agarrada por las manos mientras ella se sentaba y saltaba sobre su estómago. Los gritos de alegría de la pequeña eran contagiosos.

Al fin, Wynn se dio cuenta de que ella estaba observándolos desde la puerta.

—Estaba a punto de hacer que te buscaran —le dijo—. ¿Te has perdido?

—No.

—¿Terapia de tiendas? —le preguntó al ver las bolsas que llevaba en la mano.

—Un poco.

—¿Tienes hambre?

45

–En realidad, no –respondió ella. Había almorzado en su restaurante cubano favorito.

–En el frigorífico está el *sushi* que me ha sobrado de la cena. Por si te apetece más tarde.

–De acuerdo, gracias. Ahora, si me perdonas, voy a cambiarme.

Wynn se incorporó y dejó a Ayla sobre el suelo.

–¿Te encuentras bien, Fliss? ¿Te ha ocurrido algo hoy?

Ella dejó las bolsas y su bolso en la silla más cercana.

–¿Te has dado cuenta de que la semana que viene es Acción de Gracias?

–Oh, vaya. Supongo que con el entierro y el traslado de Ayla a Nueva York, se me había olvidado.

–¿Qué es lo que tú sueles hacer ese día?

Wynn se encogió de hombros.

–Ver fútbol y beber cerveza.

Felicity arrugó la nariz.

–¿No crees que, ahora que eres padre, deberías hacer un esfuerzo?

–Ayla no se va a acordar.

–Pero tú, sí –afirmó ella–. Las tradiciones son importantes.

Wynn recogió un bloque morado que había salido rodando fuera del alcance de la niña y se lo dio a Ayla.

–¿Qué es lo que estás tratando de decirme? Supuse que querrías tener libre ese largo fin de semana.

–Bueno… Normalmente estaría trabajando en esos días… es el momento del año en el que la gente viaja más y todo esto, pero, dado que me encuentro en esta situación, me encantaría ayudar a que preparáramos una buena cena juntos. Solo si tú quieres, claro está.

–Eso me parece fantástico, Fliss –afirmó él con una cálida sonrisa–. Hay una tienda gourmet a la vuelta de la esquina que vende pavos enteros ya horneados. Tal vez entre los dos podríamos preparar el resto.

–Genial –dijo ella–. Lo de hornear un pavo por primera vez me asustaba un poco.

Wynn se echó a reír.

–Sí, a mí también.

Cuando Felicity fue a recoger sus bolsas, él se levantó y se lo impidió.

–No desaparezcas cuando meta en la cama a Ayla, Fliss. Tomémonos una copa de vino juntos, por favor…

Felicity sintió que el corazón se le aceleraba. Decidió medir sus palabras.

–Claro. Estaría muy bien.

La lenta sonrisa de Wynn le caldeó el cuerpo en lugares que deberían estar totalmente helados. Por mucho que lo intentara, no se podía olvidar de aquel adolescente ambicioso que la había convertido en el centro de su mundo durante un breve espacio de tiempo.

Se marchó a su dormitorio y extendió sus compras sobre la cama. Se había comprado un par de vaqueros lavados a la piedra. En algunos lugares, el azul era casi blanco. Entonces, recordó que se había llevado una vieja camiseta de los Rolling Stones. Con los dibujos de la parte delantera, incluso podría prescindir del sujetador. Lo más apropiado para un sábado por la noche en casa. Se puso los pantalones y se dejó suelto el cabello, aunque trenzó una pequeña sección justo al lado de la mejilla.

Cuando entró el salón, Wynn había abierto las cortinas. Desde la ventana se veía la dramática línea del cielo de la ciudad, con sus millones de luces titilantes.

La única otra iluminación provenía de un par de pequeñas lámparas y del brillo de los falsos leños de la chimenea de gas.

—Te he preparado un chocolate caliente —dijo él con una sonrisa—, aunque no tienes por qué tomártelo si prefieres una copa de vino.

—Tal vez tome las dos cosas.

Wynn la miró sorprendido, pero no dijo nada al respecto.

Felicity se sentó en uno de los sillones. El sofá habría resultado muy peligroso. Wynn se sentó en él en solitario y apoyó los pies sobre la mesita de café.

El ambiente era íntimo, cómodo.

—Háblame sobre la adopción. He dado por sentado que no tiene dificultad alguna —comentó ella.

—Eso es lo que piensa mi abogado, dado que en el testamento se me nombra a mí como tutor. En el certificado de nacimiento de Ayla no aparece el nombre del padre. Creo que Shandy sabía quién era, pero mantuvo el secreto hasta el final. Por lo tanto, no me imagino que el tipo en cuestión vaya a aparecer de la nada.

—¿Tu hermana salía con esa clase de hombres?

—Tuvo problemas con las drogas. Ya lo sabes. Por lo tanto, sí, hubo varios tipos cuestionables en su vida a lo largo de los años. Sin embargo, cuando descubrió que estaba embarazada, lo dejó todo. Todo. Bebida, pastillas… todo. Mi hermana tenía una enorme fuerza de voluntad.

—Me caía muy bien, Wynn. Siento que tuviera una vida tan dura.

—Sí… —suspiró—. No quería meter malos rollos…

—Y no lo has hecho. No podemos escapar al pasado. ¿Qué fue de tu amigo Matthew? ¿Se marchó también de Falcon's Notch? Sé que ayudaba a su padre en el taller mecánico.

–Matthew también se alistó en el ejército. Terminó en los marines, con asuntos de espionaje de alto nivel. Hace seis o siete años que no tengo noticias suyas.

En ese instante, Felicity vio la soledad que rodeaba a Wynn Oliver. Había conseguido sus sueños, pero ¿a qué precio? Tal vez consideraba que Ayla era su salvación.

–Creo que me voy a tomar ese vino –dijo–. Aún estoy sigo congelada de mi día por la ciudad.

Wynn se levantó para servirle un copa de Chablis y se acercó a ella para entregársela. Sus cálidos dedos rozaron los de ella, mucho más fríos.

–Siéntate más cerca del fuego. Tienes que entrar en calor.

Algunas partes de su cuerpo ya lo estaban. Y de sobra. Felicity se sentó en una butaca aún más pequeña cerca de la chimenea.

–No quiero preocuparte, pero ¿y si el padre de Ayla decide presentarse y tratar de reclamar sus derechos parentales? ¿No te perjudicaría lo de ser padre soltero?

Wynn se sentó cerca de ella y la miró. Las rodillas de ambos prácticamente se estaban tocando. Cuando echó la cabeza hacia atrás para tomarse su vino, ella vio cómo se le tensaban los músculos de la garganta. Cuando dejó la copa sobre la mesa, miró a Felicity muy fijamente.

–¿Te estás ofreciendo para ser mi esposa, Fliss?

Capítulo Seis

—¿Por qué haces eso? —musitó ella—. ¿Acaso te gusta avergonzarme?

—No. Te aseguro que no. Tal vez simplemente disfruto viendo cómo se sonroja tu hermosa piel.

—No sigas… —susurró ella. Se había tomado su vino demasiado rápidamente. La cabeza le daba vueltas—. Te he hecho una pregunta muy en serio, pero no pierdes oportunidad de hacer que me sienta incómoda.

—Créeme, Fliss. Nada me gustaría más que hacer que te sientas muy cómoda… Por cierto, me gustan mucho estos vaqueros —comentó mientras le trazaba un pequeño círculo en la rodilla—. Parece que vuelves a tener dieciocho años.

Ella levantó la mano con la intención de apartar la de él. Entonces, sintió lo cálido, lo vivo que él estaba y se detuvo. Entrelazar los dedos con los de él le provocó una sensación de vértigo.

—Ya no soy esa niña. Si estás buscando la fuente de la eterna juventud, tendrás que buscar en otra parte. He engordado casi ocho kilos desde aquellos días. Tengo arrugas y algunas canas.

—Mentirosa…

—Me he estado preguntado cómo sería volver a besarte —murmuró mientras frotaba el pulgar contra el reverso de la mano de Wynn—, pero no puedo pedírtelo porque no sería justo si no voy a acostarme contigo.

–Menudo acertijo… pero creo que puedo resolverlo –susurró él con voz ronca.

–¿Y si yo no puedo? –le preguntó ella. Estaba muy asustada.

–No dejaré que nada te haga daño –prometió él.

–A menos que seas tú el que me haga daño.

–¿Tan baja opinión tienes de mí?

–Creo que tienes tu vida muy bien diseñada. Yo también. Sería peligroso jugar ciertos juegos.

–¿No crees que podríamos hacer que fuera algo informal, sin importancia?

Felicity levantó la mano y le acarició la ceja.

–Conociéndonos, creo que no. Por supuesto, tú podrías haber cambiado. Tal vez tú puedas ir de flor en flor hoy en día.

–Esa esa la peor metáfora que he oído en mucho tiempo.

–Al menos, sabes que es una metáfora. Si no, no habrías pasado la asignatura de Lengua del último curso.

Wynn bajó la cabeza. Instantes después, la miró con tanto dolor en los ojos que Felicity se quedó atónita.

–Siento mucho lo del bebé, Fliss. Sufriste mucho y yo no pude hacer nada para aliviarte el dolor. Llevo quince años cargando con eso.

–Estás perdonado. Nada de lo que ocurrió fue culpa tuya. Les ocurre a docenas de parejas todos los días. No es nada fuera de lo común.

–Entonces, ¿por qué nos pareció que nuestro mundo se terminaba?

Se miraron el uno al otro. Entonces, lentamente, se fueron inclinando el uno hacia el otro. Felicity sintió que el aliento de Wynn le rozaba la mejilla. Entonces, él le enmarcó el rostro con las manos.

–Me gusta tenerte en mi casa. Dime que esto no es una carga para ti. Dime que no te he arruinado la vida.

Felicity tragó saliva y trató de encontrar el aire que necesitaba para respirar.

–Mi vida está bien.

–¿Sigues queriendo besarme?

–He dicho que me preguntaba cómo sería. No es lo mismo.

–Poco se lleva, Fliss. Tal vez deberías haber sido abogada en vez de azafata.

La necesidad de apretar los labios contra los de Wynn era feroz. Por fin, Felicity se dio cuenta de que él no iba a dar el paso. No iba a permitir que ella se hiciera la víctima. Era el hombre que le había jurado que jamás volvería a pedirle que se casara con él. Tal vez esa afirmación incluía todo lo demás.

Levantó la barbilla y cerró los ojos. Frunció los labios. Solo para ver qué ocurría…

Pasaron diez segundos y no hubo beso. Abrió los ojos y lo miró. Se sentía como una idiota.

–Tal vez no me gustes…

–Eso sería un problema –afirmó él–. Para lo del beso, me refiero.

–¿Por qué tengo yo que hacerlo?

–¿Hacer qué?

–Empezar algo. En las películas, el beso es algo mágico y el hombre es el que lo inicia. Estoy casi segura.

Wynn sonrió.

–Te debes de haber apuntado a los canales más baratos, en los que muestran las películas antiguas. Las mujeres del siglo XXI son lobas. Guerreras. Princesas. No esperan a que los hombres tomen la delantera a la hora de dar el primer beso.

–Pero no sería nuestro primer beso… –señaló ella–, así que, ¿por qué no puedes tomar tú la iniciativa?

–Ya sabes por qué, Fliss. Estás viviendo bajo mi techo. Me estás haciendo un favor. Sería algo sucio que yo tomara la iniciativa.

–Me gusta lo sucio –insistió Felicity–. Y te juro que te respetaré por la mañana.

Wynn soltó una carcajada. El sonido resultó mágico, trasportándola al lugar de sus sueños. Sintió que el hechizo la envolvía hasta el punto de que todo dejó de importarle.

–Oh… está bien…. Ven aquí….

Wynn parpadeó, como si Felicity lo hubiera sorprendido.

–Pensé que estabas flirteando sin intención alguna. ¿Estás segura? ¿O es por el vino? Nunca te sentó muy bien el alcohol.

–Cállate, Wynn. Voy a besarte….

Lentamente, como si él fuera un animal salvaje que pudiera morderla, Felicity le rodeó el cuello con los brazos.

–Tienes unos ojos tan hermosos… No he visto ese color en ningún otro hombre…

–¿Y has estado con muchos? –preguntó él. Entonces, sacudió la cabeza visiblemente avergonzado–. Lo siento. No quería decir eso.

Felicity frotó la nariz contra la de él y comenzó a deslizarle suavemente la lengua por el labio superior.

–No importa. Los dos somos adultos. No me importa contártelo. Tres. Cuatro si tenemos en cuenta una cita a ciegas en la que el tipo en cuestión me besó en el asiento trasero de un Uber, me manoseó las tetas y luego vomitó en mi regazo.

–Te lo estás inventando.

–No.

–Los hombres son unos verdaderos cerdos.

Felicity sonrió.

–Con la excepción del presente.

–Me lo tomaré como un cumplido –dijo él. Tenía la respiración agitada, a pesar de la aparente tranquilidad–. Fliss…

–¿Sí?

–¿Me vas a besar?

Felicity se retiró un poco para poder verle bien la cara. La nota de desesperación en su voz resultaba gratificante.

–¿Algún problema? –le preguntó con un tono de inocencia.

–No me presiones, nena. Tengo mis límites.

La frustración que notó en su voz hizo que Felicity sintiera una cálida oleada entre las piernas.

–Tú puedes tomar la iniciativa en cualquier momento. Yo no te lo voy a impedir.

Wynn le agarró los hombros suavemente para que ella supiera que hablaba en serio.

–Bésame, Fliss. O vete a tu dormitorio.

–Ohhh. ¿Ahora estamos jugando a profes y a alumnas?

El rostro de Wynn se ensombreció.

–Te juro por Dios que esto no me está haciendo ninguna gracia, Fliss. Hazlo.

Ella se acercó a él y apretó los labios contra los suyos. Entonces, le deslizó suavemente la lengua en la boca. El sabor de Wynn seguía siendo embriagador.

Felicity se sintió llena de energía. Los sentimientos que llevaba enterrando tanto tiempo subieron a la superficie. Fue como ver su vida pasada ante sus ojos. Vio quién había sido, lo que había perdido y cómo había vuelto a nacer como si fuera un ave fénix surgiendo de las cenizas.

El abrazo de Wynn debería haberle resultado familiar, y tal vez lo era… en algún lugar muy profundo. Se había convertido en un hombre totalmente nuevo. Su pasión, su seguridad. La absoluta convicción sobre lo que quería.

Tomó el control del beso. Su boca batallaba con la de Felicity. Ella se sentía desesperada por acercarse aún más. Le deslizó los dedos por el espeso cabello. Cuando le acarició la cabeza, él dejó escapar un gruñido de placer. Aquel sonido pareció evocar algo que ella había querido olvidar. Años atrás, junto a Wynn, había sentido la versión más auténtica de sí misma. Había gozado con su feminidad.

Todos esos sentimientos se habían hecho de nuevo vigentes. Sentía cómo su cuerpo vibraba de gozo. Se estaba deshaciendo, anhelando algo que no podía ver. Sexo. Sí. Sin embargo, era mucho más que so. Quería experimentar una pasión que lo consumiera todo.

Un pequeño sonido se inmiscuyó en aquel momento de placer. Un sonido familiar. Delicado.

–Wynn…

Él le atrapó el labio inferior entre los dientes y tiró de él. Felicity no pudo evitar arquearse, tratando de acercarse lo más posible. Empezó a tirar del suave algodón de la camiseta que él llevaba puesta.

–Wynn… –repitió, aquella vez con un poco más de desesperación.

–¿Qué? –le preguntó mientras le cubría los senos con las manos a través de la camiseta.

–Creo que Ayla está despierta…

Wynn se quedó totalmente inmóvil. Entonces, se apartó y apoyó la frente contra la de Felicity.

–Increíble… ¿cómo pueden los padres tener relaciones sexuales?

Felicity se puso de pie y se estiró la camiseta.

–Lo primero, tú y yo no estamos teniendo relaciones sexuales. Segundo, creo que los padres lo hacen con desesperación y cuando pueden.

Los sonidos que provenían del monitor eran cada vez más fuertes.

–Voy a atenderla –musitó. Al llegar a la puerta, se detuvo y se dio la vuelta–. No te muevas.

–Voy a irme a mi dormitorio. Ayla probablemente ha evitado que hiciéramos una estupidez. Doy un paso atrás, Wynn. Y tú también deberías hacerlo. Estás pasando por un mal momento y te sientes abrumado por tu nueva responsabilidad. Yo soy parte de tu pasado. Nada de eso es motivo para empezar una relación.

Wynn la miró con desaprobación.

–Debe de ser muy agradable tener todas las respuestas. Supongo que eso viene de decirle a todo el mundo que se abroche el cinturón de seguridad sin dejar de sonreír.

Ella parpadeó, asombrada.

–Vaya. No resultas muy agradable cuando estás frustrado.

–Pues vete acostumbrándote –le espetó. Con eso, se marchó.

El domingo por la mañana, Felicity escogió un jersey de cuello alto y unos pantalones de lana gris. A continuación, complementó el atuendo con un abrigo tres cuartos de lana negra y unos botines del mismo color. En el bolso, llevaba todo lo necesario para pasar el día.

La noche anterior, después de marcharse a su dormitorio, había enviado un mensaje de grupo a cinco de sus compañeros, que vivían en Nueva York. Sugirió que fueran a tomar un *brunch* al Plaza.

En aquella ocasión, no se escondió a la hora de salir del apartamento. Encontró a Ayla y a Wynn en el dormitorio de este último.

—Me voy.

—Estás muy guapa. ¿Vas de compras? —le preguntó él con expresión inescrutable.

—No. A almorzar con unos amigos. Probablemente estaré fuera la mayor parte del día. Creo que vamos a ir al Met a continuación. Hace años que no voy.

—Parece divertido.

Felicity se sintió culpable, aunque no supo por qué. Era su día libre y Ayla no era su hija.

—¿Necesitas algo antes de que me marche?

—No, gracias.

—¿Estás enfadado conmigo?

—¿E importaría que así fuera?

—Bueno, sí. Nueve meses es mucho tiempo para vivir en un ambiente hostil.

Wynn sonrió levemente.

—La palabra hostil es muy fuerte…

—Estamos atrapados en un lugar extraño, entre la nostalgia y la conveniencia.

—No tiene por qué ser extraño. Tú y yo somos amigos. Los amigos se ayudan entre ellos.

—No me conviertas en una santa. Tú estás pagando el sueldo que no voy a ganar.

–Te conozco, Fliss. Sospecho que lo habrías hecho sin compensación alguna si te lo hubiera pedido. ¿Estoy en lo cierto?

Aquella pregunta la tomó por sorpresa. Lo pensó unos instantes.

–Tienes razón –admitió–. Me gusta ayudar a la gente.

–Siento si anoche te hice sentir incómoda –comentó él. Su voz sonaba extraña y formal.

–No seas tonto –replicó ella–. Fui yo la que te metí la lengua en la boca, así que creo que podemos asumir que el sentimiento fue mutuo. Sin embargo, eso no significa que fuera inteligente.

–Tantas reglas… ¿No te apetece de vez en cuando abrir la puerta de emergencia y ver lo que ocurre?

–Ahora sé que estás bromeando. Pensé que tus días de correr riesgos habían quedado atrás.

–Pago un montón de impuestos. Tengo una buena hipoteca y un buen seguro médico. Sin embargo, en mi interior, sigo siendo el mismo de siempre.

¿Sería eso cierto? ¿Seguía siendo parte de aquel hombre complejo y maduro, tan adulto y sexy, el adolescente del que Felicity se había enamorado?

–Tengo que irme –dijo ella tras mirar el reloj.

Wynn levantó la manita de Ayla y la utilizó para decir adiós.

–Te vamos a echar de menos.

Felicity sintió que el corazón se le encogía. En realidad, pasar una perezosa mañana de domingo con los dos en el apartamento resultaba un plan muy atractivo. Sin embargo, esa era precisamente la razón por la que Felicity iba a marcharse. Tenía que evitar las tentaciones.

Cuando llegó al impresionante y antiguo hotel, Reagan, Paul y Rico le dieron un fuerte abrazo.

–He oído que ahora no estás trabajando –le preguntó Rico–. ¿Por qué?

–Te lo contaré todo mientras comemos.

Felicity disfrutó de la comida, pero mucho más de volver a estar con sus amigos en un lugar tan especial. Mientras almorzaban, tal y como había prometido, se lo contó todo. Desde lo ocurrido en el instituto, al entierro de Shandy y luego completando la narración con Ayla y Wynn y su nueva residencia en Nueva York.

Rico frunció los labios.

–No sabía que te gustaran los niños.

–No es que no me gusten. Estoy aprendiendo. Y la pequeña Ayla es un amor.

Reagan se había quedado boquiabierta. Paul meneó muy lentamente la cabeza.

–Sal de ese apartamento *ipso facto*. Creo que ese tío está buscando una esposa para que sea la mamá de esa niña.

–O eso –afirmó Rico–, o espera estar entretenido en casa.

Reagan, que normalmente proporcionaba la vía de escape cómica del grupo, habló muy seria, lo que no era propio de ella.

–Ya te rompió el corazón una vez. Yo no le permitiría que volviera a hacerlo.

Capítulo Siete

Felicity pasó un día fantástico con sus amigos. Tras comer en el Plaza y visitar el Met, entre risas y charla incesante, terminaron su excursión con una cena en una pizzería. Sin embargo, si era sincera, Wynn ocupaba siempre su pensamiento. No podía olvidar su rápido ingenio, sus hermosos ojos verdes ni su perezosa sonrisa. Ni el sabor de sus firmes labios ni el tacto de su fuerte cuerpo.

Se estaba metiendo en aguas muy profundas…

Cuando se despidió de sus amigos y se montó en un taxi, se sentía muy agitada. Si iba a dejar a Wynn, tenía que hacerlo inmediatamente, antes de que perdiera el valor. O antes de que terminara en la cama de Wynn.

Cuando entró en el apartamento, Ayla estaba dormida. Wynn estaba en el salón, sentado en un sillón, haciendo algo en su iPad.

Al oír que ella entraba, levantó el rostro y le dedicó una seca sonrisa.

—¿Has tenido un buen día?

—Sí —respondió ella. Se quitó el abrigo y los zapatos tras dejar el bolso sobre una silla—. ¿Qué tal por aquí?

—No estoy seguro. Ayla parecía molesta. Y esta noche ha tenido un poco de fiebre. Tal vez tenga que llevar al pediatra mañana por la mañana.

—Vaya… —dijo ella. Tal vez aquel no era buen momento para el discurso que llevaba ensayando un rato—.

Tal vez sean los dientes. Me compré un libro y, aparentemente, no es raro que los niños muy pequeños tengan unas décimas de fiebre cuando está a punto de salirles un diente. Hay remedios que podemos probar.

–¿Te has comprado un libro? ¿Y te lo has estudiado?

–Sí, claro. Un par de capítulos todas las noches. ¿Por qué te extraña tanto?

–No me extraña. Solo significa que he escogido a la persona correcta para que cuide de Ayla.

–Hay muchas personas que son capaces de cuidar a un niño –empezó, tratando de dar pie a lo que tenía que decir–. No es tanto una cuestión de habilidad como de sentido común y de amabilidad.

–Tal vez, pero te estoy muy agradecido de que hayas accedido a cuidar de la hija de Shandy.

Aquello no era justo. Si Wynn metía a los fallecidos en la ecuación, ¿cómo iba ella a poder marcharse?

–Vi la fotografía que has subido a Instagram esta tarde –dijo Wynn–. Muy amiguetes todos.

Aquel cambio de tema de conversación tan inesperado tomó a Felicity por sorpresa, pero no tanto como descubrir que Wynn tenía cuenta en Instagram.

–¿Eres activo en las redes sociales?

–Bueno, yo no diría activo, pero sí. Tengo las cuentas habituales. Hoy en día, es una necesidad para los negocios.

–Claro… –dijo, aunque no se lo creía del todo–. ¿Y de qué fotografía estás hablando?

–De las que tienes a dos tíos muy buenos, uno a cada lado. Y cada uno rodeándote la cintura con el brazo.

Felicity tomó su teléfono y buscó el *post* del que Wynn estaba hablando. Reagan estaba a la izquierda, a una pequeña distancia de los tres. Paul y rico la tenían agarrada, apoyando la cabeza contra la de Felicity y abrazándola. El camarero del Plaza la había tomado.

–¿Te supone algún problema esta fotografía? –le preguntó algo enfadada.

–No sabía que tu admiradores masculinos eran tantos… y tan variados.

–Son dos hombres, Wynn. Amigos desde hace mucho tiempo. Me alegré mucho de verlos.

–De eso estoy seguro.

–Mira, te dedico doce horas al día, de lunes a viernes. Los fines de semana son míos. A menos, por supuesto, que tú te quedes a dormir en otro sitio el viernes por la noche –le espetó, aunque, hasta el momento, Wynn no había pasado ninguna noche fuera.

–Te podrías haber quedado un poco más con ellos… –comentó él.

Si Felicity no supiera que era imposible, habría podido pensar que Wynn estaba celoso. No tenía sentido. Abrió la boca para responder, pero antes de que pudiera hacerlo, su teléfono móvil comenzó a sonar.

–Tengo que contestar –anunció–. Es un número de Florida. Podrían ser mi padre o mi tío.

Cuando contestó y escuchó la voz de su tío dándole una torpe explicación, sintió que su mundo se detenía. Respondió prácticamente con monosílabos hasta que, por fin, pudo tocar la pantalla para dar por terminada la llamada. Estaba experimentando unos sentimientos muy extraños, pero se sentía totalmente helada.

Wynn se acercó a ella con expresión preocupada.

–¿Qué ocurre, Fliss?

Ella lo miró. No estaba segura de poder contestar.

–Mi padre ha muerto.

Entonces, se echó a llorar.

Wynn la tomó entre sus brazos y la estrechó con fuerza mientras lloraba. Se sentía como una niña pequeña, perdida en un profundo bosque.

–¿Qué le ha ocurrido?

–Era mi tío Danny. Mi padre y él se fueron a pescar esta mañana. Pasaron un día muy bueno. Durante el camino de vuelta, mi padre vio un mero muy grande en aguas poco profundas. Consiguió pescarlo, pero cuando estaba recogiendo el sedal, se desmoronó.

–¿Consiguieron ayuda?

–Sí. Estaban muy cerca de la costa. Mi tío llamó a Emergencias y recibieron ayuda inmediatamente, pero… Creen que fue un ataque al corazón masivo.

–Lo siento mucho, Fliss.

Ella sintió que los ojos volvían a llenársele de lágrimas.

–Solo tenía sesenta y tres años…

–Lo sé… –dijo Wynn mientras volvía a abrazarla una vez más.

En aquella ocasión, Felicity se recuperó más rápidamente. Se secó el rostro con el reverso de la mano.

–Lo siento –susurró–. Te compraré una camisa nueva –añadió al ver que se la había manchado de rímel.

Wynn sonrió y le apartó el cabello de las mejillas.

–Ve a ponerte el pijama y vente a mi dormitorio. Recuerdo muy bien cómo me sentía el día que me llamaron para decirme lo de Shandy. Esta noche no puedes estar sola.

Felicity lo miró y se mordió el labio inferior para que no le temblara.

–Wynn… ¿estabas solo esa noche?

–Sí.

Como ella no se movía, Wynn le tomó la mano y la condujo por el pasillo.

—Estás en estado de *shock*, cielo. Trata de respirar. ¿Quieres algo de beber? Tal vez un poco de whisky te sentara bien.

—No, gracias. Iré enseguida.

Lo dejó en el pasillo y cerró la puerta de su dormitorio. Si hubiera sido más fuerte, podría haberse negado a lo que él le había sugerido. Se sentía como si un agujero negro la estuviera engullendo, tragando toda la luz que había a su alrededor. La sensación era aterradora. En aquellos momentos, ya no tenía a nadie.

Le costó quitarse la ropa. Las manos no parecían obedecerla. Cuando por fin lo consiguió, tiró la ropa sobre la cama y se metió en el cuarto de baño para darse una ducha.

Buscó entre sus cosas lo que más necesitaba. Se había llevado su pijama más grueso, el que solía utilizar cuando volvía a casa y no había tenido tiempo de encender la calefacción. Estaba algo raído por los muchos lavados, pero era muy suave y cómodo. Cuando se miró en el espejo para cepillarse el cabello, dejó escapar una exclamación de decepción. Parecía la mujer menos atractiva de todo el planeta.

Se puso un par de calcetines de lana gris, con la esperanza de que los pies le entraran en calor. No hacía frío en su dormitorio, pero ella estaba temblando.

En el dormitorio de Wynn, vio que la cama estaba abierta. Resultaba evidente que él dormía en el lado izquierdo, porque su libro y su reloj estaban sobre la mesilla de noche. Por lo tanto, se metió en el derecho. No podía dejar de temblar, por lo que se acurrucó y se hizo una bola para tratar de entrar en calor.

Wynn salió del cuarto de baño con unos pantalones de pijama azules marinos y una camiseta blanca. Tenía el cabello revuelto y húmedo.

Apagó la luz del techo, pero dejó encendida la de la mesilla de noche. Cuando se deslizó entre las sábanas, la tomó entre sus brazos.

—Coloca la espalda contra mi torso —le dijo.

A Felicity no se le ocurrió protestar. El abrazo de Wynn le ofrecía calor y protección, la promesa de que no estaría sola durante las próximas ocho horas.

—Lo siento —murmuró con un hilo de voz.

—¿El qué?

—No puedo dejar de temblar…

Wynn le frotó el brazo suavemente.

—De verdad que creo que un poco de whisky te vendría bien.

—Está bien —admitió, pero protestó en silencio cuando él volvió a levantarse de la cama.

Wynn regresó enseguida con un vaso pequeño en la mano.

—Siéntate —le dijo—. ¿Puedes sostenerlo sin que se te derrame?

—No lo sé…

—Apóyate contra el cabecero.

Felicity se sentía muy avergonzada. Había perdido el control de su cuerpo. Wynn se sentó en el borde del colchón y le llevó el vaso a los labios.

—Bébetelo todo de una vez si puedes.

Ella colocó una mano por encima de la de él y se llevó el vaso a los labios. Echó hacia atrás la cabeza y se tragó el líquido rápidamente. El alcohol le quemó la carne a su paso y le hizo sentir que el estómago le ardía. Comenzó a toser.

–Es horrible…

–Te aseguro que no –afirmó él con una sonrisa–. Es un whisky de veinticinco años de una destilería de Escocia que se merece todo el respeto del mundo.

–Si tú lo dices…

Wynn colocó el vaso vacío sobre la mesilla de noche y se volvió a meter en la cama. La abrazó del mismo modo que lo había hecho antes.

A Felicity no le gustaba tener que admitir que el whisky la estaba ayudando a entrar en calor. El whisky y el cálido y fuerte cuerpo de Wynn. Cerró los ojos, pero no tenía sueño. El *shock* y la incredulidad le impedían dormir.

–No te has dormido todavía –le dijo Wynn mientras le acariciaba suavemente el cabello.

–No.

–Puedes hablar conmigo si quieres, Fliss.

Ella suspiró.

–No es que nos viéramos con mucha frecuencia, pero sabía que él estaba ahí. Hablábamos y nos escribíamos mensajes. Era mi padre… Me crio y lo hizo solo durante la mayor parte de mi infancia. Me siento tan culpable…

Wynn la estrechó contra su cuerpo, rodeándole el cuerpo con un brazo justo por debajo de los senos.

–En ese caso, sé perfectamente cómo te sientes. Yo no pude salvar a mi hermana. Me siento muy culpable.

–Sí, lo entiendo…

Felicity guardó silencio durante varios minutos, absorbiendo la paz que sentía a pesar de la extraña situación. En aquellos momentos, todo parecía estar bien.

–Gracias por estar a mi lado en estos momentos. Significa mucho para mí.

Wynn le dio un beso en el hombro.

–Lo nuestro viene de lejos, Fliss. Además, tú me estás ayudando con Ayla y yo te apoyaré en estos momentos tan difíciles. Ahora, duérmete. La niña se va a despertar al alba tanto si estamos con ganas de levantarnos como si no.

Hacía mucho tiempo desde la última vez que Felicity había dormido con un hombre. Fue como caer sobre una nube. Inhaló el aroma familiar de Wynn y gozó sintiendo su cuerpo. Y durmió. Profundamente.

En algún momento de la noche, se despertó. Tenía que ir al cuarto de baño. Cuando trató de salir de la cama, los brazos de Wynn se lo impidieron.

–No te vayas… –murmuró él medio dormido.

–Vuelvo enseguida.

Volvió a la cama en pocos segundos, pero Wynn ya estaba roncando de nuevo. Fliss apagó la luz y se metió entre las sábanas con mucho cuidado para luego reclamar el espacio que había ocupado anteriormente. Wynn, muy adormilado, dejó escapar un gemido de apreciación y la estrechó de nuevo contra su cuerpo.

Felicity se quedó atónita al notar cómo la erección se acomodaba entre sus glúteos. Los dos estaban completamente vestidos. Wynn era un hombre muy viril. Su respuesta era natural, incluso en sueños. Sin embargo, Felicity no estaba dormida. Y lo deseaba. Lo deseaba mucho.

Tal vez se trataba del deseo de afirmar la vida, pero la excitación que estaba sintiendo se acrecentaba más y más hasta el punto de que ya no pudo contenerse. Se colocó de espaldas. Una de las piernas de Wynn atrapaba una de las suyas. Él estaba medio tumbado encima de ella, con el rostro enterrado en la curva del cuello.

A plena luz del día, tal vez no hubiera cedido a la tentación, pero todo estaba muy oscuro y ella acababa de pasar uno de los peores momentos de su vida. Lo único que deseaba era el dulce olvido que podía proporcionarle el sexo. Con Wynn.

–Wynn –susurró–. Wynn… ¿estás despierto?

–Ahora sí –murmuró él.

–Hazme el amor.

Wynn se quedó completamente inmóvil. Se puso de espaldas y dejó de tocarla.

–No creo que sea buena idea, Fliss. Creo que no te lo has pensado bien.

Ella le cubrió la entrepierna con la mano a través de los pantalones del pijama.

–No quiero pensar. Solo quiero sentir.

Wynn le agarró la muñeca y le apartó la mano.

–No vamos a hacerlo. Duérmete.

–No puedo. Además, cuando me pediste que me viniera a vivir contigo, probablemente te imaginaste que esto ocurriría.

–Pero no esta noche. No cuando estás perdida y confundida. No voy a aprovecharme de ti, Fliss. Tienes miedo y estás herida. Esto es solo una reacción impulsiva. No hace falta ser un genio para saber lo que está ocurriendo. Quieres usar el sexo para olvidar lo que te está ocurriendo.

–Tal vez si me hubiera ligado a un hombre en un bar. Pero no contigo.

Wynn se levantó de la cama.

–Tengo que ir a ver cómo está Ayla.

Desapareció del dormitorio con una velocidad cómica. ¿Estaba siendo injusta con él? Felicity tenía que enmendar aquella situación.

Capítulo Ocho

Felicity se dirigió de puntillas hacia el dormitorio de Ayla. Desde la puerta, contempló cómo Wynn le colocaba la mano en la frente a la pequeña.

–¿Está caliente? –le susurró.

Wynn se dio la vuelta y la miró.

–No. Está durmiendo muy tranquila.

–Bien.

Cuando Wynn salió del dormitorio, prácticamente no miró a Felicity. Se dirigió de nuevo a su dormitorio. Ella se preguntó si le impediría que entrara…

No fue así.

Wynn tomó su libro y su almohada.

–Creo que debería dormir en el sofá –dijo–. La cama es toda tuya.

–Es por el pijama, ¿verdad? No te excito porque parezco una abuela.

–¿De qué diablos estás hablando?

–Pues que es un pijama de franela. A los hombres os gusta la lencería sexy.

Wynn se sonrojó. Y la parte delantera de sus pantalones se abultó.

–Te equivocas –dijo–. A los hombres nos gusta la piel desnuda. Siempre. ¿Por qué crees que te dije que te pusieras el pijama? Estoy tratando de reconfortarte, Fliss. Y no me lo estás poniendo fácil.

–Lo siento –afirmó ella mientras cruzaba la estancia–. No debería haberte presionado. No soy muy oportuna. Me siento desilusionada, pero lo comprendo. Y, por supuesto, tú tienes razón.

Wynn se mantuvo rígido, sujetando la almohada como si fuera un escudo.

–Podemos volver a hablar de esto dentro de unos días, si aún quieres hablar al respecto. No ahora.

Con eso, salió del dormitorio y cerró la puerta. Felicity se sintió abrumada por la vergüenza, que se mezclaba con la pena y la sensación de incertidumbre.

Se marchó a su dormitorio y se lanzó sobre la cama. En una pequeña parte de su alma, estaba segura de que Wynn aún sentía algo por ella. No lo suficiente para sostener una relación, pero al menos para poder disfrutar en honor a los viejos tiempos. Sin embargo, si era así, sus escrúpulos eran aún más fuertes.

Se tensó cuando la lámpara de la mesilla de noche se encendió. Notó que alguien se metía entre las sábanas.

–Por el amor de Dios, Fliss. Sé que no estás dormida. Me rindo. Muévete.

–No, no, no. Me has dejado muy clara tu postura en este asunto. Nada de sexo cuando Felicity está hecha polvo.

–Los dos estamos agotados. Ayla se va a despertar dentro de un par de horas. Tienes que dormir.

Para su sorpresa, Felicity durmió. No fue tan agradable como hacerlo abrazada a Wynn, pero tenerlo en la cama era lo mejor que podía imaginar en aquel momento tan bajo de su existencia.

Wynn hacía que se sintiera menos sola.

***

Cuando se despertó a la mañana siguiente estaba sola, aunque oyó que Wynn estaba con Ayla en la cocina. El sonido de la profunda voz de él y de los balbuceos de la pequeña llegaban hasta allí por el pasillo.

Entonces, se dio cuenta de que Wynn debería estar trabajando. Se vistió sin ducharse y se recogió el cabello en una cola de caballo. Se aplicó un poco de brillo en los labios y se fue rápidamente a la cocina.

Wynn la miró alarmado.

—¿Qué es lo que pasa?

—Es muy tarde. Tienes que irte a trabajar. Sé que te voy a dejar en la estacada cuando me tenga que marchar al sur para ir al entierro de mi padre, pero estoy segura de que conocerás a alguien que te pueda ayudar durante unos días.

—No va a ser necesario. Voy a irme contigo a Florida. Y Ayla también. Somos tu grupo de apoyo.

—Pero…

—Fin de la discusión.

—Gracias, Wynn —dijo ella tragándose su orgullo—. En realidad, temía tener que ir sola.

—De nada.

Felicity acarició suavemente la barbilla de la niña.

—¿Cómo está?

—Parece volver a ser la de siempre.

—Me alegro.

—Cuando se eche su siesta de la mañana, te ayudaré con todo lo que tengas que organizar.

—Tengo que volver a llamar a mi tío, porque parece que un grupo de los amigos de papá estaban preparando algo, una especie de funeral. Tal vez esperan que yo lo lleve a enterrar a Falcon's Notch. Tal vez no haya mucho que hacer en Florida. Solo ir.

71

–Bueno, ya lo veremos. Ahora, prepárate algo de desayunar.

Cuando Felicity se preparó su desayuno y se sirvió un café, se encontró de nuevo muy consciente de la presencia de Wynn. Parecía muy cansado, pero eso no evitaba que su boca siguiera siendo tan sensual ni su cuerpo tan masculinamente atractivo.

Al recordar la larga noche, Felicity sintió que el cuerpo se le llenaba de sudor. Resultaba desmoralizador que Wynn hubiera hecho lo correcto. Si hubieran tenido sexo, Felicity sabría que habría estado usando a Wynn. Aunque a él no le hubiera importado, no habría estado bien. A pesar de todo, su cuerpo ardía de deseo insatisfecho. Cuanto más tiempo se quedara en Nueva York, más cuidado debería tener. La noche anterior podría haber cambiado las cosas muy drásticamente.

–Wynn, yo…

–Si me vas a hablar del sexo que no tuvimos, olvídalo. Ya lo hemos dejado atrás.

Felicity asintió y, después de desayunar, regresó a su dormitorio para llamar a su tío. Tras hablar con él durante quince minutos, consiguió por fin extraerle a su lacónico tío todos los detalles que necesitaba. El servicio que le habían organizado sus amigos se celebrará el miércoles a las tres de la tarde. A su padre no le había gustado la idea de la incineración, por lo que su cuerpo quedaría en custodia de una funeraria hasta que se trasladara a Falcon's Notch.

–Ahí estaré el miércoles, tío. Me ocuparé de organizar todo lo demás cuando llegue.

Tras terminar la conversación, Felicity encontró a Wynn en su despacho. Estaba con una llamada de trabajo. Ayla estaba dormida, por lo que, cuando Wynn colgó, Felicity pudo contarle todos los detalles.

–Cuanto más lo pienso, más creo que debería ir sola. Ayla apenas ha tenido tiempo de acostumbrarse a su nuevo hogar. No creo que debamos dejarla tan pronto.

–Ya te he dicho que se va a venir con nosotros. Estaba hablando con mi asistente personal. Su hija, que está en la universidad, va a volver a casa con unos días de vacaciones. Missy está estudiando educación infantil. Yo ya la conozco y su madre me ha dicho que está dispuesta a venirse con nosotros a Florida para ocuparse de la niña mientras nosotros organizamos el entierro de tu padre.

–Pero si es Acción de Gracias.

–Haremos que regrese el jueves a mediodía. Todo el mundo está de acuerdo. Missy lo habría hecho sin cobrar, pero voy a pagarle el semestre que le queda en la universidad para darle las gracias.

–Es muy generoso por tu parte.

–Es una chica estupenda. Y nos está haciendo un favor enorme.

–Es mi problema, no el tuyo –comentó ella mordiéndose el labio–. No pasa nada. Tú puedes quedarte aquí y celebrar el día de Acción de Gracias con tu hija. De verdad. Es mejor así.

–No, no es mejor así –afirmó Wynn mientras la tomaba entre sus brazos–. Quiero estar a tu lado.

–¿Por qué? –le preguntó ella mientras apoyaba la cabeza justo sobre el lugar en el que latía su corazón.

–Porque me importas. Porque verte en el entierro de Shandy me ayudó mucho. No me podía creer que fueras. Tu gesto aquel día me dio la vida.

El beso empezó suavemente, pero fue calentándose rápidamente. Estaban a plena luz del día. Los dos estaban vestidos. Nadie estaba hablando de sexo. Sin embargo, Felicity sí que lo estaba pensando. Y mucho.

Wynn la estrechó contra su cuerpo. Tenía la respiración agitada. Felicity se aferró a sus hombros.

El beso se profundizó. Por primera vez, Felicity tuvo miedo. No de Wynn, sino del modo en el que él le hacía sentirse. Joven, inquieta y ansiosa de lanzarse a por lo que deseaba.

Wynn olía tan bien… Su más de metro ochenta le hacía sentirse muy pequeña. Cobijada. Protegida. Había estado sola mucho tiempo sin necesidad de nadie, pero, en aquellos momentos, sentía la tentación de tirarlo todo por la borda. Solo porque deseaba a Wynn.

—No puedo respirar… —susurró.

Wynn la soltó.

—Lo siento, Fliss. Es que me vuelves loco.

Ella le tocó la barbilla y le acarició el labio inferior.

—Aun con el riesgo de que me rechaces de nuevo, debería decirte que en estos momentos no me siento triste o con ganas de llorar. Principalmente, me siento…

—¿Cachonda?

—¿Y tú no?

—Por supuesto que sí. De hecho, llevo deseándote desde el momento en el que pusiste el pie en mi casa de Falcon's Notch. Tal vez ahora seamos personas diferentes, pero nuestros cuerpos se siguen reconociendo.

Ella tembló al escuchar la intensidad de su voz y ver la que había en sus ojos.

—Sí.

—Ayla podría interrumpirnos —le advirtió él.

—En ese caso, supongo que deberíamos dejar de perder el tiempo.

Wynn la miró muy sorprendido.

–Demonios, sí –afirmó él mirando a su alrededor, como si estuviera buscando inspiración–. ¿Escritorio o cama?

Felicity contuvo el aliento.

–¿Tienes preservativos en tu despacho?

Wynn pareció contrariado.

–Entonces, a la cama.

Tomó el monitor de Ayla con una mano y la muñeca de Felicity con la otra y tiró de ella hasta llegar al dormitorio. Entonces, cerró la puerta con mucho cuidado. Después de colocar el monitor sobre la cómoda, miró a Felicity.

Ella sintió que los pezones se le ponían erectos y que un calor líquido le humedecía la entrepierna.

–No espero que esto sea nada más que una manera de pasar el tiempo…

Wynn frunció el ceño.

–Lo tendré en cuenta. ¿Hemos terminado de hablar?

–Sí…

Entonces, ocurrió algo, algo inexplicable. Felicity se sentía paralizada. No era que no deseara a Wynn, porque lo deseaba desesperadamente. La profundidad de todo lo que ansiaba amenazaba con asfixiarla.

A pesar de las bromas sobre la posibilidad de que Ayla los interrumpiera, Wynn se tomó su tiempo. Le desabrochó la blusa tan lentamente que ella estuvo a punto de apartarle las manos y hacerlo ella misma. Sin embargo, se obligó a observar.

Ver sus largos dedos tan cerca de la carne que tanto lo deseaba la excitó aún más. Casi se olvidó de respirar. Poco a poco, él le fue bajando la camisa y, por fin, se la quitó. Entonces, observó los pechos desnudos.

–Perfectos… –susurró.

Le tocó un pezón con un dedo. Ella sintió una inmediata oleada de calor por todo el cuerpo.

–Wynn…

–¿Qué ocurre, Fliss?

–Date prisa, por favor. Me estoy muriendo…

–La anticipación es parte de la diversión –replicó él con una sonrisa.

–Hoy no.

Felicity lo abrazó y lo besó salvajemente. Entonces, él murmuró una maldición y la tomó en brazos, levantándola del suelo. Ella estaba medio desnuda, pero no lo suficiente. La colocó de nuevo en el suelo y comenzaron a agarrar frenéticamente botones y cremalleras. Wynn por fin consiguió bajarle los vaqueros y las braguitas hasta las rodillas y ella terminó la operación quitándoselos a patadas mientras le ayudaba a él a quitarse el jersey.

–Se me había olvidado lo hermoso que eres…–susurró al ver su fuerte torso. El muchacho que había conocido se había convertido en un hombre fuerte y tonificado.

Wynn la empujó sobre la cama y se colocó encima de ella.

–Pues a mí no se me ha olvidado nada…

Se estiró lo suficiente para sacar un preservativo de la mesilla de noche y luego volvió a colocarse sobre ella.

–Me gustaría que esto durara, pero creo que tenemos los minutos contados.

–Hazlo. Ahora mismo…

Wynn se colocó entre las piernas de Felicity y sonrió.

–Sí, señora.

Felicity pensó que la iba a penetrar rápidamente, pero no fue así. Wynn jugó diabólicamente con ella, hundiéndose lentamente, para luego retirarse por completo. Ella arqueó la espalda.

–¿Qué haces?

–Trato de volverte loca…

Si eso era lo que tenía en mente, funcionó a la perfección. En menos de diez minutos, Felicity empezó a jadear de placer, a suplicarle. Cada vez que ella creía que estaba a punto, Wynn se retiraba, dudaba y comenzaba a acariciarla y a besarla.

El fuego le ardía en el vientre. Los pechos le dolían por lo sensibles que se encontraban. El sexo anhelaba alcanzar el clímax. Wynn tenía el rostro tenso y la respiración entrecortada, pero mantenía el control. Aquello era algo que el Wynn de su adolescencia no había conseguido alcanzar.

–Te deseo… –susurró ella, deseando que él le diera por fin lo que tanto anhelaba.

–¿Cuánto? –le preguntó él.

Ella le mordió los labios.

–Lo suficiente para suplicar. Por favor… quiero que tu enorme y hermoso…

Wynn no la dejó terminar. La besó desesperadamente. Al mismo tiempo, la penetró profundamente, llenándola tan perfectamente que los ojos de Felicity se llenaron de lágrimas. Parpadeó para hacerlas desaparecer porque no estaba dispuesta a perderse ni un solo segundo de placer.

–Fliss… –gruñó él.

Estaban totalmente unidos. Fundidos en uno solo cuerpo. Una vez más. Después de quince largos años.

Pero era solo sexo.

Felicity apartó aquel pensamiento y levantó las caderas para recibir los envites de Wynn. El placer fue creciendo, aumentando, hasta que ella gritó por fin su nombre y se rompió en un clímax tan potente que hizo desaparecer todas las reservas y no le dejó nada más que paz.

Capítulo Nueve

Felicity flotaba en un mar de incertidumbre. Había esperado que el sexo con Wynn fuera divertido, pero aquella era una palabra demasiado genérica para describir lo que había ocurrido en la cama.

Ella lo había pedido, pero Wynn se había hecho con el control y los había enviado a ambos a un lugar que era totalmente nuevo. El placer adulto, basado en una relación anterior, pero completamente centrado en el momento.

Aún con el corazón desbocado, respiró profundamente y gozó con la sensación que sentía al notar cómo el cuerpo de Wynn la apretaba contra el colchón. No obstante, la felicidad no tardó en desaparecer. Él estaba tan inmóvil que empezó a preocuparse.

–¿Estás dormido? –le susurró.

Después de varios segundos de silencio, Wynn levantó la cabeza y la miró antes de besarle la nariz.

–No.

–Ha sido fenomenal –dijo–. Admítelo.

–Gracias, al final casi no podía ni respirar.

–No es mi problema –replicó ella–. Además, lo de fenomenal somos los dos. No te vas a llevar tú todo el mérito.

Felicity se sentía incómoda. No sabía cómo salir de la situación en la que se encontraban. ¿Por qué Ayla no lloraba cuando más se la necesitaba?

Wynn bostezó.

–Esto de ser padre es muy duro.

–Ha sido el sexo, no lo de ser padre –comentó ella riendo.

–Ya sabes a lo que me refiero –comentó mientras se sentaba en la cama y se estiraba, totalmente despreocupado por su desnudez. Cuando ella se puso de costado y se cubrió con la sábana hasta la barbilla, él le dio un azote en el trasero–. Ya no es hora de jugar, Fliss.

–Lo sé –suspiró ella–. Los dos tenemos un millón de cosas que hacer.

–¿Te arrepientes?

–No. ¿Y tú?

–Creo que esto tenía que ocurrir tarde o temprano. Supongo que la cuestión ahora es qué hacer al respecto.

Cuando Wynn se metió en el cuarto de baño, Felicity recogió su ropa y salió huyendo. No podía volver a mirarlo, mucho menos cuando tenía que encontrar respuesta a la cuestión que había planteado él.

Después de darse una ducha rápida, se vistió con unos pantalones negros y una camisa roja. Aquel atuendo aumentaba la seguridad que tenía en sí misma, algo que necesitaba desesperadamente.

Cuando se atrevió por fin a salir del dormitorio, oyó que Wynn estaba con Ayla en el dormitorio de la pequeña. La niña se había levantado muy contenta de su larga siesta.

Felicity se asomó a la habitación y sonrió.

–Parece que los dos os estáis divirtiendo.

Wynn la miró por encima del hombro y levantó una ceja.

–No sabía que nos estábamos vistiendo para almorzar –dijo.

–Muy gracioso –comentó ella. Wynn llevaba puesto el mismo pijama de la noche anterior–. Es que tengo que salir un momento. ¿Te importa quedarte con Ayla? No estaré fuera más de tres horas.

–¿Otra reunión de amigos?

–No. Tengo que comprarme un vestido para el servicio que se va a celebrar en honor a mi padre. En Florida hará calor y no tengo nada adecuado.

–Se me ocurre algo mejor –dijo él mientras tomaba a Ayla en brazos–. Deja que llame a mi amiga Janeen. Es jefa de departamento en Bloomingdale's. Le diré lo que necesitamos y ella nos enviará una colección de vestidos. Te los puedes probar aquí. Luego devolveremos lo que no te guste.

Felicity arrugó la nariz. Sentía una antipatía inmediata por Janeen.

–Saliste con ella, ¿verdad?

–Sí. Hace un millón de años. Ahora está felizmente casada con un capitán de la policía de Nueva York.

–¿Y va a enviarte los vestidos que quieras a tu casa sin hacer preguntas?

–Tendré que dejarle una señal con mi tarjeta, pero sí.

Felicity tragó saliva. Wynn tenía un pasado. Sin embargo, no había relación alguna entre ellos. Asintió.

–En ese caso, muchas gracias. Te lo agradezco.

–Si no te importa ocuparte de Ayla un momento, voy a organizar lo del avión privado.

–¿No es muy caro? Podemos volar en mi línea aérea si puedo conseguir billetes.

–Con la niña, el avión privado será mucho más cómodo. Y nos ahorrará tiempo.

Cuando salió de la habitación, Felicity sacudió la cabeza. Se sentía atónita. Le resultaba difícil reconciliar la imagen de aquel elegante y rico hombre de negocios con el muchacho salvaje y ambicioso que ella había conocido en Falcon's Notch.

¿Quedaba algo del Wynn Oliver de antaño o había ido desapareciendo poco a poco, puliéndose para que él pudiera llegar a lo más alto?

Los vestidos de Bloomingdale's llegaron después de comer. Como Ayla estaba echándose su siesta y Wynn estaba trabajando en su despacho, Felicity se llevó las cajas y las bolsas a su dormitorio y echó el pestillo. No esperaba que nadie fuera a molestarla, pero por si acaso.

Se quedó en ropa interior y sacó el primer vestido de la bolsa. Inmediatamente, vio que dar carta blanca a Wynn había sido un error.

No se trataba de un vestido cualquiera. Al verlo, fue abriendo las bolsas y las cajas para examinar todas las prendas que le habían enviado, junto con bolsos y zapatos, y se dio cuenta de que todos los vestidos eran de diseño.

Cuando miró los precios, estuvo a punto de desmayarse. Uno de aquellos vestidos valía lo mismo que ocho meses de las mensualidades de su coche. ¿En qué había estado pensando Wynn? Felicity no podía comprarse ninguno de aquellos vestidos.

A pesar de todo, se los probó. Resultaba increíble lo que la alta costura podía hacer por la autoestima de una mujer. Su favorito era un vestido negro sin mangas. El corte parecía sencillo y era la tela la que le daba empaque al vestido. La seda cruda se le ceñía en los lugares adecuados y resultaba extremadamente elegante.

Volvió a guardarlo todo en los embalajes originales y dejó solo el vestido de seda negra. Era exactamente lo que quería, pero no se lo podía permitir.

Después de volver a ponerse su ropa, fue a la cocina para servirse una taza de café y regresó a su dormitorio para hacer la maleta. Casi había terminado de hacerla cuando Wynn apareció en la puerta.

–¿Cómo se las van a arreglar sin ti en el trabajo? –le preguntó.

Wynn se encogió de hombros.

–Me he tomado una semana de vacaciones. Todo irá bien –respondió. Entonces, miró las cajas y las bolsas de Bloomingdale's–. ¿Has encontrado algo que te guste?

–Te agradezco mucho todas las molestias, pero tengo que encontrar algo menos… menos caro, Wynn. No me puedo permitir ninguno de esos vestidos.

–Pues yo te lo compro.

–No –afirmó ella–. De ninguna manera. Si no me necesitas hasta la hora de cenar, voy a ir a comprarme algo rápidamente. Conozco un par de sitios en los que probablemente podré encontrar la clase de vestido que necesito sin quedarme sin ahorros.

Wynn tomó el vestido negro de seda, el único que Felicity aún no había guardado.

–Este es muy bonito –comentó–. ¿Te queda bien?

–Muy bien, pero hablo en serio, Wynn. Está fuera de mi alcance. Debes de haberte olvidado de decirle a tu ex que yo no estoy a tu nivel.

–¿Qué diablos quieres decir con eso?

–Tengo un buen trabajo y una bonita casa, Wynn, pero tú has llegado a lo más alto. Vueltas por el mundo en aviones privados. Decoras la habitación de tu hija como si fuera una princesa. La gente hace todo lo que tú quieres. Eres rico y poderoso. Tú y yo ya no nos movemos en los mismos círculos.

—Eres una esnob.

Felicity apretó los dientes.

—Necesito un vestido.

—¿Y este te queda bien?

—Sí. Ese vestido le quedaría bien a cualquiera.

—Pues quédatelo. Si te hace sentir mejor, te lo deduciré del sueldo a lo largo de los próximos nueve meses.

Felicity no sabía qué hacer. Aquel plan era mejor que permitir que Wynn le comprara la ropa. Sin embargo, sabía que no debía gastar tanto dinero. Por otro lado, tal vez si Wynn la veía con aquel vestido tan hermoso, borraría el recuerdo del horrible pijama de franela.

—Está bien. Si es así, de acuerdo. Gracias.

Wynn volvió a dejar el vestido sobre la cama y se acercó a ella con una mirada que hizo que las piernas de Felicity comenzaran a temblar. Cuando estuvo lo suficientemente cerca, le deslizó las manos bajo el cabello y le agarró la cabeza, sujetándosela mientras la besaba larga y profundamente.

Felicity le agarró las muñecas. El sabor de los labios de Wynn resultaba embriagador. La sujetaba con firmeza y seguridad, como si estuviera reclamándola. Y a Felicity le gustaba. Le devolvió el beso, sin molestarse por ocultar su entusiasmo. Wynn y ella eran físicamente compatibles y, dado que ninguno de los dos tenía otra relación, aquella renovada atracción podría seguir un camino ya familiar.

Sin embargo, no era tan ingenua como para pensar que había un futuro para ellos. Ella aún cargaba con el peso de un secreto culpable, un secreto que podría hacer que Wynn la mirara con ira y asco. Era un secreto antiguo, irrelevante ya. Ella nunca le había contado un pequeño detalle porque se había sentido avergonzada. No había importado hasta aquel momento… cuando volvían a compartir el mismo espacio y sentían la misma atracción salvaje.

Wynn se apartó de ella y la miró fijamente.

–¿Dónde estabas, Fliss? Desde luego aquí conmigo no.

–Lo siento –susurró ella antes de besarle muy suavemente–. ¿Qué estamos haciendo, Wynn? Aparte de complicarnos la vida…

–¿Divirtiéndonos?

–Debería terminar de hacer la maleta –dijo dando un paso atrás–. ¿Tenemos un plan para la cena?

Wynn la miró fijamente, como si pudiera adivinar el torbellino que agitaba sus pensamientos. Entonces, suspiró.

–Sí, lo tengo. Missy va a cuidar de Ayla esta noche. Una especie de prueba para el viaje de mañana. Y tú y yo vamos a salir a cenar fuera. Necesitamos un descanso. Y tú tienes que animarte un poco.

–Eso no es necesario.

–Tal vez no –murmuró mientras acariciaba suavemente la mejilla de Felicity–, pero quiero invitar a cenar a una mujer muy hermosa. Ponte el vestido. El restaurante es muy elegante.

–Pero Wynn…

Él ya se había marchado.

Felicity no se había dado cuenta de lo estresada que estaba… por todo. Cuando se sentaron en una mesa para dos, sintió que se relajaba.

El restaurante era precioso y, efectivamente, muy elegante. Desde el exterior, nadie podría haber imaginado lo exquisito, o lo exclusivo, que era el local.

–Vaya, esto es precioso.

–Me alegro de que te guste. El restaurante es nuevo. Solo lleva un mes abierto, pero se está haciendo un nombre.

–Y, evidentemente, tú eres la clase de hombre que puede conseguir una reserva de última hora en un lugar como este.

–¿Te estás quejando?

–Todo esto es habitual para ti, ¿verdad? Coches de lujo, restaurantes exclusivos, compras sin límite y aviones privados.

Los ojos verdes de Wynn adquirieron una tonalidad gélida.

–He trabajado mucho para llegar donde estoy ahora mismo. No siento necesidad alguna de disculparme. ¿Preferirías que nos marcháramos? Estoy segura de que hay un McDonald's por aquí cerca…

La ironía del comentario hizo que Felicity se sintiera mal.

–No era mi intención criticarte –respondió–. Lo siento. Creo que me está costando relacionarte con el adolescente que yo conocía…

La expresión de Wynn se suavizó. Extendió una mano por encima de la mesa y tomó una de las de Felicity.

–Sigo siendo yo, Fliss. No debes tener miedo. Soy el mismo del instituto, solo que mejor vestido –bromeó.

Cuando el camarero llegó con los menús, Felicity vio que no había precios en el suyo. Era la primera vez que le ocurría algo así. Pidió un plato de pollo y Wynn se decantó por un entrecot con patatas asadas. Además, pidieron una ensalada para compartir.

El sumiller llegó con el vino que habían elegido y se lo dio a probar a Wynn. Cuando este dio su aprobación, el elegante caballero sirvió dos copas. Felicity empezó a sentirse como si estuviera en una película.

No era que los restaurantes elegantes fueran desconocidos para ella. Sin embargo, aquella cita íntima resultaba exagerada.

Tomó un sorbo de vino. No era una experta, pero le pareció delicioso.

—¿Te gusta? —le preguntó Wynn—. Puedo pedir también una botella de vino blanco, dado que has pedido pollo.

—Esas reglas no me preocupan. Es delicioso.

Se terminó su primera copa y pidió una segunda. Mientras Wynn se la servía, miró a Felicity con curiosidad.

—¿Por qué me da la sensación de que estás tratando de reunir el valor para decirme algo?

Felicity tragó saliva y se sonrojó. Efectivamente, Wynn la conocía muy bien. No había motivo para andarse por las nubes.

—Me siento mal porque has sido muy amable conmigo, tanto ayer como hoy, pero tengo que serte sincera, Wynn. No creo que pueda cuidar a Ayla durante un año completo. Ni siquiera durante nueve meses.

—¿Acaso te están presionando en el trabajo? Puedo hablar con quien sea.

—No es eso.

Wynn frunció el ceño.

—Entonces, ¿cuál es el problema?

—No quiero enamorarme de ti.

Capítulo Diez

Durante varios segundos, un silencio absoluto reinó entre ellos. Wynn palideció. O, al menos, eso fue lo que le pareció a Felicity. Resultaba difícil estar segura dada la luz tenue y romántica que reinaba en el restaurante. Sus largos y bronceados dedos golpeaban la mesa rítmicamente.

—¿Existe esa posibilidad? —le preguntó.

—Bueno, ¿qué te parece a ti? —replicó ella, exasperada—. Estuvimos juntos en el pasado. Además, ¿te miras alguna vez en el espejo?

—Pensaba que éramos amigos…

—Y somos amigos, Wynn. Pero yo estoy viviendo en tu casa, besándote y…

—Pensaba que querías que nos acostáramos juntos —replicó él.

—Y así era, pero creo que cometí un error. Deberías encontrar a otra persona para que cuidara de Ayla.

—Te has comprometido. Tenemos un contrato.

—Yo no he firmado nada y lo sabes. Mi único pecado es no haber sido capaz de decirte que no en primer lugar. Fue una idea descabellada desde el principio. Necesitas a una profesional. A una persona neutral.

La cena llegó por fin y los dos aparcaron la conversación momentáneamente. Sin embargo, los ojos verdes de Wynn no dejaban de contemplarla, observándola mientras comía.

Cuando llegó el postre, él volvió a retomar la conversación.

–Solo dices eso de enamorarte porque quieres volver a tu vida de antes y a tu *amplio* círculo de amigos.

–¿Estás tratando de insultarme?

–Sé justa conmigo, Fliss. Si tú hubieras visto una fotografía reciente mía con dos mujeres guapas del brazo, ¿no estarías pensando lo mismo que yo?

–¿De verdad crees que estoy en medio de un *ménage a trois*?

–¿Quién sabe? Podrías estar acostándote con cualquiera y yo no tendría por qué saberlo.

–Porque somos unos desconocidos –afirmó ella, con cuidado de que nadie pudiera escucharla–. Nos hemos visto dos veces desde hace quince años, una en un avión y otra en el entierro de tu hermana. No somos las mismas personas que éramos hace quince años.

–No estoy seguro de que eso sea cierto. En mi cama, entre mis brazos, me resultabas muy familiar. Tus besos son los mismos…

–Tal vez no estés equivocado –admitió de mala gana–. Me refiero al sexo. Pero es cierto que el sexo complica mucho las cosas.

–Y eso lo dice una mujer. Jamás oirás a un hombre hablar en esos términos. Y cuando estamos hablando de sexo con una persona que hace años que conoces, a mí me parece muy fácil. Tú y yo siempre tuvimos algo muy especial en ese aspecto. ¿Por qué no podemos disfrutarlo? Tú no te vas a enamorar de mí… ni siquiera te caigo muy bien.

Felicity se quedó boquiabierta y se sonrojó.

–¿Qué quieres decir con eso?

–Termínate el postre –replicó él con una suave sonrisa–. Significa que piensas que me he vendido. No estás segura de que sea algo bueno tener tanto dinero. Lo veo en tus ojos. Preferirías que fuera un empleado normal y corriente.

–Eso es ridículo…

–¿Tú crees?

Desgraciadamente, Wynn la conocía demasiado bien. Los dos provenían de familias humildes. Ver el mundo de Wynn de cerca le provocaba a Felicity una cierta intranquilidad, aunque no estaba segura por qué.

–Nos estamos desviando del tema –dijo ella–. Lo importante es que necesitas buscar otra niñera. Tan pronto como sea posible.

–No quiero hacerlo –replicó Wynn–. Tú eres honrada y de fiar. Además, adoras a Ayla.

–Te aseguro que no soy como tú te piensas…

Wynn la miró fijamente.

–¿No?

Felicity decidió que había llegado el momento de decirle la verdad. Apartó a un lado su plato, incapaz de tomar un bocado más del rico chocolate. Entonces, con el tenedor, empezó a dibujar líneas sin sentido en el mantel para no tener que mirarle a los ojos.

–En el instituto… cuando estábamos juntos –susurró. Tragó saliva para tratar de aliviar el nudo que se le había formado en la garganta–, es cierto que no sabía que estaba embarazada. En esto no te mentí.

–¿Entonces? –preguntó él frunciendo el ceño.

–Quería estarlo –respondió ella–. A veces, cuando teníamos sexo, tú no te podías permitir comprar preservativos, por lo que corrimos riesgos. Cada una de esas veces, esperaba que las estadísticas se cumplieran con nosotros. Sé que es una tontería porque los dos queríamos ver el mundo, pero yo también deseaba desesperadamente tener un hijo contigo.

Wynn se aflojó la corbata como si no pudiera respirar.

–Nunca me lo dijiste…

–Lo sé. Entonces, cuando tuve el aborto, pensé que el universo me estaba castigando por ser tan estúpida. Así que lo siento, Wynn. Siento haberte mentido por omisión. Si hubiera sido sincera contigo sobre lo que quería, tal vez las cosas habrían salido de un modo muy diferente.

–Sabes que eso no es cierto. Tú misma lo dijiste. Las mujeres tienen abortos espontáneos muy frecuentemente.

–Sí, pero me daba mucho miedo descubrir que tú no querías tener un hijo conmigo. Así que nunca te dije la verdad.

Después de aquella confesión, Wynn quedó en silencio. Tal vez se debió a que el camarero les llevó la cuenta o porque Felicity le había dado mucho en lo que pensar.

Cuando salieron a la calle, el aire era frío y húmedo. El coche estaba a una manzana, por lo que Wynn se quitó la chaqueta y se la colocó a ella sobre los hombros. Wynn la abrazó cuando empezó a caer aguanieve.

–Lo siento, Fliss. El chófer está en un atasco.

–Estoy bien –dijo. La verdad era que podría estar así toda la noche, sintiendo cómo el cuerpo de Wynn la protegía. A su lado, el frío no era tan frío ni la oscuridad era tan oscura.

Mientras regresaban a casa, permanecieron en silencio, tal vez porque el chófer podía oír todo lo que decían. Wynn habló con él brevemente, pero no con

Fliss. Ella se moría de ganas por saber en qué estaba pensando él.

Por suerte, cuando llegaron al apartamento, había una tercera persona que les ayudó a romper el hielo. Missy era encantadora. Había conseguido ocuparse de Ayla y acostarla sin problemas.

Mientras Wynn acompañaba a Missy a la entrada del edificio, donde el chófer esperaba para llevarla a su casa, Felicity se quitó los zapatos y dejó la americana de Wynn sobre una silla. A Felicity le habría encantado poder esconderse en su dormitorio, pero tenía que saber los detalles del día siguiente, por lo que no le quedó más remedio que esperar a que Wynn regresara.

Cuando él entró en el apartamento, la miró de un modo extraño.

–No esperaba verte.

–Gracias por la cena. Ha sido estupenda.

–Qué educada. ¿Es lo único que me querías decir?

–Te he esperado porque no sé a qué hora nos marchamos mañana.

–Ah –comentó él. Se quitó la corbata y se sentó en una butaca–. Tendremos que marcharnos al aeropuerto a mediodía. Allí, he reservado una habitación en un hotel de la zona donde vive tu tío. ¿Te importaría preparar todo lo de Ayla mañana por la mañana? Yo tengo que ir a la oficina por una reunión, pero volveré con tiempo de sobra.

–Por supuesto que no.

–No vamos a resolver todos nuestros problemas en una única tarde. Te prometo que pensaré en lo que me has dicho. ¿Qué te parece si hacemos un pacto para sobrevivir a los próximos días y luego hablamos al respecto?

Felicity lo pensó. Asistir al entierro de su padre iba a ser difícil. Probablemente, Wynn tenía razón.

–Me parece justo –dijo.

–¿Te apetece una copa de vino antes de irte a la cama?

La profunda voz de Wynn infundía a las palabras connotaciones muy sensuales. O tal vez era la libido hiperactiva que parecía querer hacer acto de presencia.

–No, gracias. Hasta mañana.

Wynn se levantó y cruzó rápidamente el salón. Cuando le agarró la muñeca, ella se detuvo en seco. El roce de sus dedos sobre la piel le provocó un temblor por todo el cuerpo.

–Una cosa más, Fliss.

–¿Sí?

–Yo te he prometido que voy a pensar lo que encontrarte una sustituta para que te puedas marchar de Nueva York, pero me parece justo que tú también te plantees lo de quedarte.

–¿Quedarme?

–Sí. Yo creo que podríamos hacer que funcionara durante nueve meses.

Felicity lo miró fijamente. Los hermosos ojos. Los esculpidos labios. La incipiente barba. Se equivocaba. No se podía quedar bajo el mismo techo que él. Sería como aullar a la luna. Necesitaba alejarse. Tenía que hacerlo.

–Está bien –dijo–. Lo pensaré.

Sin embargo, no pensaba cambiar de opinión. El riesgo que corría era demasiado alto.

***

Cuando el avión despegó el martes, Felicity estaba hecha un manojo de nervios. Tal vez el servicio que se iba a celebrar en honor a su padre no le resultara tan duro como esperaba. Probablemente podría quedarse en un segundo plano y dejar que los amigos de su padre se hicieran cargo de todo.

Sin embargo, sí que tenía que ocuparse de la funeraria. Y del último viaje de su padre a Falcon's Notch.

Missy estaba jugando con Ayla y Wynn trabajando en el ordenador. Felicity estaba sentada en la última fila. Sola. Y con demasiado tiempo para pensar.

Cuando aterrizaron en un pequeño aeropuerto cerca de la casa de su tío y de su padre, Wynn había reservado dos coches para que fueran a recogerlos. Los tres adultos y la pequeña Ayla en uno y todo el equipaje en el segundo.

Al llegar al hotel, Missy dijo:

—No me importa quedarme a Ayla en mi habitación esta noche para que vosotros dos podáis descansar. Sé que los entierros son muy estresantes.

Felicity vio que Wynn se quedaba perplejo. Sabía que su plan había sido quedarse él con la niña y que Felicity y Missy compartieran habitación.

Cuando Missy se adelantó con la pequeña en brazos, Wynn miró a Felicity con cautela.

—Puedo pedir una tercera habitación —dijo.

—Creo que eso podría ser lo mejor…

Felicity creyó ver algo en los ojos de Wynn. ¿Desilusión? No estaba segura.

Media hora más tarde, estaban todos en sus habitaciones. Missy anunció que iba a dejar que la pequeña durmiera un poco antes de cenar. Dijo que prefería tomar una pizza y no tener que salir.

Eso dejó a Felicity y a Wynn solos una vez más. Estaban en una pequeña ciudad, lejos de las zonas más turísticas.

Felicity estaba en su habitación, cuando alguien llamó a la puerta. Abrió, suponiendo que sería Wynn.

–¿Qué ocurre? –le preguntó.

–Había pensado que querrías ir a ver el lugar de la ceremonia de mañana y luego tal vez podríamos buscar un restaurante para cenar.

–Estará a años luz del que fuimos anoche –replicó ella.

–Lo sé, pero, dado que me pasé la mayoría de mis años de formación comiendo salchichas y hamburguesas con queso, no creo que importe.

–Está bien. No digas que no te lo he advertido.

Wynn envió a Missy un mensaje para asegurarse de que estaban las dos bien. Entonces, se dispusieron a marcharse. Uno de los dos coches que había reservado había quedado a la puerta del hotel para su uso.

Felicity se montó en el asiento del copiloto. Tanto Wynn como ella se habían puesto vaqueros y camisetas informales.

–¿Cenamos primero o prefieres ir al lugar de la ceremonia?

–Primero al lugar de la ceremonia.

Cuando atravesaron la entrada, Felicity vio un pequeño cartel que decía:

La ceremonia en memoria de Vance será a las 3PM.

De repente, el fallecimiento de su padre resultó demasiado real. La pena que se apoderó de ella resultó imposible de contener. Sin decir palabra, Wynn le agarró la mano y se la apretó con fuerza durante unos instantes. A pesar de que agradecía su apoyo, a Felicity le parecía mal aceptarlo cuando estaba pensando abandonarlo a él y a su hija.

En la parte trasera de la finca, encontraron un claro con una enorme hoguera y dos hileras de bancos dispuestas en círculo. El suelo estaba lleno de agujas de pino. Evidentemente, aquella era la zona que se utilizaba para reuniones sociales.

—Creo que mi vestido negro va a ser demasiado elegante para este lugar.

Wynn la miró.

—Tal vez, pero, por otro lado, tú vas a ser la pariente más cercana, por lo que no va a extrañar a nadie que tu atuendo sea más formal que el del resto.

—Supongo que tienes razón…

A continuación, fueron a buscar un sitio en el que cenar. Casi habían terminado cuando Wynn recibió un mensaje de texto, que leyó en el reloj.

—Missy tiene a Ayla en la silla de paseo y están dando una vuelta por los jardines. Tengo que volver para poder jugar un poco con ella antes de que se acueste.

—Por supuesto —dijo Felicity. Se sentía incómoda. Con Missy acompañándolos—. ¿Hay algo que pueda hacer yo para ayudar? —añadió mientras se montaban de nuevo en el coche.

—Gracias por preguntar —respondió Wynn. Su perfil apenas era visible con la tenue luz—, pero creo que no hace falta. Mañana va a ser un día muy duro.

Cuando llegaron al hotel, Felicity le deseó buenas noches y se marchó a su habitación. Cuando estuvo por fin dentro, se sintió aterrorizada por el día siguiente. Temía especialmente el viaje a la funeraria, donde tendría que ver el cuerpo de su padre. Odiaba todo aquello, en especial que deseara apoyarse en Wynn.

Después de ducharse y lavarse el cabello, se retocó la manicura y trató de ver algo en televisión. Fue inútil. Se tumbó en el incómodo colchón y miró el techo.

Se sentía totalmente eléctrica. No creía que fuera a poder dormir. Tenía miedo al día siguiente y… echaba de menos a Wynn.

A medianoche, aún no había conseguido dormirse. A las doce y cuarto, su teléfono vibró. Era un mensaje de Wynn.

No puedo dormir…

Felicity miró fijamente el mensaje. Se preguntó cómo responder. Si no lo hacía, Wynn daría por sentado que estaba dormida. Sin embargo, estaba despierta.

No sabía qué hacer. Si cruzaba aquella línea, le estaría diciendo que estaba disponible para el placer de él y el suyo propio. ¿Estaba dispuesta a hacer algo así sabiendo que, tarde o temprano, pensaba alejarse de él?

Su camisón de seda color marfil era mucho más vistoso que el pijama de franela. Aquella noche, Wynn no estaría reconfortándola a ella. La satisfacción del sexo sería para ambos a partes iguales.

El corazón se le aceleró. Tenía las manos y los pies fríos, a pesar de que en la habitación hacía calor. Los pezones se le erguían contra la tela del camisón.

Miró el teléfono y trató de descifrar las diferentes capas de comunicación no hablada.

Al final, se levantó de la cama y cruzó la habitación. Con un rápido movimiento de la mano, quitó el pestillo de la puerta. Entonces, escribió su mensaje y lo envió.

Mi puerta está abierta…

Capítulo Once

Wynn entró en la habitación de Felicity tan solo ataviado con un par de pantalones de pijama. Tenía el torso desnudo. Ella se retiró rápidamente a la cama y apoyó la espalda contra el cabecero. Entonces, se cubrió modestamente con la sábana hasta la cintura.

—Hola… —dijo él.

—Hola…

—¿Puedo? —le preguntó Wynn mientras señalaba el lado de la cama que estaba libre.

—Adelante —respondió ella. Wynn adoptó exactamente la misma postura que ella—. ¿Por qué no puedes dormir?

—¿Por qué crees tú?

—¿Por mí? —replicó ella tragando saliva.

—Sí. Y en honor de esta nueva moda de ser sinceros, yo también tengo algo que decir.

—Tú dirás —le animó ella, preparándose mentalmente para lo que él pudiera decir.

—Cuando estábamos juntos en el instituto, las cosas terminaron muy mal. Fue un momento muy oscuro de mi vida. Me hiciste mucho daño, Fliss y, en cierto modo, nunca he conseguido superarlo. Yo ya tenía problemas de confianza por mis padres y luego tú me rechazaste, a pesar de que afirmabas amarme más que a nada en el mundo. Eso me hizo mucho daño. Nunca se me ha dado bien tener relaciones con nadie, así que trato de ser sincero con las mujeres con las que estoy y les dije que lo único que puedo ofrecerles es sexo.

–Entiendo.

Felicity sintió que los ojos se le llenaban de lágrimas.

–Espero que sea así, porque no puedo volver a ser el muchacho de dieciocho años que era entonces. Aparte de lo que decidamos sobre Ayla y tú, te deseo, Fliss. Todos los días, todas las noches. Cuando tú me desees a mí. Adoraré tu cuerpo y te daré todo el placer que pueda.

–Me parece una oferta bastante sincera.

–Hablo en serio. Creo que tú estabas bromeando con eso del enamoramiento, pero el resumen es este. Yo no ofrezco relaciones que duren siempre.

–¿Y Ayla? –preguntó ella, dolida.

–Eso es completamente diferente.

–Está bien.

–¿Está bien qué?

–Acepto tus términos. Quiero tener sexo contigo. Hasta que me marche.

Wynn frunció el ceño.

–Pero prometiste reconsiderarlo…

–Y tú prometiste buscar otra niñera.

–En ese caso, estamos en tablas –comentó él con voz enojada.

Felicity se acercó al centro de la cama.

–No en lo que se refiere al sexo…

Wynn se quedó boquiabierto y se acercó a ella.

–Puedo vivir con eso…

La tomó entre sus brazos y le deslizó las manos por el cabello besándola apasionadamente. El cuerpo de Wynn estaba lleno de deseo y sus besos no encontraban oposición. Felicity también lo deseaba. No podía engañarse.

Ella le rodeó el cuello con los brazos y sintió la cálida y suave piel bajo los dedos.

–Me alegro de que no hayas podido dormir –susurró–. Me alegro mucho.

–Yo también –afirmó Wynn–. Me gusta mucho este camisón, pero vamos a librarnos de él.

Felicity levantó los brazos y contuvo el aliento mientras él se lo sacaba por la cabeza. Entonces, Wynn admiró el cuerpo desnudo durante algunos segundos.

–¿Qué? –preguntó ella. Se sentía más expuesta y vulnerable que nunca en toda su vida.

–No lo puedo explicar. Pareces la misma, pero eres diferente. Más hermosa, más rotunda. Más femenina.

–¿Más gorda?

–Más atractiva –replicó él con una sonrisa.

Felicity aspiró profundamente cuando él extendió la mano para tocarle los pechos, levantándolos. El hecho de que su cuerpo respondiera tan evidentemente a sus caricias significaba que no se podía esconder de él. Si quería tener intimidad con Wynn Oliver, tenía que correr un cierto riesgo.

Le tocó a ella explorar el torso y se tomó su tiempo. Deslizó las manos desde los hombros al liso vientre.

Él sonrió y la hizo tumbarse. Felicity contuvo el aliento. Iba a volver a ocurrir…

«Pero Wynn no tiene relaciones que duren para siempre».

Trató de apartar aquel pensamiento. Tampoco ella tenía intención de resucitar su amor de adolescencia. Aun así, una ligera sensación de intranquilidad se apoderó de su cuerpo.

Tal vez Wynn pensaba que ella no iba en serio. Y era cierto. Felicity tenía miedo de volver a enamorarse de él. Simplemente, no podía permitir que ocurriera. Él se metió la mano en el bolsillo del pijama y sacó tres preservativos, que dejó sobre la mesilla de noche.

–¿Tres? –preguntó ella asombrada.

–Bueno, nunca se sabe…

Felicity cerró los ojos cuando Wynn se inclinó sobre ella y comenzó a besarle delicadamente los pechos, uno detrás de otro. El calor fue extendiéndose por su cuerpo como un relámpago.

–Wynn…

–¿Sí, nena? –preguntó él levantando ligeramente la cabeza.

–Nada…

Ella agarró las sábanas con fuerza cuando notó que Wynn empezaba a deslizarse por su cuerpo hacia abajo para besarla muy íntimamente. El primer orgasmo la sacudió con fuerza, haciendo que gritara su nombre.

–Y eso que solo acabo de empezar –comentó él, muy orgulloso de sí mismo.

–Pero sigues vestido.

–Después…

Comenzó a cubrir cada centímetro del cuerpo de Felicity con sus besos. Resultaba evidente que disfrutaba dándole placer. Por fin, regresó a los labios.

–Dulce Fliss –susurró mientras le deslizaba la lengua entre los labios de ella y utilizaba la mano para darle placer.

El segundo orgasmo fue mejor que el primero. Las sensaciones resultaban abrumadoras. Ella se sentía mareada y saciada, ansiosa y relajada. Wynn jugaba con su cuerpo como si tuviera todo el tiempo del mundo.

Por fin, Felicity tomó el control. Le dio una palmada en los pantalones.

—Quítatelos.

—Encantado.

Se puso de pie y se quitó el pijama. Su sexo estaba erecto y grueso.

Cuando volvió a tumbarse, se tumbó junto a ella. Felicity le acarició el miembro. Le encantaba el modo en el que su pecho bajaba y subía rápidamente, cómo entrecerraba los párpados y cómo se sonrojaban sus mejillas…. Permaneció inmóvil cuando Felicity comenzó a besarlo y a acariciarle el sexo al mismo tiempo.

—Dios, Fliss…

Gruñó como si ella lo estuviera torturando. La respiración entrecortada y la tensión de su cuerpo le dijo a Felicity que no podría aguantar mucho más. Justo en ese momento, él se incorporó y se sentó en la cama para ponerse un preservativo.

—¿Cómo me quieres?

La pregunta la sorprendió. Había esperado que él volviera a tomar el control.

—¿Yo puedo elegir? —le preguntó ella con una sonrisa.

—Solo si te decides en los próximos diez segundos…

—Entonces, yo encima.

—Sí, señora…

Wynn se volvió a tumbar sobre la cama y la agarró por la cintura mientras Felicity se sentaba sobre él a horcajadas. Wynn la observó atentamente mientras se hundía profundamente en ella. Felicity sintió que le faltaba el aire. El placer era intenso, aunque bordeaba la incomodidad. ¿Cómo había podido pensar que iba a poder disfrutar así? Wynn era grande en todos los sentidos.

Como Felicity podía ver perfectamente la unión de sus cuerpos y el modo en el que él se tensaba para darles a ambos lo que deseaba, el momento fue incluso más intenso.

–Te he echado de menos –susurró–. Cada día, durante meses y meses…

Wynn tensó los labios.

–No digas eso. No quiero saberlo.

Aquella respuesta dejó a Felicity muy confusa.

De repente, Wynn se dio la vuelta y se colocó encima de ella. Tenía la rostro tenso por la concentración y la excitación.

–Vas a volver a correrte para mí, Fliss –le dijo mientras le cubría la boca con la mano–, pero no sé si estas paredes están muy bien insonorizadas.

La orden y el modo en el que le tapó la boca hizo que Felicity se excitara aún más. Cuando Wynn comenzó a hundirse con fuerza dentro de ella, gruñendo de placer, ella alcanzó su tercer orgasmo. Su cuerpo se tensó y se rompió en medio de un gozo sin límites.

Estuvieron dormitando durante una hora, abrazados y con la piel cubierta de sudor. Cuando Felicity se despertó se quedó inmóvil y trató de memorizar aquel momento tan perfecto. No habría muchos más. De eso estaba totalmente segura.

Cuando vio la hora que era, le tocó suavemente el hombro.

–Deberías regresar a tu dormitorio –susurró–. Antes de que alguien pueda verte.

–Lo sé… –respondió él de mala gana.

Wynn le dio un beso en la garganta, luego en los labios. La destruyó por completo con aquella inusitada ternura. Sin embargo, solo fue un espejismo. La ternura era algo que los hombres y las mujeres compartían cuando tenían relaciones que esperaban ser eternas. Desgraciadamente, Wynn Oliver no era esa clase de hombre.

Buscó sus pantalones por el suelo y se los puso. Después, recogió los dos preservativos y se los metió en el bolsillo.

Felicity se puso de pie y le rodeó el cuello con los brazos. Le encantó el modo en el que él le acarició el trasero y la estrechó contra su cuerpo.

–Buenas noches, Wynn…

Ella notó que el sexo de él ya estaba en estado de atención.

–Buenas noches, Fliss –susurró. Le dio un beso en la sien y la soltó.

Mientras él se dirigía hacia la puerta, Felicity tuvo que contener la necesidad de llamarlo. No estaba lista para dejarlo ir.

La mañana del miércoles no fue nada agradable. Aunque empezó bien, con los adultos jugando con Ayla en la cama de la habitación de Felicity mientras esperaban el servicio de habitaciones, al final ella tuvo que enfrentarse a sus responsabilidades.

Tenía una cita en la funeraria a las diez y media. Felicity no quería salir del coche.

–No quiero volver a llorar…

Wynn se inclinó hacia ella y le acarició suavemente la mejilla antes de besarla con dulzura.

–Te prometo que todo va a ir bien.

El director de la funeraria era un hombre muy profesional y agradable. Los condujo a una pequeña sala, les indicó dónde estaba el ataúd y los dejó a solas, para que tuvieran intimidad.

Felicity agarró con fuerza la mano de Wynn y avanzaron juntos. Ver a su padre ayudó a calmar en parte la ansiedad que ella sentía. Se deshizo el nudo que tenía en el estómago.

–Parece que está dormido… –dijo ella, aliviada.

–Sí –suspiró Wynn–. Lo siento, Fliss. Te quería mucho.

–Creo que lo hizo lo mejor que pudo. Siempre supe que podría haberme enviado a vivir con algún pariente cuando mi madre murió, pero no fue así.

No permanecieron allí mucho tiempo. Fue un alivio regresar de nuevo al pasillo. Lo único que les quedaba era realizar las gestiones para trasportar el cuerpo a Falcon's Notch.

Wynn le tocó suavemente la mano.

–¿Me permites que me ocupe yo?

Ella lo miró y vio la preocupación en su rostro.

–Muchas gracias. Te lo agradezco.

Terminaron antes de las once y media. Al salir, los dos respiraron aliviados.

–Creo que esto ha sido lo peor. Tal vez el servicio no sea tan malo.

Wynn asintió.

–¿Quieres que vayamos a comer algo? Se me ha ocurrido que podríamos comprar algo y comerlo en el coche. Hay un lago muy bonito cerca.

–Me parece bien. ¿Y Missy?

–Ella va a volver a pedir servicio de habitaciones. He dejado el número de mi tarjeta de crédito.

Terminaron comprando hamburguesas, batidos y patatas fritas en un restaurante de comida rápida. Después de pasar el primer mal trago, Felicity tenía bastante hambre. Apenas había desayunado porque tenía un nudo en el estómago.

Wynn aparcó el coche frente al lago y bajaron las ventanillas. Eran los únicos que había allí. Wynn colocó las patatas fritas entre ambos para que pudieran compartirlas. Los dos comieron en silencio. Felicity lo miró de reojo.

—¿Te gustó la época que pasaste en el ejército? —le preguntó.

—Sí —respondió él mientras se comía una patata frita—. Mi vida había tenido tan poca estructura hasta entonces que, en la Marina, me sentí parte de algo. Había oportunidades para quien quería aprovecharlas. Yo me esforcé y me salió bien.

—¿Crees que algún día querrás tener más hijos?

—Vaya cambio de conversación.

—Lo siento. Tengo la mente algo dispersa hoy.

—Lo dudo. Me estoy haciendo mayor y mi vida está llena.

Una inexplicable desilusión se apoderó de ella. Su respuesta significaba que, efectivamente, su aversión a las relaciones largas era verdadera.

Felicity sí quería una familia. Hasta aquel momento, no había conocido al hombre que pudiera visualizar como padre de sus posibles hijos, pero tal vez estaba allí, en alguna parte.

—¿No deberíamos regresar?

—Sí. Le dije a Missy que volveríamos para estar un tiempo con Ayla y darle un descanso antes de tener que volver a marcharnos.

Las siguientes horas pasaron volando. Felicity no tardó en tener que ponerse su vestido negro. Se recogió el cabello en la parte posterior de la cabeza. Añadió unos pendientes de perlas y un collar a juego. En vez de zapatos de tacón, se puso unas bailarinas negras que resultarían más cómodas al aire libre.

Wynn y Felicity llegaron media hora antes del servicio, pero los invitados ya habían empezado a acudir. El tío Danny la saludó con un fuerte abrazo y el rostro lleno de lágrimas.

El servicio duró un poco menos de una hora. Cuando por fin terminó, el tío Danny les presentó por fin a los asistentes. Ella dio las gracias a todos y le estrechó la mano.

Le llamó la atención una mujer que permanecía observándolos cuando los asistentes empezaron a marcharse. Le resultaba algo familiar.

Al final, la mujer se acercó. Tenía una extraña expresión en el rostro. Tendría unos sesenta años y tenía el pelo teñido de rubio y un tatuaje de un *cocker spaniel* en el brazo. Estaba muy morena, lo que indicaba que llevaba disfrutando del sol de Florida desde hacía muchos años.

–Hola, Felicity –le dijo–. No sé cómo decirte esto, pero soy tu madre.

107

Capítulo Doce

Felicity sintió primero frío. Luego un calor insoportable.

–¿Cómo ha dicho? –le preguntó–. Creo que debe de haberme confundido con otra persona.

Wynn se quedó rígido a su lado. Le agarró el brazo y miró con desaprobación a la mujer.

–No. Supongo que esto te sorprende.

–Está equivocada –replicó Felicity–. Mi madre está muerta.

Eso era lo que siempre había creído, aunque no tenía pruebas.

–Pues siento decirte que estás equivocada, porque yo sigo vivita y coleando.

–Esto no tiene ninguna gracia –le espetó. Quería marcharse, pero la mujer resultaba muy insistente.

–Mi nombre es Iris Vance. Estuve casada con tu padre, pero luego su hermano, tu tío, y yo, nos enamoramos. Los tres sabíamos que nadie en Falcon's Notch aprobaría nuestra relación… Y una niña tan pequeña como tú se sentiría confusa.

–Tenía tres años… –replicó ella apretando los puños con fuerza.

Wynn le rodeó los hombros con el brazo con gesto protector.

–Sí, lo sé. Yo era una madre muy mala, pero siempre te quise mucho –dijo la mujer con los ojos enroje-

108

cidos–. Cuando tu padre se mudó aquí hace unos años, Daniel, yo y él entablamos una relación más estrecha. Nada de sexo raro ni cosas de esas. Solo amigos. Me ayudó mucho saber que tu padre me había perdonado… Tal vez tú también podrás perdonarme algún día…

Wynn dio un paso al frente.

–Ahora tendrá que perdonarnos, señora Vance. Felicity y yo nos tenemos que marchar.

–Está bien, pero yo…

Él la interrumpió con una mirada llena de furia.

–He dicho que nos vamos. Adiós.

Felicity se sentía sumida en una profunda nube de incredulidad y dolor. Tantos años… Tantos años sin saber que su madre no estaba muerta. Su padre lo había sabido. Desde el principio.

En el coche, Wynn encendió el aire acondicionado y dirigió las rejillas en su dirección.

–Respira, Fliss. Todo va a salir bien.

Ella lo miró fijamente.

–No puedes estar seguro de eso. Tenías razón en lo de que no se puede confiar en la gente. Aparentemente, todo el mundo miente….

Wynn decidió no insistir. Era mejor que ella asimilara poco a poco lo que había ocurrido. Cuando llegaron al hotel, Felicity entró sin esperarle. Se dirigió a la habitación de Missy y, en cuanto llegó, tomó a la pequeña en brazos y la estrechó con fuerza. A lo largo de los años, se había imaginado mil razones por las que su madre podría haberlos abandonado antes de morir, pero jamás se le había ocurrido que lo había hecho para fugarse con su cuñado. ¿Cómo era posible que su padre lo hubiera permitido? Lo peor de todo era que ya no podía obtener explicación alguna. Su padre estaba muerto.

Wynn le dio a Missy las llaves del coche para que pudiera ir a despejarse un poco. Cuando la joven se marchó, él se acercó a Felicity. La pequeña los abrazó a ambos.

–Háblame, Fliss. No me excluyas.

Ella cerró los ojos y suspiró.

–No tengo nada que decir. Si no te importa, creo que voy a irme a mi dormitorio ahora mismo. Voy a darme una ducha y a meterme en la cama.

–Si ni siquiera son las seis.

–No me importa. ¿A qué hora nos marchamos mañana al aeropuerto?

–A las ocho.

–Estaré preparada.

Felicity no recordaba casi nada del viaje de vuelta a Nueva York. Mantuvo las distancias con Wynn y utilizó las conversaciones con Ayla y Missy como excusas para no hablar con él.

No sabía lo que debía hacer. ¿Debería quedarse con Wynn en Nueva York y seguir cuidando a Ayla o debería regresar a su propio apartamento en Knoxville y retomar su trabajo?

Saber que su madre seguía con vida la corroía por dentro. Durante muchos años, la pequeña Felicity había ansiado ser normal, tener una madre como sus amigos. Todo ello mientras Iris Vance traicionaba sus votos matrimoniales y perseguía su propia felicidad a costa de la de su esposo e hija. Fuera las que fueran las vueltas que Felicity le daba en la cabeza, no podía comprender un comportamiento tan horrible.

Cuando por fin llegaron a Nueva York, Wynn llevó

110

primero a Missy a su casa, antes del mediodía del día de Acción de Gracias, tal y como había prometido. Poco después, Felicity, Ayla y él llegaban a su apartamento.

El chófer de Wynn dejó el equipaje en el vestíbulo, y, tras recibir una buena propina, se marchaba para disfrutar del día con su familia.

–Me gustaría que saliéramos a cenar –dijo–, pero no puedo pedirle a nadie que venga a trabajar de canguro el día de Acción de Gracias.

Felicity se aferró a la pequeña Ayla y consiguió esbozar una sonrisa.

–No te preocupes. No tengo mucha hambre.

–Puedo pedir una pizza ahora y luego encargar un par de porciones de pavo en algún restaurante para más tarde. ¿Te parece bien?

–Claro –dijo ella. Apreciaba mucho la preocupación que él mostraba. No era su esposo, pero, a pesar de cómo podría terminar su relación, quería disfrutar del tiempo que pasara con él.

El día pasó muy lentamente. Decidieron esperar para cenar hasta que Ayla se hubiera acostado, por lo que Wynn encargó la cena de Acción de Gracias para las ocho. También sugirió que se vistieran para cenar. Felicity eligió un traje negro con una chaqueta entallada, falda lápiz y un top de seda dorada sin mangas. Se maquilló y dejó que el cabello le cayera sobre los hombros en una cascada de rizos rubios.

En el espejo, veía a una mujer con todo bajo control, pero la realidad era muy diferente. Deseaba desesperadamente desfogarse con el sexo junto a Wynn para así poder olvidar. Tal vez eso empeoraría la situación a la larga, pero estaba cansada de luchar contra sus sentimientos.

Cenaron en el salón. El pavo estaba delicioso y lo mismo se podía decir de todos los acompañamientos y del postre. No se podía ni imaginar lo que le había costado. Todo lo referente al estilo de vida de Wynn era grandioso, lujoso. No reparaba en gastos.

Tácitamente, evitaron mencionar lo ocurrido en Florida. Wynn le habló sobre una idea en la que estaba trabajando para detectar problemas en la cabina de un avión y ella le comentó que había pensado solicitar el puesto de instructora en uno de los programas de entrenamiento de su aerolínea. Hablaron de libros, películas y viajes.

Todo muy civilizado.

La tensión no apareció hasta que se retiraron al salón con una botella de champán. En realidad, no tenían mucho que celebrar, pero Wynn había encargado el carísimo champán con la cena.

Abrió la botella y sirvió dos copas.

Felicity saboreó el champán.

—Vaya, está delicioso.

—Me alegro de que te guste —comentó él mientras se sentaba a su lado—. Por mejores momentos en el futuro.

—Brindo por ello —dijo Felicity. Tocó suavemente la copa de Wynn con la suya y se tomó media de un trago.

Wynn había encendido antes la chimenea de gas. La sala se había caldeado muy agradablemente, por lo que Felicity se quitó la chaqueta. En ese momento, se dio cuenta de que su top iba a juego con el champán. Aquella coincidencia le provocó una sonrisa.

Wynn también se había quitado la americana y se había aflojado la corbata. Tenía la copa sujeta tan solo con las yemas de los dedos y era la imagen perfecta de la sofisticación masculina.

–Tengo intención de ir la semana que viene a Falcon's Notch a enterrar a mi padre –anunció ella–. Me marcharé el sábado por la mañana y volveré el domingo por la tarde.

Cuando él empezó a decir que iría a acompañarla, Felicity se mantuvo firme.

–¿Tan importante es para ti demostrar que no necesitas a nadie?

–Tú y yo no tenemos una relación. Mis responsabilidades son solo mías.

–Y si compartimos la cama esta noche… esta semana… ¿entonces qué?

–Es solo sexo –dijo ella, como si no le importara–. Tú has sido muy claro al respecto y yo agradezco tu honestidad.

–Ojalá pudiera ser el hombre que necesitas. Un hombre que se comprometiera para siempre. No es así por varias razones diferentes. Sin embargo, este no es momento para que tú tomes decisiones precipitadas. Tienes unos sentimientos que procesar.

–No eres mi psiquiatra.

Wynn se incorporó un poco y dejó su copa sobre la mesa, junto a la de ella.

–No, no lo soy, pero por el amor de Dios, Fliss. Acabas de enterarte de que tu madre no está muerta y de que tanto tu padre como ella te mintieron. ¿Qué vas a hacer al respecto?

–Nada –respondió Felicity–. O tal vez siga tu ejemplo.

–¿Qué significa eso?

–Cuando tú y yo rompimos, tú saliste corriendo de Falcon's Notch y te reinventaste como magnate de los negocios. Mírate. Nadie en esta ciudad sabe que tú eras el niño que solía ir al colegio con ropa sucia porque tus padres no se molestaban en lavártela.

—¿Y? —le espetó él apretando la mandíbula.

—¿En qué sentido soy yo diferente si decido ignorar lo que descubrí en Florida?

—Tu madre no está muerta. Tienes la oportunidad de arreglar lo vuestro.

—No quiero hacerlo.

Wynn agachó la cabeza y se frotó las sienes.

—Está bien. Sigue envenenándote con la ira y el resentimiento. ¿Qué me importa a mí?

—No necesito tu dramatismo, Wynn. Lo único que quiero es tu cuerpo, preferiblemente desnudo, aunque he de reconocer que te sienta muy bien ese traje.

Él la miró totalmente atónito.

A pesar del nudo que sentía en el estómago, ella gozó con el hecho de que, por una vez, había logrado escandalizarle.

—Fliss, yo…

—Si te atreves a decirme que no podemos tener sexo porque no estoy en buena situación, puede que te dé un puñetazo.

Wynn esbozó una triste sonrisa.

—Eso suena interesante. ¿Y estaría atado también?

—En tus sueños —comentó ella, riendo—. Te voy a ser muy clara. Estoy lista para ir a la cama. Contigo —añadió. Se puso de pie y se colocó frente a él, colocando las piernas a ambos lados de las de él. ¿Algún problema?

—No… pero ¿quién necesita una cama?

Lentamente, Wynn le colocó las manos en los muslos y le levantó poco a poco la falda. Llegó a ver un tanga negro y el hecho de que ella estaba prácticamente desnuda de cintura para abajo.

–Dios santo…

Tiró de Felicity hasta que ella se sentó encima de él, con la falta completamente subida por encima de las caderas. Le enmarcó el rostro entre las manos y la besó delicadamente en los labios.

Felicity gimió y se acercó un poco más. Wynn era cálido y maravilloso. Entonces, le mordió ligeramente el labio inferior y lo empujó hasta los límites de su autocontrol.

–Esta noche no quiero se seas delicado –le dijo–. Quiero ver tu lado más salvaje y que nos lleves a los dos hasta el límite.

–Ten cuidado con lo que deseas –le advirtió.

Levanto las manos y encontró el único botón del top, que estaba en la nuca de Felicity. Lo desabrochó y le sacó la prenda por la cabeza. El sujetador de encaje transparente iba a juego con el tanga. Tras admirarlo brevemente, se puso manos a la obra con la falda.

Fue causa de frustración para ambos que ella tuviera que levantarse para poder quitarse la falda, pero no tardó en volver a acomodarse en el regazo de Wynn para rodearle el cuello con los brazos. Entonces, le cubrió el rostro de besos mientras él le apretaba el trasero y gruñía.

–No me hagas esperar –suplicó ella.

Wynn se echó un poco hacia atrás y le rodeó la cintura con un brazo, tirando de ella.

–Me vuelves loco… No sé cómo lo haces…

–Porque te conozco –dijo ella mientras le deslizaba una mano por el espeso cabello–. Del mismo modo que tú me conoces a mí. Es peligroso, pero bueno también.

Wynn la miró fijamente, como si aquellas palabras hubieran producido un cierto efecto en él. Tal vez ella no debería haber sido tan sincera. Sin embargo, era cierto.

No tenían nada que ocultar el uno del otro. Para Felicity, Wynn era solo un hombre corriente a pesar de sus carísimos trajes y relojes. En el pasado, había estado desnudo con Felicity en el bosque haciendo el amor bajo la luz de la luna. Eso no cambiaba nunca, a pesar del dinero que una persona acumulara en el banco.

–Esta vez estoy preparado –dijo él mientras se sacaba un preservativo del bolsillo de los pantalones.

–Me gusta eso sobre ti…

Wynn se desnudó muy rápidamente. Felicity lo observaba de pie, de brazos cruzados, esperando, hasta que por fin lo tuvo totalmente desnudo, solo para ella. Entonces, los nervios volvieron. Su magnífico físico resultaba algo abrumador. El muchacho del bosque había sido menos intimidante.

–¿Qué te pasa, Fliss?¿Estás teniendo dudas?

–En absoluto. Siempre me pongo nerviosa en este mismo momento…

Wynn la tomó entre sus brazos y la levantó.

–Rodéame la cintura con las piernas. No hay nada sobre lo que ponerse nerviosa…

–No quiero volver al pasado, claro que no. Pero tu antiguo yo resultaba más fácil.

–¿Más fácil?

–Sabía lo que estabas pensando –respondió ella–. Lo que querías.

–Te juro que sigo siendo el mismo hombre, Fliss.

–No. No lo creo, pero no importa. Me gustas de todas maneras. ¿Adónde vamos? –le preguntó cuando vio que él echaba a andar–. Creía que tenías mucha prisa.

116

–Y la tengo, pero me has pedido que saque mi lado más salvaje y pienso satisfacerte.

Felicity dejó escapar un grito cuando la dejó de nuevo en el suelo y la empujó por encima del brazo del sofá. Antes de que ella pudiera decir una sola palabra, le ató las muñecas con la corbata.

–Vaya vista, mujer…

–Sigo con la ropa interior puesta…

–Así es mucho más erótico –susurró. Deslizó la mano por debajo de ella y comenzó a acariciarle los pezones a través de la fina tela del sujetador–. Esto es lo que has pedido. ¿Sientes ya mi lado más salvaje?

–Estoy en ello –susurró ella, con la respiración entrecortada–. Sí… ya estoy lista… lista para ti… casi a punto de llegar… –añadió, meneando el trasero provocadoramente.

–Paciencia –replicó él–. Te prometo que los dos llegaremos juntos…

Capítulo Trece

Durante su entrenamiento como azafata, Felicity había aprendido algunas nociones de defensa personal, pero ninguna de esas nociones le había preparado para la situación en la que se encontraba en aquellos momentos.

Estaba apoyada sobre los codos, con el sexo apretado contra los considerable atributos de Wynn. Él la controlaba con facilidad con el peso de su cuerpo y la posición de sumisión en la que se encontraba. El corazón le latía a toda velocidad. Y sentía su sexo húmedo y preparado.

Wynn se inclinó sobre ella y le apartó el cabello sobre uno de los hombros. A continuación, le besó la nuca. Un fuerte temblor le recorrió todo el cuerpo. Felicity se sintió débil, sin aliento. Él acrecentó la tortura lamiéndole la misma zona centímetro a centímetro. Ella sentía cómo él deslizaba la lengua sobre la cálida piel, murmurando palabras de elogio. Lo único que no podía hacer era verlo. Los codos habían cedido y, en aquellos momentos, tenía el rostro apretado contra uno de los cojines del sofá.

Wynn se tomó su tiempo. Le acarició el trasero lenta y concienzudamente.

—Wynn…

—¿Sí?

—¿Me dejas que me incorpore ahora? Yo también quiero tocarte.

118

–Tú me pediste que fuera salvaje, Fliss. ¿Te acuerdas?

–He cambiado de opinión… Me conformo con la postura del misionero en la cama.

Wynn soltó una profunda carcajada que le puso a ella el vello de punta.

–Creo que no, nena. Ya hemos cruzado la línea. No hay vuelta atrás.

Resultaba evidente que a él no le importaba ya lo que Felicity pudiera pensar. Aquel juego se estaba haciendo más peligroso a cada instante que pasaba.

–Estoy incómoda… Deja que me levante para que pueda besarte…

–Ya llegaremos también a eso. ¿Te gusta por detrás? Nunca lo hicimos cuando éramos más jóvenes. Me pregunto por qué –susurró él. Se había inclinado sobre ella y estaba mordiéndole suavemente el lóbulo de la oreja.

–Porque no teníamos tiempo para todo esto…

–Pues te aseguro que hoy sí lo vamos a tener…

Felicity contuvo el aliento cuando sintió que él comenzaba a quitarle el tanga.

–Levanta el pie –le ordenó–. Y ahora el otro.

Así de sencillo, se quedó totalmente expuesta ante él. Wynn le tocó el sexo.

–Veo que estás lista para mí, ¿verdad, nena? Caliente y húmeda. Perfecta.

La penetró con un único dedo. Ella trató de no hiperventilar.

–No hagas que me corra –le suplicó–. Todavía no. Quiero hacerlo cuando estés dentro de mí.

–No creo que estés en situación de realizar exigencias. Cuando un hombre y una mujer están así, todo puede ocurrir –murmuró. Le acarició suavemente y la hizo gemir de placer.

Wynn la estaba excitando cada vez más. Y él lo sabía.

–Por favor… Suéltame o…

De repente, él se movió. Se agachó al lado de ella.

–¿O qué, Fliss?

Ella estaba totalmente indefensa cuando la besó. Sus labios eran firmes y cálidos y la lengua insistente cuando se abrió paso hacia el interior de la boca de Felicity.

–Te deseo…–suplicó ella–. Ahora.

Wynn rompió el beso y se incorporó.

–Tú no puedes elegir. Esta noche, yo estoy al mando.

Felicity oyó que él abría un preservativo. Sintió que le separaba los pliegues, preparándola… Entonces, la penetró muy lentamente. Cuando ella encontró la fuerza para volver a apoyarse sobre los codos, el ligero cambio de postura hizo que la penetración fuera más profunda. Los dos gimieron de placer a la vez.

–Por favor, no pares…

–Hago lo que puedo, nena…

Lentamente, Wynn le hizo el amor con su cuerpo, aunque no con su corazón. En ese instante, Felicity supo que estaba perdida porque estaba totalmente enamorada de él. Y le dolió. Fue como una antigua herida que no había terminado de sanar. Había seguido con su vida, pero sabía que nada sería tan bueno como aquello.

Wynn le agarró el cabello.

–Dime que me deseas –le ordenó–. Dímelo…

–Te deseo…

Eso sí podía decírselo. Lo otro no.

Wynn aceleró el ritmo. Le agarró con fuerza las caderas y se hundió en ella repetidamente, hasta que lanzó un fuerte gruñido y llegó al orgasmo. Ella gimió de placer y encontró su clímax al mismo tiempo que él. El placer fue interminable.

Wynn murmuró algo ininteligible antes de inclinarse de nuevo sobre ella para desatarle las muñecas. Entonces, la ayudó a incorporarse y le dio un beso en la frente.

–Tienes unas ideas estupendas.

Felicity recogió su ropa y se protegió con ella, utilizándola como escudo.

–Buenas noches, Wynn.

–¿Eso es todo? ¿Buenas noches? –le preguntó él, asombrado.

Ella se acercó y le dio un beso en la mejilla.

–Me quedaré hasta Año Nuevo –le informó–. Así tendrás tiempo suficiente de encontrarme una sustituta.

–¿Me puedes volver a explicar por qué estás tan decidida a marcharte?

–Es muy sencillo. Los años pasan. Yo quiero un esposo, un hogar y una familia propia. Y necesito volver a mi trabajo y a mi vida de siempre.

Wynn frunció el ceño.

–¿Y tienes ya un candidato para esa vida de cuento de hadas?

–Sí. Muchos en realidad. Compañeros de trabajo, pasajeros… Tengo suerte de tener un círculo muy amplio de gente.

–Entiendo…

–Me he dado cuenta de que no estaba siendo justa contigo –le dijo ella–. Ahora es un momento terrible para encontrar una niñera, dado que todo el mundo está de vacaciones y demás. Por lo tanto, me quedaré hasta principios de año, pero no pienses que vas a poder convencerme para que cambie de opinión porque no lo vas a conseguir.

–¿Y hasta entonces? ¿Qué pasa con nosotros? ¿Con nuestra relación sexual?

Si Felicity le decía que no volverían a tener intimidad, Wynn podría terminar dándose cuenta de que estaba enamorada de nuevo.

–No veo problema alguno. Disfrutamos de la compañía del otro. Y somos muy compatibles en la cama.

–Parece que lo tienes todo bien pensado –replicó él. Su voz estaba llena de tensión.

–No intentes provocarme. Vamos a disfrutar del momento.

Wynn suspiró.

–Supongo que no tengo elección. Si quieres irte, ya encontraré otra solución.

–Gracias –dijo ella. Sentía que se le estaba rompiendo el corazón–. Ayla y tú estaréis bien. Estoy segura.

Nueve días más tarde, Felicity estaba en el cementerio de Falcon's Notch viendo cómo el ataúd de su padre descendía hacia el suelo. La pena había ido remitiendo y, en aquellos momentos, no sentía nada.

Seguía sintiendo resentimiento y furia, pero le parecía poco respetuoso estar enfadada con un hombre que ya no podía defenderse.

Wynn había hecho todo lo posible por acompañarla, pero ella lo había rechazado. Una cosa era dormir en su cama todas las noches, pero no podía permitir que gobernara su vida.

Después del entierro, volvió a Knoxville para airear su apartamento. Trató de imaginarse viviendo allí de nuevo en enero. Aquel lugar era tan solo una base para ella, nada más. Su trabajo la llevaría por todo el mundo.

Aquella noche, cuando se metió en la cama, trató de no pensar en Wynn. Pensar que estaba en Nueva York, junto a Ayla, le rompió el corazón. Los quería mucho a los dos, pero tenía que crear su propia familia. Resultaba evidente que Wynn siempre tendría un trozo de su corazón. ¿Dejaría alguna vez de amarlo?

Regresó a Nueva York el domingo por la tarde. Cuando llegó por fin al apartamento de Wynn, se sorprendió mucho al ver a Missy.

–Hola, señorita Vance. ¿Qué tal su viaje?

–Bien –respondió Felicity. Tomó a Ayla en brazos y le dio un beso–. ¿Está fuera el señor Oliver?

–Sí, dijo que volvería sobre las diez.

–Está bien. Ahora, si quieres marcharte, ya puedo yo ocuparme de Ayla.

–Gracias, pero no. El señor Oliver me dijo que usted tenía un fin de semana muy duro y que no quería que tuviera que llegar a casa y tener que ocuparse de la niña. ¿Por qué no descansas? Yo esperaré hasta que él regrese.

Felicity asintió. Se sentía confusa. ¿Por qué le importaba si Missy era la que se ocupaba de la niña cuando ella tenía pensado marcharse en Año Nuevo? De mala gana, volvió a dejar a la niña en la manta con sus juguetes.

Como vio que Missy tenía todo bajo control, salió del apartamento para ir a un pequeño restaurante que se había convertido en su favorito. Era pequeño y familiar y servía auténtica comida italiana. Tras tomarse su cena, regresó andando al apartamento. De repente, una pareja captó su atención. Estaban al otro lado de la calle. La mujer era pelirroja, muy alta y hermosa. El hombre era… Wynn. Vio cómo la mujer se ponía de puntillas y le daba un beso en los labios. Para ser justos, Wynn no se lo devolvió. Dio un paso atrás, riendo, y se quitó las manos de la mujer de los hombros.

Felicity sintió que el alma se le caía a los pies. Sabía que él tenía otras relaciones, pero prefirió creer que no era así. ¿Cómo podía ser tan estúpida?

Vio que Wynn detenía un taxi y hacía que la mujer se metiera en su interior. Luego, echó a andar en dirección hacia su casa, sin percatarse de la presencia de Felicity. Ella se tomó su tiempo para regresar. Cuando llegó, Missy ya se había marchado y Wynn le estaba poniendo el pijama a Ayla. Notó la presencia de Felicity en la puerta del dormitorio de la pequeña y se giró. Al verla, sonrió.

—Missy me dijo que habías salido a cenar.

—Sí, no almorcé mucho, así que tenía hambre.

—Nos alegra que hayas vuelto, ¿verdad, peque? —le dijo a Ayla antes de hacerle una pedorreta en la mejilla. La niña se echó a reír.

Felicity sintió que el corazón le daba un vuelco. Allí estaba todo lo que quería. Si las cosas hubieran salido de un modo diferente cuando Wynn y ella eran unos adolescentes, podrían haber terminado siendo pareja estable. Padres. Estando juntos.

—Cuando regresaba del restaurante, te vi en la calle con una mujer.

—Sí. Gretchen y yo salimos a cenar —respondió él con cierta cautela—. Le debía una explicación y no había encontrado el momento hasta ahora.

—¿Una explicación de qué?

—Cuando Shandy murió, terminé con ella muy rápidamente. Esta noche le he dicho que ahora tengo a Ayla y lo comprendió.

–Me alegro por ti…

–¿Estás celosa, Fliss?

–No tengo derecho. Tu vida es solo tuya.

–¿A pesar de nuestras recientes… aventuras?

–Bueno, acordamos que eso sería solo para divertirnos –replicó ella sonrojándose.

–Ah.

Se dirigieron un rato al salón para jugar con la niña. Aquello se había convertido en un ritual. Momentos de normalidad entre la incertidumbre de sus encuentros sexuales. Cuando Ayla pareció empezar a tener sueño, Wynn se levantó para llevarla a la cama.

–No te vayas –le dijo a Felicity–. Quiero hablar contigo.

Cuando Wynn se marchó, Felicity se puso de pie y comenzó a pasear de arriba abajo. Sentía terror de que él pudiera averiguar que sus sentimientos eran mucho más que físicos. Además, desgraciadamente, había comprendido que ningún hombre estaría nunca a su altura. Verlo con Gretchen le había ayudado a recordar que había muchas mujeres en su vida. Le encantaba compartir su cama, pero quería más, mucho más.

Cuando Wynn regresó, se sentó y suspiró.

–¿Crees que echa de menos a su madre?

–Puede ser, pero tú le has dado amor y estabilidad. Tiene mucha suerte, Wynn.

–Tal vez –susurró él–. Tengo una propuesta para ti –añadió, cambiando rápidamente de tema–. El próximo jueves por la noche, uno de los socios más importantes de WynnSpeed va a celebrar una fiesta en un almacén que ha restaurado en Tribeca. Va a ser muy divertida.

Los dos hemos pasado por momentos difíciles últimamente. ¿Qué te parece si me acompañas y nos divertimos un poco?

–De acuerdo, pero necesito una tarde para ir a comprarme un vestido. La ropa que me traje a Nueva York es casi toda muy informal.

–No hay problema. Si quieres que te dé mi opinión, podríamos organizar un desfile de modelos privado…

–¿Estamos hablando de sexo?

Wynn miró hacia el sofá.

–No pienso en otra cosa desde que dejaste que te atara.

–Yo no te dejé que me ataras –replicó ella riendo.

–Voy a serte muy claro. Me interesa tener tu cuerpo, pero es mucho más que eso. Y, para serte sincero, no estoy seguro de que me guste. No hago más que querer protegerte. Y eso no es algo que me ocurra con otras mujeres.

Capítulo Catorce

Aquellas palabras amenazaban con romperle el corazón.

–No quiero que me protejas –dijo ella tristemente–. Lo único que quiero es vivir el momento.

Felicity se acercó a él y se acurrucó en su regazo. Apoyó la cabeza sobre su hombro. Cuando comenzó a desabrocharle los botones de la camisa, Wynn contuvo el aliento.

–Hazme el amor, Wynn… –susurró mientras le besaba la garganta.

–Felicity, yo…

–No hables. Actúa…

–Estás sufriendo, Fliss. Lo tienes escrito en el rostro. No puedes fingir que el entierro de tu padre no ha ocurrido o que no has descubierto la verdad sobre tu madre.

Lentamente, ella volvió a levantarse.

–No digas ni una palabra más. No necesito que me des consejos sobre mi familia.

–Te aseguro que su intención no era hacerte daño, Fliss. Fuiste tan solo un daño colateral. Y sé que se arrepienten de ello.

–¿Y se supone que eso tiene que hacer que me sienta mejor?

Wynn se puso de pie y le tomó las manos entre las suyas.

–No tienes que ser valiente constantemente. Yo soy tu amigo. No estás sola.

Wynn creía que ella se sentiría satisfecha con lo que él podía ofrecerle, pero no era así. Felicity quería recuperar lo que habían sentido con dieciocho años, cuando los dos habían conectado a un nivel tan profundo que se habían convertido casi en una única persona.

No iba a permitirle que viera lo mucho que su amabilidad le dolía. La amabilidad donde una vez había habido amor, resultaba ser un vano ofrecimiento. No quería su pena. No podía confesarle su amor, porque si él no la correspondía, eso sería peor que estar sola.

–Agradezco mucho tu preocupación, pero estoy bien. Ahora, ¿nos podemos ir a la cama, por favor?

Wynn la tomó en brazos y la llevó a su dormitorio. Se desnudaron sin hablar. A Felicity no le quedaba nada por decir. Wynn no quería su amor. Eso le dolió más que nada que lo que había ocurrido entre ellos a lo largo del último mes.

Felicity deslizó las manos sobre el cuerpo desnudo de él, tratando de memorizarlo para el futuro. Cuando llegó hasta el sexo y se lo agarró con fuerza, Wynn se estremeció. Cerró los ojos y gruñó de placer.

A Felicity le encantaba hacerlo gozar, pero sabía que no era especial. Cualquier mujer podría hacerlo en tu lugar. Se apartó de él y se tumbó en la cama. Cuando Wynn se tumbó a su lado, suspiró. Sintió deseos de expresar su amor hacia él, pero se mordió la lengua para silenciar a la joven inocente y ridícula que aún vivía dentro de ella.

Wynn le apartó el cabello del rostro y le acarició suavemente el rostro antes de centrarse en los pezones.

Entonces, inmediatamente, se puso el preservativo. Aquella noche, Felicity se conformó con tumbarse y recibirlo dentro de su cuerpo. Sin embargo, el momento fue agridulce. ¿Cuántas veces podría tener relaciones sexuales con él y mantener sus secretos al mismo tiempo?

Tal vez Wynn notó su pasividad y aquella noche le ofreció una aterradora ternura, que Felicity no quería. Él le dio el más exquisito orgasmo con los dedos y luego se hundió dentro de ella mientras Felicity aún temblaba de placer. El orgasmo de Wynn fue rápido, fuerte y, tras exhalar un gemido desgarrado, se desmoronó encima de ella.

Felicity sintió que su corazón se hacía pedazos. No podía quedarse hasta enero. ¿Cómo iba a poder soportarlo?

Cuando Wynn se apartó por fin de ella, Felicity se sentó en la cama, de espaldas a él.

–Buenas noches.

–¿Adónde vas?

–Necesito estar sola –respondió. Recogió sus cosas y se marchó, cerrando la puerta a sus espaldas.

Después de aquella noche, todo cambió. Wynn y Felicity dormían cada uno en su dormitorio. Las conversaciones se limitaron a breves intercambios sobre Ayla, aunque Wynn recordó que ella necesitaba un vestido.

–Cómprate algo bonito –le dijo–. Quiero que todos los hombres de la fiesta se sientan celosos.

–Creía que ya no íbamos a ir. Pensaba que estábamos enfadados el uno con el otro.

–Tú eres la que cambió, Fliss. Yo estoy aquí cuando me desees, pero no voy a hacerle el amor a una mujer que está cambiando, aunque esa mujer seas tú.

–No voy a tardar mucho en marcharme.

–Tómate el tiempo que necesites.

El jueves por la tarde, Felicity se sentía muy nerviosa. Iba a ir a una fiesta muy importante con Wynn. Se encontró con él cuando salió de su dormitorio

–Vaya… –exclamó él.

–¿Es demasiado?

El vestido era de seda roja, rojo pasión. Sin tirantes, a excepción de dos pequeñas cintas de pedrería sobre los hombros que eran solo decoración. Muy ceñido a la cintura, con falda *midi*. Había elegido unos zapatos plateados de altísimo tacón. Una estola de piel sintética le protegía los hombros.

–En absoluto. Estás exquisita.

Felicity sonrió. Wynn la beso sin preocuparse de estropearle el lápiz de labios.

–La agencia ha llamado para decirme que la canguro ya está de camino –susurró él. No dejaba de mirarle los labios, como si quisiera volver a besarla.

Felicity se alisó la falda.

–Voy a retocarme el maquillaje. Nos vemos en la puerta.

–No te molestes. Probablemente te lo voy a volver a estropear –susurró él. Su mirada parecía indicar que hablaba en serio.

–Estás muy guapo con ese esmoquin –replicó ella mientras le tocaba suavemente la mejilla–. ¿Quién habría creído que íbamos a ir juntos a un evento tan importante como este?

–¿Crees que podríamos tener una tregua, Fliss?

–Sí. Lo siento. Sé que he sido bastante difícil. Voy a retocarme y te veo en un minuto.

Media hora más tarde, los dos estaban en el coche que los llevaba a la fiesta. Felicity agarraba con fuerza un pequeño bolso de seda rojo que contenía su lápiz de labios y otras pocas necesidades.

–¿Te encuentras bien? –le preguntó él.

–Sí –respondió. Entonces, se volvió para mirarlo–. Por cierto, ¿dónde sueles pasar la Navidad? ¿Aquí o en Falcon's Notch?

–Normalmente aquí.

–¿Y por qué te construiste esa casa tan espectacular?

–¿Quieres saber la verdad? Quería demostrarles a todos en lo que me he convertido. Esperaba que todo el mundo viera mi casa y se arrepintiera de todas las veces que se habían burlado de mí y de mi familia.

–No tienes nada que demostrar, Wynn –susurró ella. Extendió una mano y agarró con fuerza una de las de Wynn–. Demostraste tu valía hace muchos años, cuando utilizaste tu inteligencia para llegar a lo más algo.

De repente, el coche se detuvo. Wynn la soltó con el pretexto de que tenían que salir, pero Felicity se preguntó si sus palabras le habían molestado.

Cuando entraron, la fiesta estaba en todo su esplendor. Wynn volvió a darle la mano y ella la agarró con fuerza mientras se abrían pasado entre todos los presentes. Wynn parecía conocer a todo el mundo. A Felicity las mujeres la miraban con envidia. ¿Con cuántas habría salido Wynn? Felicity prefería no saberlo.

Tomaron algo de comer y se dirigieron hacia una de las ventanas. La vista de la ciudad era espectacular. Wynn le tomó el pequeño bolso y se lo metió en el bolsillo. Allí, comieron en silencio.

De repente, alguien empezó a despejar el espacio que había frente a la orquesta. Apareció una pista de baile y todos los presentes comenzaron a murmurar.

–¿Te apetecería bailar, Fliss? –le preguntó Wynn. Sus ojos eran cálidos, hipnóticos.

–Claro –respondió ella. Sabía que era una mala idea, pero ¿qué podía decir? Ansiaba bailar con él.

Wynn se encargó de sus platos y, a continuación, le agarró la mano y la llevó a la pista de baile. En menos de un suspiro, los dos se abrazaron y comenzaron a bailar la lenta y romántica música. Una canción de Jason Mraz le llegó a Felicity a lo más íntimo de su ser. «Soy tuya», decía. Y así era. Le pertenecía a Wynn de un modo que no podía explicar. Decidió que no iba a preocuparse por el futuro. Disfrutaría de aquellos instantes con Wynn y los atesoraría para siempre.

Se movían con la música, sin preocuparse de nadie más. La presencia de Wynn la envolvía. Como estaban tan juntos, sintió la evidencia de una erección irguiéndose contra ella. El deseo aceleró los latidos de su corazón.

–Te amo –susurró, sabiendo que él no podía escucharla. El pecho le dolía. ¿Cómo era posible que él no sintiera lo mismo? La abrazaba tan tiernamente… ¿No creía que pudieran recuperar el amor que habían tenido y que había sido tan real? O mejor aún, ¿labrarse un nuevo camino?

–Te deseo –murmuró él acariciándole suavemente la nuca–. Maldita sea…

–¿Cuánto tiempo tenemos que quedarnos? –replicó ella. También deseaba lo mismo. Bailar con él había era tan seductor y maravilloso…

–Creo que he visto a todo el mundo que tenía que ver.

–¿Dos canciones más y nos vamos?

Wynn la besó larga y apasionadamente. Aparentemente no les preocupaba que nadie pudiera verlos.

–Dos canciones más.

Felicity asintió. Vio la frustración que había en la mirada de Wynn, pero sintió la ternura de sus caricias. Sentía algo por ella, pero ¿era suficiente para cambiar la opinión que tenía sobre el amor?

A mitad de camino de la segunda canción, supo que ya no podía esperar más.

–Vámonos.

–¿Por qué? –preguntó él.

Felicity lo miró fijamente. Deseó que él pudiera saber lo que pensaba, pero no era lo suficientemente valiente como para decírselo. Por lo tanto, se conformó con la única verdad que él podía aceptar.

–Porque te deseo. Ahora mismo.

Capítulo Quince

El cuerpo de Wynn se tensó. Entonces, sin decir ni una sola palabra, le agarró la mano y juntos se abrieron paso a través del laberinto de invitados. Por suerte, nadie les prestó atención. Cuando llegaron al vestíbulo, Wynn empujó a Felicity contra la pared y la besó hasta que los dos se quedaron sin aliento.

—Tu apartamento está un poco lejos —susurró ella.

—Se me ocurre una idea.

Wynn tiró de ella y la llevó hasta el montacargas. Entonces, apretó un botón. Bajaron hasta el almacén. El enorme espacio resultaba oscuro y cavernoso. Sus pasos resonaban en el espacio vacío.

—Esto da un poco de miedo.

—Estamos a punto de hacer algo peligroso —admitió él—. Si prefieres que llame a un taxi, aún podemos irnos a casa.

Felicity tembló.

—No. A tu lado no tengo miedo.

—Bien…

Wynn le cubrió los senos con las manos y apretó con fuerza a través de la tela, justo donde estaban los pezones. Tenía la respiración acelerada, sin aliento. La oscuridad era casi tan absoluta que ella no podía ver la expresión de su rostro, pero le parecía que en él había mucho más que un hombre que deseaba sexo. Wynn parecía casi desesperado.

La llevó a un lugar aún más recóndito del almacén. En aquellos momentos, estaban tan alejados del montacargas como les era posible. Aunque entraba algo de luz por las ventanas, el lugar era perfecto para actividades clandestinas. Wynn la empujó contra una viga de acero y le metió las manos por debajo de la falda. El metal resultaba muy frío, pero a Felicity no le importaba. Sintió cómo Wynn empezaba en las rodillas e iba subiendo las manos poco a poco, acariciándole los muslos. Mientras jugaba con las braguitas, la distrajo con un beso. Entonces, rasgó la delicada prenda.

–¿Y cómo voy a irme a casa así? –le preguntó ella, atónita. El rubor había cubierto todo su rostro.

–Así podemos también divertirnos por el camino…

Wynn no le dio tiempo para preguntar más. Volvió a besarla, más exigente y apasionado que la última vez. Por suerte, le respetó el peinado sabiendo sin duda que deberían tener un aspecto respetable cuando salieran de allí.

–Podría devorarte –susurró él–. No estoy seguro de que me guste el modo en el que me haces sentir.

–No quiero seducirte, Wynn –replicó ella, algo enfadada–. Si esto no es lo que deseas, dejémoslo aquí. Ya sabemos que lo nuestro es algo temporal.

Wynn dio un paso atrás, visiblemente desconcertado.

–Por supuesto que esto es lo que quiero. ¿Por qué si no iba a tratar de echarte un polvo rápido en un almacén?

–Un polvo rápido… Qué desilusión…

Wynn soltó una carcajada. De repente, ella extendió las manos y le desabrochó los pantalones. Entonces, metió la mano entre la ropa hasta que encontró la potente erección.

–A riesgo de parecer superficial, me encanta tu cuerpo, Wynn. En especial esta parte –añadió, apretándole el miembro con fuerza. Wynn le apartó la mano.

–Estoy a punto, Fliss. Nada de juegos. Esta noche, no.

–Pues te aseguro que yo no me voy a tumbar en este suelo tan sucio, ni siquiera para ti.

–Me subestimas, querida –le dijo mientras la levantaba–. Agárrate al cuello.

Wynn le recogió la falda y le dejó el trasero al descubierto. Entonces, volvió a besarla profunda y apasionadamente. Felicity le rodeó la cintura con las piernas y se aferró a él.

El beso pareció durar una eternidad. Terminó cuando ella le mordió suavemente el labio inferior.

–Dime lo duro que me lo vas a hacer…

–Tal vez iba a ser tierno y delicado contigo…

–¿En un almacén en una fría noche de diciembre? No lo creo. Probablemente vas a corrette enseguida, como un animal, por lo mucho que me deseas.

Felicity le quitó a corbata y la arrojó al suelo. Entonces, empezó a desabrocharle los botones de la camisa.

–¿Tienes un preservativo? –le preguntó mientras le acariciaba el pecho con los labios

–¿Y si te dijera que no?

–¿Hablas en serio? –replicó ella, decepcionada.

–Podría retirarme cuando llegara el momento… –susurró él. Entonces, sonrió–. Claro que tengo preservativos. En el bolsillo. Pero quiero que me lo pongas tú…

–De acuerdo –murmuró ella, abriendo mucho los ojos–. Supongo que podré hacerlo.

–Voy a apoyarte contra la viga para que puedas hacerlo. Te juro que no te dejaré caer…

Felicity sacó el preservativo del bolsillo y sintió cómo Wynn la bajaba suavemente. Rápidamente, ella abrió el pequeño paquete y lo sacó. Con mucho cuidado, empezó a deslizar el látex por la firme erección y, al mismo tiempo, lamentó la idea de utilizar protección. No le costó recordar lo que había sentido al tenerlo dentro de su cuerpo sin barrera alguna entre ambos.

Cuando el preservativo estuvo colocado, Felicity volvió a agarrarse con fuerza al cuello de Wynn y sintió cómo él volvía a levantarla. Como los dos estaban vestidos, la logística del acto resultaba complicada, pero, cuando Wynn encontró la entrada del cuerpo de Felicity, se hundió profundamente en ella. Felicity gritó de placer. El gozo era increíble, incandescente. Aquella postura le hacía depender por completo de los movimientos de Wynn. Él tenía el control. Por completo.

Sentía que estaba a punto de alcanzar el orgasmo, pero quería más. Sabía que Wynn también estaba cerca y, en teoría, no deberían haber durado más de un par de minutos, pero él no se quería dejar llevar.

La besaba apasionadamente, entrelazando la lengua con la de ella, quitándole el aliento. Felicity se aferraba a él, desesperada por recortar las distancias.

–No me sacio de ti… –susurró él de repente.

Felicity sintió que Wynn no había querido decir aquellas palabras. Lo hacían vulnerable.

–Toma todo lo que quieras, Wynn…

Él la estrechó con fuerza contra su cuerpo, apretándola con fuerza y frotando la base de su sexo contra el lugar más sensible del cuerpo de Felicity. Literalmente, ella vio estrellas. Luces. El clímax fue tan intenso, tan fuerte, que pareció durar para siempre. Ella aún estaba sintiendo los temblores de su cuerpo cuando oyó que Wynn gritaba su nombre y se tensaba contra ella. La viga de metal fue el único punto estable cuando el mundo de Felicity se vio sumido en una espiral de locura. Wynn no la dejó caer ni siquiera cuando perdió por completo el control.

—Vaya…

Wynn había enterrado el rostro contra el cuello de Felicity para tratar de recuperar el aliento. Poco a poco, la fue bajando al suelo. Felicity hizo todo lo posible por alisarse la falda mientras él recuperaba las braguitas rotas y se las metía en el bolsillo. Entonces, sacó el bolso de Felicity y se lo devolvió. A pesar de la tenue luz, ella trató de retocarse un poco el maquillaje. Vio que él no sonreía. Se limitaba a observarla en la semioscuridad, con una expresión extraña en el rostro.

—Vámonos, Fliss. Nuestro chófer nos está esperando.

No hablaron en el montacargas. Ya en el vestíbulo, fueron a recoger al estola de Felicity del guardarropa y salieron a la calle. Hacía mucho frío, pero, tal y como él había dicho, el coche ya los estaba esperando. Wynn la ayudó a entrar. Cuando se acomodaron en el asiento trasero, él la tomó entre sus brazos y le ayudó a calentarse las manos. Sin embargo, guardó silencio. Sus pensamientos eran un misterio. ¿Sería posible que sintiera algo por ella pero tuviera miedo de bajar la guardia? ¿Cómo podría Felicity romper aquella barrera invisible?

Capítulo Dieciséis

Cuando llegaron al apartamento, Wynn se ocupó de la niñera mientras que Felicity se quitaba los incómodos zapatos y se acurrucaba frente al fuego. A los pocos minutos él entró en el salón. Estaba bostezando.

–No tenías por qué esperarme.

De repente, Felicity volvió a sentir la incomodidad. La tensión.

–Bueno, sigo con la adrenalina de la fiesta.

–¿Por la fiesta? –le preguntó él.

–Ya sabes a lo que me refiero –replicó ella sonrojándose.

–No hemos estado pasando las noches juntos. No quiero presuponer nada.

Felicity se preguntó si debía acostarse con él o debería seguir con el proceso de alejarse de Wynn paulatinamente. Si lo hacía poco a poco, tal vez él no se diera cuenta de lo que ella sentía. Antes de que pudiera contestar, Wynn se dirigió a un pequeño escritorio y abrió un cajón.

–He hecho algo que tal vez no te guste –dijo. Sacó una hoja de papel y se dio la vuelta–. He hecho que investigaran a tu madre. Aquí tienes su dirección y su número de teléfono. Pensé que tal vez en algún momento te apetecería llamarla.

–Has perdido el tiempo, Wynn. Ella vive con mi tío. Sé su dirección.

–Entonces, utiliza el número de teléfono.

–¿Por qué? –replicó ella. Sentía mucho frío a pesar de la chimenea.

–Tras la muerte de tu padre, estás sola en el mundo. Conozco esa sensación y apesta.

–Esa mujer no significa nada para mí.

–Pero es tu madre. Tiene tu misma sangre.

Felicity tomó el papel, lo dobló y lo dejó encima del sofá.

–Está bien. Ya tengo su número de teléfono. ¿Estás contento?

Aquella situación le había disgustado profundamente, sobre todo tras lo ocurrido tan solo unos minutos antes. Habían pasado de una fiesta romántica y un escandaloso encuentro sexual a la fría y dura realidad.

–No quiero pelearme contigo. Tengo que marcharme mañana de la ciudad, pero me gustaría que empezaras a pensar en tu madre y en la Navidad.

–¿Te marchas? –preguntó ella. No le gustó la sensación de vacío que experimentó en el vientre.

–Tengo una reunión en Los Ángeles. Iba a ser antes, pero la muerte de Shandy me obligó a posponerla. Volveré a mediados de semana. Podemos hablar sobre las Navidades entonces,

–¿Y qué hay que hablar?

–Mencionaste Falcon's Notch. No me parece que sea una mala idea celebrar las Navidades allí. Podríamos invitar a tu madre y a tu tío.

Felicity no se podía creer lo que acababa de escuchar.

–De ninguna manera. No quiero ver a Iris ni a mi tío. ¿Crees que puedo ignorar tan fácilmente la mentira que llevo viviendo casi toda mi vida?

A Felicity no le gustó el modo en el que Wynn la miró, como si se estuviera comportando de forma histérica y poco razonable.

–Es muy tarde. Vamos a la cama. Todo será más fácil por la mañana. Siempre es así.

–Eso no es cierto. En ocasiones, es mucho más difícil. Además, tú te marchas.

Wynn se acercó a ella y le colocó las manos sobre los brazos. La besó.

–Te voy a echar de menos.

Resultaría muy fácil rendirse ante él, acostarse junto a él entre las suaves sábanas de su cama, pero Felicity sabía que aquello solo empeoraría la situación. Se mantuvo firme.

–Esta noche me he divertido mucho. Gracias por llevarme a la fiesta. Ahora, estoy muy cansada y creo que es mejor que duerma sola.

–¿Estás enfadada conmigo?

–Bueno, no estoy contenta. Vete a tu viaje, Wynn. Ya hablaremos cuando regreses.

–¿Pensarás en la Navidad? ¿Llamarás a tu madre?

–Claro –mintió. La idea la horrorizaba–. Si eso hace que te sientas mejor…

–Me alegro. No lo lamentarás.

–Que tengas buen viaje –le dijo ella mientras recogía sus cosas y se dirigía hacia la puerta–. Pondré el despertador a las siete. ¿Es lo suficientemente pronto?

–Sí. Mi coche viene a las ocho. Lo solucionaremos todo, Fliss. No te disgustes.

Felicity vio preocupación en su rostro y estuvo a punto de gritarle que no necesitaba su compasión. Quería su amor.

–Buenas noches –le dijo.

Entonces, se metió en su dormitorio y echó el pestillo.

El primer día de ausencia de Wynn pareció durar una eternidad. Ayla estaba tan alegre como siempre, pero el silencio que reinaba en el apartamento entristecía a Felicity. Echaba de menos a Wynn.

El segundo día amaneció muy despejado, por lo que llamó al chófer de Wynn para que las llevara a las dos de compras. Adquirió unas preciosas bufandas para sus amigos de Knoxville y para Ayla, compró una preciosa muñeca con rasgos casi reales y un precioso abrigo rojo al que le resultó imposible resistirse.

No sabía qué comprar para Wynn. Eran amigos y amantes, pero él podía comprarse todo lo que quería. Al final, encontró el regalo perfecto en una exclusiva galería de arte. Se trataba de una pintura al óleo de las Smoky. Tenía un aire místico, ensoñador, pero, a pesar de su belleza, hacía que ella se entristeciera. Al menos, era algo que los dos compartían.

El tercer día, Felicity recibió un mensaje de un colega. Derek era asistente de vuelo como ella y tenía una escala de veinticuatro horas en Nueva York. Quería verla para darle una gran noticia. Como el tiempo seguía siendo bueno, Felicity le sugirió que se reunieran en Central Park.

Abrigó bien a Ayla y la sentó en su sillita. Ella llevaba puestos unos bonitos vaqueros, un jersey de cachemir y unas deportivas. Cuando se reunió con Derek junto al estanque, él le dedicó una sonrisa.

—¡Estás estupenda, Felicity! ¿Un bebé? No tenía ni idea.

–No es mía. Es una larga historia.

Mientras caminaban, Felicity le fue contando todo lo que le había ocurrido en los últimos meses, a excepción, por supuesto, de los detalles más íntimos. Derek la escuchó con interés y le preguntó millones de detalles. La conversación resultó terapéutica.

–Bueno, ya basta de hablar de mí –dijo ella después de que se terminaran los perritos calientes que habían comprado–. El suspense es insoportable. Me muero por saber qué es lo que me tienes que contar. ¿De qué se trata?

–Me he comprometido.

–¿En serio?

–Sí. Nos conocimos en Londres. Se llama Naomi y es médico. La conocí cuando ella me trató un ataque de alergia que me dio cuando estuve allí a principios de septiembre.

–Es una magnífica noticia. Me alegro mucho por ti. ¿Y tenéis ya fecha para la boda?

–Estamos pensando a finales de primavera. Me encantaría que la conocieras.

–Bueno, me va a resultar un poco difícil desplazarme por la niña –mintió–. Pero debemos mantenernos en contacto.

Ayla había estado durmiendo plácidamente en la silla, pero Felicity sabía que había llegado el momento de regresar a casa.

–Te acompaño –le dijo Derek–. Mi hotel está en tu dirección.

Cuando llegaron enfrente del edificio de Wynn, Derek consultó el reloj.

–Bueno, ahora tengo que marcharme –dijo. Entonces, le dio un beso en los labios y un fuerte abrazo.

A Felicity no le importó aquella exagerada muestra de afecto. Derek era así. Ella le devolvió el beso, pero en la mejilla. También le devolvió el abrazo.

En ese momento, a sus espaldas, resonó una voz que pronunció las palabras con tono gélido.

–¿Os interrumpo?

Felicity se dio la vuelta con el corazón en la garganta.

–Wynn, ¿ya has vuelto?

–Sí. ¿Quién es este? Veo que mi hija ya lo conoce.

Felicity realizó rápidamente las presentaciones. Derek estrechó la mano de Wynn.

–Encantado de conocerte, pero siento tener que marcharme. Tengo que tomar un vuelo –comentó con una sonrisa–. Te mantendré informada, Felicity –añadió.

Cuando Derek se marchó, Wynn se inclinó sobre Ayla y la sacó de la silla.

–Veo que habéis estado muy ocupadas.

–Derek hacía escala en Nueva York. Nos estábamos poniendo al día. ¿Qué tal tu viaje?

–Bien.

Tras llegar al apartamento, Wynn le quitó a Ayla su ropa de abrigo mientras Felicity se quitaba también su abrigo.

–Había planeado pedir una pizza, pero si quieres algo más contundente, podemos pedir comida china. O lo que quieras.

Siguió a Wynn mientras él llevaba a Ayla al salón y la colocaba delante de sus juguetes.

–¿Es Derek de los que les gustan los finales felices?

–Derek es mi amigo. Hace una eternidad que lo conozco.

144

–Estoy seguro de ello. Tú misma me lo dijiste. Cuando te pregunté si tenías a alguien en mente para casarte y tener hijos, me dijiste que tenías muchas opciones. Y hablaste de compañeros de trabajo en particular.

–Derek se acaba de prometer. Quería decírmelo en persona –dijo. Sintió que estaba perdiendo a Wynn. Decidió que había llegado el momento. Era en ese instante o nunca. Respiró profundamente y lo miró. Su orgullo ya no importaba–. Derek siempre ha sido un buen amigo para mí, nada más. A quien amo es a ti, Wynn.

Él la miró atónito. Entonces, palideció.

–No digas eso.

–Tengo que hacerlo. Es cierto. Estoy enamorada de ti. Creo que, tal vez, nunca he dejado de quererte, pero esta vez es diferente. Ya no soy ninguna niña.

–Nos va bien en la cama. Eso no es amor.

Aquellas palabras le dolieron profundamente.

–No puedes decirme lo que siento. Te amo. Y, en el pasado, tú también me amaste a mí, Wynn. Te suplico que nos des otra oportunidad.

–No.

–¿De qué tienes miedo, Wynn?

–De nada –replicó él muy secamente–. Me he pasado muchos años aprendiendo a sobrevivir y a salir adelante solo. Es lo único que sé. Y me gusta así. No puedo ser el hombre de tu pequeña fantasía. No soy yo.

Los ojos de Felicity se llenaron de lágrimas.

–Cuando me haces el amor, todo parece tan real…

–A las mujeres se os da muy bien engañaros. Me dijiste que querías marcharte de Nueva York. Vete. Creo que, en este momento, será lo mejor para los dos.

–¿Y quién cuidará de Ayla?

–Ya encontraré a alguien.

–Me dijiste que yo era la única persona en quien confiabas para ella.

–Bueno, estoy seguro de que habrá otras. ¿Has llamado a tu madre?

–No –replicó ella. Quería decirle que aquello no era asunto suyo, pero no creía que fuera el momento.

–Me dijiste que lo harías… –susurró. Miró al suelo, donde jugaba Ayla, y luego volvió a mirar a Felicity. Su rostro no expresaba absolutamente nada–. Vete, Felicity. Evítanos este sufrimiento. Si no hay vuelos esta tarde, puedes alojarte en un hotel cerca del aeropuerto. Ya te enviaré yo lo que no te puedas llevar ahora.

Felicity no sabía qué hacer ni qué decir. La situación había cambiado tan rápidamente que estaba en shock.

–Creo que tu reacción es exagerada. Estás renunciando a nosotros y no sé muy bien por qué.

–No hay nosotros, Felicity –afirmó–. Ya te lo dije hace mucho tiempo. Nos hemos divertido mucho, pero hemos terminado. Recoge tus cosas y regresa a tu vida de antes. Desde el principio me dijiste que eso era lo que querías hacer. Nada ha cambiado.

Doce horas más tarde, Felicity estaba en la puerta de embarque, muy apenada y presa de la desesperación. La mañana era fría y gris. Si no hubiera enredado su vida con la de Wynn, aún tendría su rutina de trabajo, sus amigos y su normalidad. Y el corazón entero, no roto en pedazos.

No sabía qué hacer.

Wynn estaba dando de comer a Ayla. Trataba de sonreír a su hija, pero mientras trataba de interactuar con su pequeña, sentía que un profundo agujero ocupaba el lugar en el que había estado su corazón.

Había cometido el mismo error imperdonable en dos ocasiones. La primera cuando dejó a Felicity cuando solo era un adolescente y la segunda el día anterior, cuando permitió que sus miedos lo consumieran y lo controlara. Cuando trató a la mujer que amaba con frío desprecio. ¿De verdad pensaba que podía pedirla que se marchara sin dañar su propia alma?

Amaba a Felicity. Profunda e irrevocablemente. Tal vez nunca había dejado de amarla. ¿Por qué si no había ideado un plan para llevársela a su casa? ¿Por qué si no le había hecho el amor con tanta desesperación y pasión?

Tenía puesta la televisión de la cocina, pero había apagado el sonido. No obstante, los titulares que aparecían en la parte inferior de la pantalla llamaron su atención.

Vuelo con destino a Knoxville se sale de la pista en LaGuardia.

Sintió que se le paraba el corazón. Felicity vivía en Knoxville. Y él la había mandado al aeropuerto. El pánico se apoderó de él, pero trató de pensar. Ella debía de haber tomado el vuelo la noche anterior. Tal vez, se había marchado desde el JFK o desde Newark.

La presentadora del telediario miraba fijamente a la pantalla con expresión seria. Un nuevo titular apareció en la parte inferior. *Posibles víctimas.*

Wynn tomó su teléfono y empezó a llamar. Tardó casi una hora en conseguir a alguien para que se ocupara de Ayla. En averiguar que, efectivamente, el nombre de Felicity estaba en la lista de pasajeros. En llegar al aeropuerto desde Manhattan. En acercarse a la pista todo lo que le fue posible.

La zona estaba repleta de miembros de los diferentes cuerpos de las fuerzas de seguridad. La zona estaba acordonada. Un oficial de policía se acercó a él inmediatamente.

—Lo siento, señor. No se permite que entre nadie. Consulte la página web del aeropuerto. Ahí encontrará un número al que puede llamar para pedir información.

Wynn temblaba de rabia. Fliss estaba en alguna parte después de sufrir aquel accidente. Iba a hacer todo lo posible por encontrarla. Por suerte, tenía amigos en las altas esferas. Llamó a uno de ellos y, en menos de veinte minutos, tenía las credenciales necesarias para poder acceder a la zona del accidente.

El escenario era una pesadilla. Había vehículos de emergencia por todas partes. Wynn solo podía mirar el avión, que permanecía inclinado hacia un lado, con la punta de una de las alas en el agua. El humo salía de los motores y se habían desplegado los toboganes de seguridad.

¿Dónde estaba Felicity?

De repente se le ocurrió que, tal vez, lo único que tenía que hacer era llamarla.

No obtuvo respuesta.

Estaba lo suficientemente cerca ya para oler el combustible. Los bomberos estaban echando espuma por todas partes. Las ambulancias habían aparcado donde podían encontrar hueco y estaban tratando a los heridos allí mismo.

La desesperación de Wynn se acrecentó. ¿Cómo iba a poder encontrarla?

Capítulo Diecisiete

Cuando Wynn miró su reloj, vio que habían transcurrido cuarenta y cinco minutos desde que llegó a la zona de restricción. Fliss estaba sola en alguna parte y él le había dicho que no había nada más que sexo entre ellos. El corazón se le encogió. ¿Dónde estaba?

Por fin la vio. Estaba sentada en el suelo, envuelta en una manta de emergencia. Tenía la cabeza agachada. Wynn se acercó rápidamente y se inclinó hacia ella.

–Fliss…

Ella no levantó la mirada.

–Fliss… –insistió. Le tocó suavemente la rodilla–. Soy yo, Wynn. Habla conmigo, cielo. Estás bien. No voy a dejarte sola.

Ella levantó la cabeza. Tenía la mirada perdida. Una pequeña mancha de sangre en la mejilla.

–No tengo mis cosas –dijo ella. Parecía confusa–. No nos dejaron que cogiéramos nada… No tengo nada…

Wynn le enmarcó el rostro entre las manos y la miró a los ojos.

–Eso no es cierto. Me tienes a mí.

Rápidamente, volvió a ponerse de pie y se dirigió a una mujer, miembro de los servicios médicos.

–Perdone, ¿han examinado ya a esta mujer?

–Sí, señor. No está herida. Solo está en shock.

–¿Puedo llevármela?

–Los vamos a llevar a todos dentro de media hora a la terminal –le dijo un policía, que se había acercado al ver a Wynn allí.

–A esta mujer no –dijo Wynn mientras sacaba el teléfono y mostraba sus credenciales–. Tiene frío y está confundida. Yo le doy todos los detalles que quiera, pero me la llevo a casa.

El policía miró a Felicity.

–¿Quiere usted irse con este hombre, señora?

Felicity miró al policía y luego a Wynn. A él se le heló la sangre. ¿Qué iba a hacer si ella se negaba?

–Sí –afirmó ella después de lo que le pareció a Wynn una eternidad–. Me gustaría irme a casa.

El coche de Wynn estaba a mucha distancia de la pista, por lo que Wynn decidió que Felicity no podía recorrer aquella distancia a pie. La ayudó a levantarse y, antes de que ella pudiera negarse, se inclinó para tomarla en brazos. Pero ella le esquivó.

–Pienso ir andando.

Cuando llegaron al coche, Felicity estaba agotada, pero se negaba a que Wynn la tocara. Se metió en el coche mientras que Wynn corría al otro lado para ponerse al volante.

–Necesito que me prestes una tarjeta de crédito hasta que pueda recuperar mis cuentas –le dijo sin sentimiento alguno en la voz–. Déjame en el Wellstar Hotel. Es el más barato y el más cercano.

–No seas absurda. Te vienes a casa conmigo.

Se habían parado en un semáforo, por lo que Felicity abrió la puerta del coche.

–No, gracias.

Se bajó y desapareció, engullida entre la marea de persona que estaban cruzando por aquella intersección.

Wynn la miró con incredulidad. Arrancó el coche y trató de mantener la vista en Felicity. Como no podía aparcar en ningún sitio, se subió a la acera y saltó del coche para echar a correr detrás de ella. No tardó en alcanzarla.

–Te puedes llevar mi tarjeta de crédito, pero deja que sea yo quien te lleve al hotel y te registre.

–De acuerdo.

Volvieron al lugar en el que estaba el coche. Un policía acababa de ponerle una multa. Tras explicarle al policía brevemente lo ocurrido y asegurarse este de que Felicity se encontraba bien, Wynn aceptó la multa y se la metió en el bolsillo. Por Felicity, todo merecía la pena.

La llevó al hotel tal y como ella le había pedido. Cuando les dieron una habitación, Wynn llamó a su médico personal para que fuera a visitarla. Felicity no quería ver a ningún médico, pero él no le dio opción.

Cuando llegó el médico, Wynn permaneció en el pasillo mientras el galeno la examinaba. Le pareció que tardaba una eternidad, pero al fin el medico salió y le dedicó a Wynn una sonrisa.

–Se va a poner bien, pero le he dado un sedante muy ligero. Puede que tenga pesadillas, pero se pondrá bien.

Wynn acompañó al médico al ascensor y regresó rápidamente a la habitación de Felicity. Llamó a la puerta y entró. Ella estaba sentada en la cama. Parecía totalmente perdida.

Wynn no sabía qué hacer. Tenía el corazón roto. Sabía que lo había estropeado todo de tal manera que dudaba que se pudiera solucionar. Tal vez era demasiado tarde.

–Fliss, el doctor ha dicho que te vas a poner bien,

pero quiere que te tomes la medicación para que puedas descansar bien esta noche. Cielo… –añadió mientras se arrodillaba delante de ella–. No hablaba en serio cuando te dije todas esas cosas ayer. Tenía miedo, miedo de que nunca podría ser el hombre que te mereces. No podría soportar que volviéramos a empezar y que yo lo volviera a fastidiar todo. Sé que no lo merezco, pero te ruego que me perdones.

–Tú no me amas.

–Sí, sí que te amo, pero pensé que era mejor que te dejara para que pudieras encontrar a alguien que fuera menos egoísta que yo. Menos frío.

–Ya no importa, ¿sabes? Nunca vamos a ser más de lo que hemos sido en estas últimas semanas. Amantes temporales. Ahora ni siquiera eso. ¿Con quién está Ayla?

–Con mi asistente, la madre de Missy. La llamé en cuanto me enteré de lo del accidente.

–Deberías volver con tu hija. Has sido muy amable al preocuparte por mí, pero estoy bien.

Wynn bajó la cabeza, preguntándose si podría…

–Felicity, te amo…

–No digas eso –le espetó ella apartando la cabeza–. No te atrevas a decir esas palabras.

–Es cierto. No lo comprendí hasta que no te machaste. Tenía miedo y por eso lo negaba. Me aterraba que te marcharas tal y como me habías dicho que querías hacer. Resultaba más fácil fingir que no me importaba imaginarme mi vida sin ti.

–Solo era lujuria.

–Sí, había lujuria, pero también mucho más. Tú trajiste alegría a mi vida, Fliss. Le diste significado. Cuando vi las noticias, pensé que se me paraba el corazón. No he estado nunca tan asustado en toda mi vida.

–Te absuelvo de toda culpa. Ahora, te pido que te marches. Me gustaría descansar.

–Deja que me quede. Necesito saber que estás bien. Ni en cien años podré olvidar ver ese avión casi sumergido en el agua…

–Tú no has causado el accidente. No ha sido más que una coincidencia. Y yo estoy bien.

–Te amo… ¿Por qué no me crees? Te amo. Te amaba hace quince años y te amo ahora como un hombre ama a una mujer. Eres mía, Fliss. Aunque te vayas, seguirás siendo mía. Te adoro.

Felicity empezó a temblar. Las lágrimas comenzaron a caerle por las mejillas.

–No… no digas eso si no es cierto. No podría soportarlo, Wynn.

Él le enmarcó el rostro con las manos y la besó suavemente en los labios.

–Te amo, Felicity. Es cierto. Y siento mucho haberte hecho daño.

Felicity se abrazó a él, desmoronándose como si la fuerza de voluntad que la había sostenido hasta entonces hubiera desaparecido.

–Te amo, Felicity –repitió él mientras le acariciaba suavemente el cabello–. Lo diré una y otra vez, hasta que me creas.

–Yo también te amo…

Wynn la miró aliviado y la besó. Entonces, le hizo tumbarse en la cama.

–Ahora, debes dormir un poco –le dijo–. Cuando despiertes, nos iremos a casa.

Cuando Wynn se tumbó a su lado, ella le tocó la mejilla.

–Hace años, me juraste que jamás me volverías a

pedir en matrimonio. Así que seré yo quien lo haga. ¿Quieres casarte conmigo, Wynn? ¿Puedo adoptar a Ayla contigo?

Wynn asintió y se abrazó a ella, profundamente emocionado. Felicity le acarició el cabello.

–Esta vez, todo saldrá bien.

Él la estrechó con fuerza contra su cuerpo.

–Todo va a salir increíblemente bien. Ya lo verás.

25 de diciembre

Wynn abrazó a su hija y miró a su esposa, que estaba al otro lado del salón. Hacía una semana que se habían casado en una pequeña capilla de Nueva York. Dos días antes, los tres había viajado a Falcon's Notch para pasar allí las Navidades. Sin que Wynn la presionara, Felicity había decidido invitar a su madre y a su tío a que pasaran el día de Navidad con ellos. Habían llegado aquella mañana.

Felicity y él habían intercambiado sus regalos la noche anterior junto al fuego. Desgraciadamente, no habían tenido tiempo de conseguir un árbol. Wynn se prometió que el año siguiente no faltaría.

Decidió que el hermoso cuadro que Felicity le había regalado colgaría en el despacho que tenía en casa. Él le había regalado a Felicity un collar de diamantes, a juego con el anillo de compromiso. Verlo junto a la alianza de boda en su dedo le hacía sentir una profunda sensación de paz y de orgullo. Felicity era suya y él de ella.

Felicity se acercó a él, sonriendo. Su madre y su tío se iban a marchar a la mañana siguiente, por lo que

Wynn tendría el resto de la semana y el inicio del nuevo año para hacerle el amor a su mujer que crear una romántica Navidad que recordarían el resto de sus días.

Tocó suavemente la mejilla de su esposa.

—¿Les ha gustado su regalo? —le preguntó. Wynn y Felicity les habían regalado a Iris y a Danny entradas para que asistieran a los entrenamientos de primavera de su equipo de béisbol favorito y una estancia en un hotel de lujo durante diez días.

—Están encantados, pero creo que se sienten mal por no habernos comprado nada a nosotros. Les he dicho que su visita era más que suficiente.

—¿Estás segura de que todo esto te parece bien?

—No del todo, pero me estoy esforzando. En estos momentos siento tanta felicidad y amor que me parece mal no compartirlo.

—Te amo, señora Oliver —susurró Wynn mientras la rodeaba con el brazo que le quedaba libre, sin soltar a Ayla.

Felicity apoyó la cabeza sobre su pecho y suspiró.

—Sé que Ayla es nuestra hija, pero me gustaría tener al menos uno más.

—Sí, a mí también —admitió Wynn—, pero no demasiado pronto. Necesito tiempo para mimar a mi esposa.

—Lo mismo digo, Wynn. Ya no estás solo. Ayla y yo te vamos a volver loco con nuestros besos y abrazos, ¿verdad, pequeñina?

Ayla balbuceó y sopló algunas pompas, con lo que pareció indicar que estaba de acuerdo.

Wynn miró por encima de la cabeza de Felicity y contempló la ventana, que enmarcaba algunos de los picos más altos de las Smoky. Había completado un círculo en su vida, un círculo que le había dado dolor y placer. Felicity y él nunca olvidarían su pasado, pero, en lo sucesivo, construirían sus vidas sobre el amor que había sobrevivido durante tantos años.

Aquella iba a ser la mejor Navidad de sus vidas y solo era el principio…

DESEO

*Pedirle a una ex que se convirtiera
en su niñera era escandaloso…*

**EL REGRESO
DEL HEREDERO**

JANICE MAYNARD

Nº 2168

El multimillonario Wynn Oliver había tenido que hacerse cargo de la hija de su hermana. Necesitaba que su ex, Felicity Vance, se mudara con él y lo ayudara. Ella sabía muy bien lo que era crecer sin madre y lo conocía a él, por lo que a Wynn no le servía ninguna otra niñera. Debería ser algo tan sencillo como hacerle un favor a un viejo amigo, pero la tórrida atracción que hervía entre ellos lo convirtió en algo muy complicado. ¿Se interpondrían entre ellos una vez más los secretos que los habían separado quince años atrás?

DESEO

No podía perder ese combate

VIDAS OCULTAS

CYNTHIA ST. AUBIN

N° 209

Después de dos años deseando al multimillonario Mason Kane en secreto, la tímida Charlotte Westbrook se quedó tan impactada como maravillada al encontrarse al brillante ejecutivo boxeando en un club de élite. Pero el hijo de su jefe también había descubierto su pequeño secreto. Mason le propuso irse juntos de vacaciones a la glamurosa Costa Azul para conocer mutuamente sus secretos. Una inolvidable semana con Mason, sin ataduras, una semana para que Charlotte demostrara que era igual que él tanto dentro como fuera de la cama. ¿Qué podía salir mal?

DESEO

KATY EVANS
INTERLUDIO CON EL JEFE

India no se podía creer que se hubiera dejado convencer por su exjefe para volver a trabajar con él. Era arrogante. Dominador. Cuando se fue del trabajo y lo dejó plantado se sintió genial, pero después, al ver al gran multimillonario completamente impotente ante un bebé, accedió a sus demandas. Y le preocupaba que no fuera a ser la última vez.

CAT SCHIELD
UNA PASIÓN OCULTA

Cuando una hermosa desconocida se infiltró en una de las familias más antiguas de Charleston, el magnate Paul Watts juró proteger a los suyos de Lia Marsh. Pero a pesar de que era su deber descubrir la verdad sobre Lia, muy pronto fue él quien tuvo un secreto: deseaba a la mujer que podía destruir todo lo que tanto significaba para él…

Nº 509

AMY J. FETZER
NOCHES SECRETAS

Si aquellas paredes centenarias hablaran, contarían la historia del actual señor de la casa, Cain Blackmon, que dirigía su imperio desde el interior de aquella mansión, una cárcel que él mismo había creado.

Y de Phoebe Delongpree, que, en busca de refugio, había roto la paz de Cain e iba a llevarlo al límite de su control. La misma mujer que años atrás lo había vuelto loco con un solo beso.

DESEO

ANDREA LAURENCE

UN FIN DE SEMANA IMBORRABLE

Por culpa de la amnesia que sufría desde el accidente, Violet Niarchos no recordaba al hombre con el que había concebido a su hijo, pero cuando Aidan Murphy, el atractivo propietario de un pequeño pub, se presentó en su despacho, de pronto los recuerdos volvieron en tromba a su mente, y supo de inmediato que no era un extraño para ella. Era el padre de su bebé, el hombre con el que había pasado un apasionado fin de semana. ¿Creería Aidan que de verdad había olvidado todo lo que habían compartido?, ¿o pensaría que la rica heredera estaba fingiendo para salvar su reputación?

Nº 510

EL SECRETO DEL NOVIO

Para no asistir otra vez sola a la boda de una amiga, Harper Drake le pidió a Sebastian West, un soltero muy sexy a quien conocía, que se hiciera pasar por su novio. Fingir un poco de afecto podía ser divertido, sobre todo si ya había química, y nadie, ni siquiera el ex de Harper, podría sospechar la verdad. Lo que no se esperaba era que la atracción entre ellos se convirtiera rápidamente en algo real y muy intenso, y que un chantajista la amenazara con revelar todos sus secretos.